구원에게

구원에게

정영욱
산문

차례

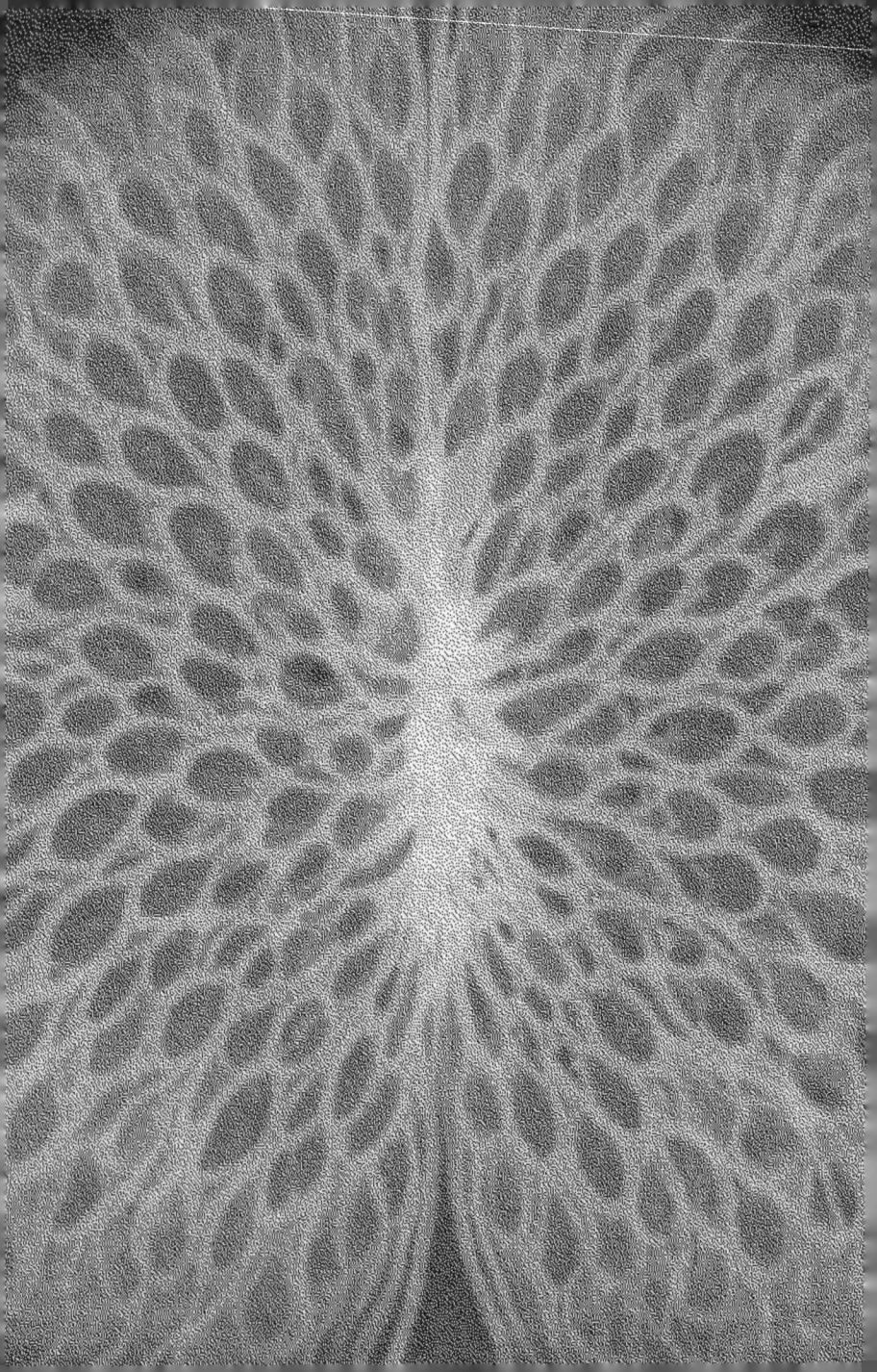

1부

**결핍과 이해
그리고 수**

다정

언젠가 '하루 종일 사람들과 대화를 나눴더니 피곤하다'고 말한 적이 있다. 그때 내 옆에 있던 수가 대답했다. 가장 역한 것들이 죄다 모여 있네, 라고. 하루 종일, 사람, 대화, 피곤. 수는 아카시아 잎을 씹는 기린의 주둥이처럼 메마른 입술로 그 단어들을 잘근잘근 곱씹더니 무엇 하나 거를 타선 없이 전부 환멸나는 것들이라고 했다. 개중에 가장 역겨운 것은 사람이라고도.

수는 보통 사람은 알 수 없는 부분에서(물론 나는 이해할 수 있었다) "토할 것 같아.", "역겹다."는 말을 자주 읊조리는 사람이었다. 부정적인 단어와 부도덕, 욕설, 비난, 우울 등 보통 사람들의 혐오 범주에 있는 것과는 좀 다른 그의 염세는 약간 의아하더라도 이내 고개를 끄덕이게 되는 것들이었다. 속내가 눈에 빤히 보이는 말과 행동을 시작으로 그다지 진심이 아닌 칭찬과 위로, 응원 따위가 대부분 혐오 범주에 속해 있었다. 무엇보다 다정함을 빼놓을 수 없었다. 누군가의 가벼운 호의나

건넴, 내키진 않아도 굳이 잡은 손. 이토록 밝은 것들. 수는 일순간 튀어나오는 무례보다도 책임지지 못할 다정을 경험하면 표정부터 굳으며 질색하는 부류였다. 개똥을 준 것도 아닌데 꼭 오물을 받은 사람처럼 손을 튀튀 닦았다. '다른 사람은 몰라도 너는 알고 있으니 말하는 거야.'라는 뉘앙스와 꼭 이해해 달란 표정으로 "방금 토할 것 같았어. 뭔지 알지?" 밀매라도 하는 사람처럼 아주 작게 속삭인다.

얼마 지나지 않아서는 자신이 보는 삐딱한 시선에 대해 고찰을 시도했다. 과연 부정적인 시선으로 바라보아야만 했나. 역겨워하는 자신을 교정해야 하는 것일까. 그렇게 여러 상황과 감정을 헤아리며 그게 옳은 혐오였는가 스스로 캐묻고는 '그래도'라는 말로써 결론지었다. 경험한 역한 것들에 있어 "그래도, 그 의중이 그렇지는 않았을 테니." 정도의 합의. 뒤이어 자신이 뱉은 말을 허버버 주워 담으며 착하고 다정하게 살겠다는 다짐까지 이어 붙였다. 죄지은 사람처럼 자신의 혐오를 답습하지 않으려 노력했으나, 마무리는 늘 반성이 아니라 절충에 가까운 태도였다.

어떤 마음에 대하여 소화하려다 토해 내고 다시 주워 담아 잘근잘근 씹어 삼키려는 광경을 보고 있자면 반추 동물로 태어났어야 하는 사람이 아닐까 싶었다.

*

　우리 둘 사이에서 가장 닮아 있는 불호의 기준을 고르자면 '빤히 보이는 다정'이었다.

　내게 있어서도 부정적인 감정의 대부분은 <대놓고 뱉은 욕설이나 화, 그리고 비난>보다는 <속이 훤히 보이는, 의중이 파악되는, 굳이 그러는> 등의 범주였다. 수와는 혐오의 기준이 닮아 있었지만 같은 걸 보고 느끼며 일그러지는 내 표정보다 조금 더 깊은 수압으로 어그러진 그의 안면을 볼 때면, 수의 염증을 가늠하기조차 어려워져서 마음이 스산해지기까지 했다.

　이를테면 누군가 나의 이상형을 알기 위해 자신의 이상형을 말한다고 해 보자. 그 정보 뒤엔 당연히 되물어봐 주길 바라는 의중이 깔려 있고, 나는 그런 식으로 자신의 이상형을 말하며 답을 기다리는 눈빛과 상황을 혐오한다. 궁금하면 그냥 물어보지… 굳이… 역겹다. 하지만 그렇게 생각하면서도 일단은 흐름대로 넘어가 준다. 수 또한 이 감정을 똑같이 느낀다. 그러나 이 역함에 대해 답하지 않고 완곡히 저항한다. "내 이상형을 알기 위해 굳이 이상형을 먼저 말하지 않는 사람이 이상형이에요."라고. 그러곤 한쪽 눈을 찡그려 부르르 떠는 수의 모습이 연상된다.

또 우리 둘 사이에서 가장 닮아 있는 호의 기준을 고르자면 '무관심'이었다.

무언갈 주고받거나 인식하며 동조하는 순간, 서로의 얼굴에 스멀스멀 올라오는 염세주의적 표정을 생각하면 그와 내가 함께할 수 있었던 이유는 무관심이 분명했다. 없을 무無, 관계할 관關, 마음 심心. 보통의 관계에선 전혀 통용될 수 없는 화폐였지만, 그와 나에겐 가장 가치 있는 재화였다. 무관심은 서로의 마음에 들기 위한 통행료였다. 서로에게 잘 보이려 꾸며 내지 않고, 함께 걷기 위해 발맞추지 않고, 손을 잡기 위해 뻗지 않는다. 우리가 되기 위해 결속하지 않으며, 미래를 위해 서로를 희생하지 않는다. 많은 것을 궁금해하기보단 알아서 인지하게 될 테니 그대로 둔다. 그렇게 가장 낮고 무지한 온도로 만나는 것, 대화하는 것으로부터 더없는 안정을 느끼는 사람들이라고. 빤히 보이는 것에서 거부감을 느끼고, 가장 보이지 않는 것으로부터 다정을 느끼는 사람들이라고.

*

왜 훤히 보이는 것은 차마 수용하지 못하는데, 보이지 않는 것은 자꾸 곁에 두고 싶은 걸까. 수의 싫음과 나의 싫음이 바깥 세상을 향한 어떠한 언어와 시선이라면, 무관심이란 건 우리의 세계에서 어떤 작용을 하는 것일까.

무관심, 무관심… 이 세 음절을 종일 껌처럼 곱씹다 아차 싶
었던 것은 사랑의 반대말이 무관심이라는 것이었다.

…

수야, 그렇게 보니까 너의 말은 죄다 사랑이고 관심이고 다
정이었네.

세상의 언어로 사랑의 반대말이 무관심이라면, 너와 나의 언
어로는 증오와 환멸 또한 무언가를 향한 일종의 사랑이 아닐
까. 우린 싫어하는 것이, 그리고 좋아하는 것이 닮아 있는 사람
들이 아니야. 그냥 사랑하는 방식이 닮아 있는 거였어. 우린 혐
오로서 대상을 바라보고 이해하는 거였어. 사실은 무관심이 좋
은 게 아니라 단지 보이지 않아서 궁금한 거였어. 우린 보통 사
람들과 같이 부정적인 단어와 부도덕, 욕설, 비난, 우울 같은 것
들을 싫어하는 거였어. 사실은 그것들에 정말 무지하고 무관심
했으니까.

나는 무수한 말들을 뱉고 애써 삼키다가 이내 토해 내고 다
시 주워 담는 수를 응시한다.

수야, 사랑의 의미가 수많은 바닷길처럼 여러 갈래라면 우리
의 말도 다 품어 주고 포용하려는 바다의 일부가 아니었을까.

바다도 쓸쓸해서 파도라는 손을 내미는 거야. 그 마찰은 굉음을 내며 뱉은 마음을 다시 집어삼키는 거야. 네가 느낀 반감과 증오는 그 과정에서 태어난 포말이 아니었을까. 세상을 사랑하니까 세상을 역겨워하는 거야. 사람을 사랑하니까 사람이 환멸 나는 거고. 다정을 지향하니까 그게 참 받아들이기 어려운 거야.

네 마음은 썩고 고인 연못이 아니라, 수면 아래 고래처럼 다정함을 내뿜어 무지개를 만들어 내는 분수야. 넓고 깊은 바다 안에서 자꾸 삼키고 뿜어내지. 모래를 집어삼키고 다시 뭍으로 옮기는 파도야. 자꾸 손을 내밀지. 깊고 길게 항해하는 향유고래야. 아득한 심해로부터 헤엄쳐 나와 쨍한 볕을 맞이할 테니. 난 믿어. 어둠에 삼켜지지 않을 거라고. 우리의 속내는 분명 빨주노초파남보일 거라고.

수

처음 수를 알게 된 건 선화를 통해서였다. 선화와의 관계가 그리 오래되지 않았을 무렵, 그는 친한 동생이 갑자기 서울에 왔다며 불러도 되겠냐고 물었다. 잘 모르는 이와 합석하는 것이 부담스러웠지만 표현에 조심스럽던 때라 딱 잘라 싫다고 하진 못하고 "시간 맞으면 괜찮긴 한데…."라며 탐탁지 않게 대답했다. 선화는 눈치 없이 그 말을 긍정의 뜻으로 받아들이고, 이내 수를 불렀다. 한강공원에 돗자리를 펴고 술잔을 주고받는 사이 앙상한 그림자가 천천히 드리웠다.

수였다.

수가 도착해 처음으로 뱉은 말은 "언제 또 남자를 꼬셨어?"였다. 이어서 "키스는?" 따위의 처음 본 사람 앞에서는 하기 어려운 무례한 질문을 쏟아 냈고, 나는 어떻게 반응해야 할지 몰라 눈알만 연신 굴리며 쭈뼛거렸다. 선화는 왜 그러냐는 듯 손짓하며 수의 팔을 툭 건드리고는 "뭐래, 인사부터 해."라며 나와의 인사를 재촉했다. 그제야 수는 나를 인식했는지 간단한 인사를 건넸다. "언니가 오랜만이라 반가워서 인사도 먼저 못했네요. 죄송해요." 일부러 내 존재를 의식하지 않았다는 표정으로 건넨, 떠보는 듯한 인사였다. 그의 의중을 알 수 없었다. 첫 만남의 계기도, 첫인상도, 막 구역질을 삼킨 뒤의 목구멍처럼 개운하지 못했다.

*

원체 나는 속내든 행동이든 감정이든 인식되는 걸 싫어하며 살아왔다. 내 이름이 모르는 이들 사이에서 오르내리는 것도, 보지 않아도 될 사람을 봐 가며 나를 설명해야 하는 것도 아주 벅찬 일이었다. 그 탓에 수와의 자리에서도 괜히 언짢아져 이야기의 축에 서지 못했다. 맴도는 날파리라도 쫓듯 모든 말을 휘휘 저어 내며 집중하지 못했고, 오늘 일어난 일들의 이유에만 골몰하기 시작했다. 어디서부터 꼬였을까. 기분이 점점 너덜너덜해져 갔다. 오늘 선화와 자기 위해 무리해서 술을 마신 것조차 들키고 싶지 않았다. 무엇보다, 앞서 말한 이유로 그와 연락하고 있다는 사실을 주변 지인이 알아서는 안 되는 거였다. 표정은 분위기를 맞추려 밀랍 인형처럼 입꼬리만 웃었다. 쟤는 나에 대해 어디까지 알고 있을까. 눈알을 오른쪽으로 굴릴 때면 오늘 일에 너그러워지자 다짐했고, 왼쪽으로 굴릴 때면 이 상황에 대한 한탄을 멈출 수가 없었다. 감정은 얇은 종이로 만든 돛단배처럼 흐르는 시간과 함께 서서히 침몰해 갔다. 뒤에서 "나 이 사람이랑 연락해!", "술 마시자는데 꼬시는 거겠지?"라며, 내 존재가 잘 모르는 이들에게 인식되는 것이 불안했다. 내가 그들의 유흥 거리가 되는 것이, 껌처럼 텁텁한 입안에서 씹히는 것이. 그게 아주 아니꼬웠다. 좁은 집단 안에서 장난감이라도 된 듯 아무 말도 못 하고 노리개가 되는 것이. 행동과 감정의 의중을 저들 편한 대로 곡해하며 한 사람을 병신 취급하는 것이. 씨발. 속으로 곱씹을수록 그려지는 환멸 가득한 상상 속에서, 감정이 끝에 달해 간신히 유지하던 입꼬리는 썩은 과일처럼 울상이 되었다. 그때, 수가 말을 건넸다.

"오늘 처음 알았어요."
이어서 말했다.
"둘이 만나는 건 처음 알아서 궁금한 게 너무 많았어요. 그래서 오자마자 와다다 물어봤어요. 좀 무례했다고 오해할까 봐."

선화는 이에 대해 원래 무표정인 사람이라며 나를 포장했다. 나도 "맞아요, 원래 좀 낯을 가려요. 이야기 듣는 거 정말 좋아하고… 근데 왜 반말을…." 언 분위기를 풀고자 너스레를 피웠다.

순간, 수의 머릿속이 궁금했다. 이세돌의 신의 한 수처럼 수의 한마디는 내 모든 예상의 허점을 파고들어 한구석에 자리 잡았다. 어떻게 나의 불편을 알고는 일부러 안심시키려 처음부터 무례하셨는지. 마치 아주 오래전부터 나를 연구해 이미 다 알고 있는 사람처럼. 나와 같은 삶을 살고 같은 감정을 느끼는 사람처럼.

이내 다시 입꼬리의 위치를 바로잡고 간신히 웃는 표정을 되찾을 수 있었다. 동질감이 가져다준 안정이자, 인식의 안식이었다.

*

취할 대로 취한 사람들의 만남은 새벽까지 계속되었다. 잔뜩 긴장해 굳어 버린 목과 어깨, 그리고 쏟아지는 피곤 속에서 두꺼비가 숨 쉬듯 하품을 참아 내고 있을 때, 수가 공원 근처 화장실에 간다며 자리에서 일어났다. 수가 저 멀리 사라질 무렵, 돌연 선화의 부드러운 손이 반바지를 입은 내 허벅지 안쪽 깊숙이 들어왔다. 이어 알코올 냄새를 가득 품은 혀가 내 입술에 닿았다. 뺨을 지나 귀 안까지 파고들어 속삭이는 말로 "수 보내고 오늘 같이 있자." 나를 꼬드기며 몸 이곳저곳을 수색하듯 더듬거렸고, 바람처럼 살랑이는 촉감에 내 시간은 미끄러지듯 흘렀다. 어느새 수는 볼일을 마치고 돌아오고 있었다. 그의 실루엣이 보이자 곧장 선화와 거리를 두며 모른 척했지만, 수는 이미 다 봤다는 듯 요상한 미소를 지으며 자리에 앉았다. 그 어떠한 심정보다도 나의 욕망과 실체를 모두 들킨 느낌에 발가벗겨진 듯한 수치심이 밀려왔다. 내가 먼저 선화를 건드린 것으로 보였겠지. 선화를 가지게 되었다는 희열보다도 겉면의 행동만으로 판단되는 상황에 골치를 앓을 수밖에 없었다. 수는 너무 늦었다며 서둘러 자리를 떴다. 불편했지만 나름대로는 화기애애해져 가던 그 자리가 내심 아쉬웠다.

수가 멀어져 간다. 점점 작아지는 모습과 대비되어 원근감을 무시하듯 가녀린 등이 클로즈업되어 보였다. 살랑이는 민소매 끈과 요염한 발걸음, 그리고 짧은 기장의 웃옷 사이로 살짝살짝 드러나는 기립근까지.

*

막 잠에서 깬 아침, 선화가 나의 팔에 엉겨 붙어 수가 예쁘냐고 물었다. 나는 예쁘긴 한데 너무 어려 보인다고 답했다. 대답이 영 불만족스러웠는지, 그의 삐죽대는 입이 내 왼쪽 어깨를 통해 느껴졌다. "걔, 좋아하는 사람 있대." 선화가 말했다.

이어 수는 너무 말랐다며, 자신처럼 만질 살이 있는 사람이 더 좋지 않으냐는 투정까지. 그러곤 가슴 위에 내 손을 올려놓고 어서 만져 달라는 듯 그 위로 자신의 손을 포개어 잼잼거렸다. 수는 근육 하나 없이 물렁해 보이는 뿌얀 살에 빼빼 마르기까지 했다. 나는 생기가 넘치고 탄탄해서 몸매가 좋다기보다 생기 하나 없는데도 몸매가 빼어나다는 것에 가까운, 마른 가지 같은 수의 몸 구석구석을 떠올렸다. 허리와 팔뚝, 배꼽, 겨드랑이, 목, 허벅지. 과하지 않게 걸친 액세서리와 살짝살짝 보이던 꽃무늬 타투까지도. 때는 여름에서 가을로 넘어가는, 얇고 짧은 옷을 입기 좋은 날이었다. 움직일 때마다 간헐적으로 드러나던 수의 숨은 살이 떠올라 흥분이 일었다. 이내 선화를 꽉 껴안으며 답했다.

"좋아하는 사람?"

"응. 오랫동안 좋아하는데도 고백은 안 해. 변태같이 누굴 좋아하면 뒤에서 몰래 좋아하기만 하거든. 사귀진 않아. 그래서 내가 놀려. 모솔이라고."

"음침해 보이긴 해…."

"그치? 걔가 좋아하는 애가 누구냐면…."

얼마 지나지 않아, 수가 마음에 둔 사람에 대해 설명하고 있는 선화를 보니 필름이 끊긴 것처럼 생각의 회로가 중단되었다.

좋아하는 이의 이름과 직업, 수의 성격, 이성관, 어디서 만나 어떻게 친해졌는지 등 수에 대한 설명을 와르르 쏟아 내는 선화의 뇌와 입술이 돌연 역겹게 다가왔다. 선화가 뱉는 음성은 백색 소음처럼 시곗바늘 소리에 묻혔고, 연신 뻐끔거리는 입 모양만이 부각된 채로 그의 딱한 세상이 보였다. 잘 알지도 못하는 사람들에게도 나에 대해 말하고 다니겠지. 다 아는 듯. 다 경험했고, 모든 걸 공유하는 듯. 자신의 관계를 과시하면서도 괄시하고 다니겠지. 뻐끔거리는 선화도, 그걸 듣는 나도, 그리고 입과 귀 사이에서 공명하는 수도 안타까웠고, 시간은 불쾌했다. 이내 흥분이 가라앉았다. 자의식이랄 게 없는 영장류 둘이 다 벗은 채 무언가에 대해 우끼끼거리는 상황 같아서 자리를 박차고 일어나 옷을 챙겨 입고는 나갈 준비를 했다. 이에 선화는 뭐가 그리 급하냐며 오늘도 같이 있자고 말했고, 나는 분이 풀리지 않은 표정으로 씩씩대며 현관문 앞에 서서 말했다.

"수에 대해 잘 모르면서 그렇게 말하고 다니지 마."

*

인간은 누구나 너덜너덜한 마음을 속옷처럼 숨기고 산다. 입은 한없이 더럽고 생각은 탁하다. 와중에도 기필코 단정해 보이려 노력하는 것은 무의식 속의 나였다. 심연 속의 나는 굉장히 오염된 존재여서 조금만 정신을 붙잡지 않으면 이내 후회할 만한 언행과 과오를 일삼는다. 비난과 멸시, 거짓과 독선. 특히나 이성과 함께일 때의 나는 홀라당 발가벗듯 이성의 끈을 자주 놓는다. 때문에 사람을 껴안는 것이 늘 불안했다. 나에게 있어 한없이 따뜻한 온도감과 다정은 이면에 자리 잡은 추악함을 불러냈다. 사랑이 자주 나를 망쳤다. 누군가와 함께 누워 있으면 공기는 탁하고 밤은 천박했으며 나는 무익했다.

*

어느 늦은 오후, 알 수 없는 인스타그램 계정으로 DM이 와 있었다. 자신에 대해 무슨 말을 한 거냐는 수의 메시지였다. 나는 오래 고민하다가 "선화랑 친하게 지내지 마."라고 답했다. 수는 내 메시지를 읽고도 한 이틀 아무 말이 없다가 대뜸 자신의 번호를 보내 왔다. 이후 수와 선화 사이에 무슨 대화가 오갔는지는 말하지 않은 채 "잘 해결했어요."라는 말만 전했다. 나는 "언제 서울에 와?"라며 그와의 만남을 재촉했다. 수는 이번에도 내 속마음을 읽은 듯 물었다. "재워 줘요?"

염세

너저분해진 발톱을 깎다가 실수로 속살까지 파낸 적이 있다. 그로부터 한동안은 발끝이 신발에 닿을 때마다 느껴지는 통증 탓에 걷는 모양새가 어설펐다. 그 이후로는 붕대를 감지 않았는데도 엉성한 걸음으로 걷는 사람들을 보면 이내 '발톱을 다쳤나…' 하며 행동거지를 나름 추측하고 사정을 이해하게 된다. 그랬던 사람만 보이는 것이다. 공감의 구조는 경험 말고는 설명할 길이 없다. 그것을 깨닫는 순간, 언젠가의 나도 그랬다는 것이 증명된다. 그 말은, 아파 보지 않고는 그 절뚝거림을 완벽히 이해할 수 없다는 뜻이다. 성공을 겪어 보지 않았다면 누군가의 해냄을 온전히 축하할 수도 없다. 그러니 진정으로 위로할 줄 아는 이는 그 고통을 이겨 낸 적 있는 사람이고, 축복할 수 있는 이는 그만큼 누려 본 적 있는 사람이다. 이러한 관점에서 보면 이 세상에 대한 모든 염세는 나의 악한 행보를 증명하는 셈이 된다. 진정으로 염세를 느낀다면 그것은 내 본연이 추악하기 때문이다. 내가 그러한 사람이었다. 자신이 그렇게 별로이기에 그것에 반응하는 것이다. 타인에게 맹목적으로 쏟아 냈던 비난은 날카로운 시선이 아니라 그저 애석한 흔적에 가깝다. 비관은 자신이 도의적으로 결코 닿을 수 없었던 성역에 불과하다.

과오

어릴 적, 동네 친구의 다마고치를 훔쳤다. 그러고는 물에 빠뜨려 고장 냈다. 다마고치 게임이 하고 싶어서라기보다 앞에서 우쭐거리며 자랑하는 꼴이 보기 싫었다. 게임기를 어디서 났느냐는 추궁 끝에 훔친 사실이 드러나자, 아버지는 다음 날 나를 친구 앞으로 데려가 호되게 꾸짖으셨다. 이어 집으로 돌아와 자신의 종아리를 걷고 회초리로 때리라고 하셨다. 집에 질질 끌려오는 내내 두려웠다. 나는 이제 멍이 들 때까지 맞기만 하겠구나. 그렇게 생각하며 구석에 몰린 쥐새끼처럼 벌벌 떨던 내게 돌아온 건 오히려 내가 아버지의 종아리를 때려야 하는 상황이었다. 회초리를 끝내 들지 않으니 그는 엉엉 우는 내 앞에서 기괴한 자세로 쭈그려 앉아 스스로를 내리치셨다. 피멍이 들 때까지. 일 년에 몇 번은 크게 혼나던 나로서는 그날만큼은 맞지 않았다는 사실에 안도했다.

도벽이 있던 것은 아니지만 심성이 고르지는 못했다. 이후

24

에도 좀도둑처럼 무언가를 훔치는 일이 종종 있었다. 그러나 곱씹어 보면, 내가 한 도둑질은 '가지고 싶어서'라기보다 '망가뜨리고 싶어서'였다. 시간이 지나 사회와 인격에 대한 인식이 또렷해지면서 그것은 내게 '잘못된 행동'이 아니라 '들키면 수습하기 어려운 행동'으로 여겨졌고, 그 뒤로 더는 남의 것에 손대지 않게 되었다.

자식을 올바르게 키우려던 부모의 노고에는 죄송한 일이지만, 나는 좀처럼 교육에 길들여지지 않는 사람이었다. 상황에 직면해 그에 상응하는 아픔과 비난을 되받기 전까지는 쉽게 교화되지 않는 부류였다. "그건 나쁜 일이야.", "그렇게 살면 안 되는 거야." 수많은 훈육을 들었어도 직접 마주하지 않으면 그 말이 와닿지 않았다. 이러한 도덕적 아집은 마음을 주고받는 일에도 그대로 동일시되곤 했다. "이만큼 사랑해 주는 사람은 나밖에 없을 거야.", "내 아픔을 언젠간 너도 이해하게 될 거야." 이런 말들은 와닿지 않는 허풍일 뿐이었다.

훔친다는 개념으로 보자면 마음도 다를 게 없었다. 누군가에 대한 마음을 훔치고 싶을 땐 필요해서가 아니라 그 반듯함이 꼴사나워서인 경우가 대부분이었다. 내가 가진 결핍과 가난이었다. 남 주기 아까워서. 망가뜨리고 싶어서. 전리품처럼 달랑달랑 달고 다니고 싶어서. 사람 마음을 장난감 대하듯 가지고 놀고 싶은 욕망이, 욕정보다 거세게 솟구친 적이 한두 번이 아니었다. 많은 애정을 마음의 방에 가둔 채 고문하듯 무너뜨리는 재미에 빠져 살았다. 이러한 시궁창 같은 갈증을 한 번도 들키지 않은 건 아니었다. 꼬리가 길면 잡히듯, 눈치를 채고 나를 추궁하는 데까지 이르는 이들도 있었다. '어떻게 설명해야 하지…' 하는 생각이 들 즈음 그들은 나를 질책하면서도 동시에 스스로를 책망했고, 가엾게 여기며 안아 주기에 바빴다. 무엇이 당신의 부족함이냐고. 자신이 채워 주진 못하는 거냐고. 더 잘할 테니 사랑해 달라고. 자신의 종아리를 연신 후려치던 아버지처럼 그들은 자신의 부족함에 회초리를 휘둘렀고, 나는 그것으로 잘못을 깨우치기보다 안도하는 데 그쳤다. 누군가 나에게도 똑같이 당해 보라며, 망쳐 버리겠다며 매를 들었다면 분명 고쳐졌을 법한 습관인데 나의 만남에는 그런 이가 없었다. 나를 사랑하는 이들은 모두가 그토록 아량이 깊었다.

아버지는 몰랐다. 내가 다마고치를 훔친 것은 그가 장난감을 사 주지 못해서가 아니었다는 걸. 의중이 뚜렷했던 그날의 모습이 이제야 이해된다. 자신의 종아리를 열 번도 넘게 때리셨었지. 자해에 가까웠다. 분명, 자신의 부족함에 대한 질책이었다. 선뜻 사 주지 못한 무능함에 대한 속죄였을까. 장난감 코너에 앉아 한참을 바라보던 나를 그냥 지나친 무심에 대한 책망이었을까.

그러나 정말, 아버지는 몰랐다. 그것은 그의 부족함 때문이 아니었다. 비루하게 살지언정 남에게 해는 끼치지 말라는 가르침의 부재 때문도 아니었다. 문제는 악랄한 나 자신과 망가뜨리고 싶은 그들에게 있었다. 무언가를 훔친 이유는 그들이 나보다 잘났고 그것을 뽐냈기 때문이었다. 내 무언가보다 번듯한 것을 드러내는 일은 나에겐 죄악이었고, 빼앗아야만 발 뻗고 잠들 수 있었던 나의 얄팍함은 내가 지닌 원초적 악이었다.

어른이 된 지금도 수많은 이들에 대한 태도는 같았다. 나보다 반듯하고 곧은 심지를 가진 이들이 무너져 애원하고 구걸하는 모습을 보며, 나는 스스로를 위로했고 마음의 평화를 얻었다.

잘못된 훈육. 엇나간 희열. 일말의 다정. 가냘픈 비난. 가늠할 수 없는 아량.

나는 아직도 그날 아버지의 훈육만큼 잘못된 가르침은 없었다고 단언한다. 흐느낄 정도로 매를 들어 며칠은 걷지 못하게 만들어야 했다.

나를 염원했던 이들만큼 나를 엇나가게 한 사람들도 없었다. 그들 또한 나를 비난하고 저주하며 망가뜨려야 했다. 인간의 본성은 짐승에 가깝기에 자신도 상응하게 다치고 멍이 들어 봐야 깨닫는다. 다시는 추악한 행위를 답습하지 않아야 하는 이유와 타인에게 남긴 잘못과 상처가 얼마큼이나 지대한 것인지를.

기억

어떤 기억은 단순히 잊거나 기억하는 것이 아니라, 애초에 없는 일이었거나 나 자신으로서 순응하는 일이 된다.

*

수는 평소엔 연락 한 통 없다가도 술에 잔뜩 취한 날이면 귀가하는 택시 안에서 받을 때까지 집요하게 전화를 걸어왔다. 그는 모른다. 그때마다 내가 귀에 땀이 나도록 대화를 이어 가야만 했다는 걸. 물론 기껏해야 달에 한 번꼴로 있는 일이라 큰 부담으로 다가오진 않았다. 그보다도 늘 같은 행위를 반복한다는 점이 의아했다. 바로 '택시에서 내렸는데도 사십 분은 족히 넘게 걷는다'는 것. 속으로는, 혹시 나와 통화를 하느라 일찍 내려 걷는다는 말을 들으면 부담이 가중되어 견디지 못하겠다고 생각했다.

그날, 수는 그렇게 나와 통화 중 넘어지고 말았다. 술만 마시면 바람에 휘날리는 날벌레처럼 휘청거리느라 성한 곳 하나 없는 그에게, 나는 염려 섞인 화를 내며 물었다. "대체 어디서 내렸길래 아직도 도착을 안 해? 그보다 왜 집 앞에서 내리지 않는 거야?" 수는 넘어진 자리에서 주저앉아 흐느끼며 말했다. "아니… 자꾸 이상한 데서 내려 줘…."

*

수의 마음엔 블랙홀이 있었다. 말과 감정은 사건의 지평선이었다. 무엇이든 그의 인식 속으로 빨려 들어가면 무無의 상태가 되었다. 뱉어 낸 말을 종종 기억하지 못하는 것에서부터, 해야 할 말을 잊어버리고는 했다고 우기는 것까지. 심할 때는 무엇을 먹었는지, 어디를 다녀왔는지조차 기억하지 못하는 일이 다반사였다. 그래서 둘의 대화는 내가 기억하지 않는 순간 세상에 존재하지 않는 주문에 가까웠다.

수의 기억 장치가 요상하다고 느낀 건 사랑했던 이와의 기억마저 무의 상태로 돌아갔다는 점이었다. 어디서 만났는지, 기념일에 무엇을 했는지, 어느 면이 사랑스러웠는지까지도 그의 깊은 구멍에 빨려 들어가 흔적조차 남지 않았다. "죄책감으로라도 나 잊지 말고 살아." 마지막으로 만났던 이가 남긴 말이라는데, 수는 그 부탁마저 들어주지 못했다고 말했다. 그 부탁과 달리 그와의 기억을 전부 잊어버린 것이 미안하다고. 죄책감마저 잊고 살아간다는 사실이 안타까울 뿐이라고.

그건 잊었다고 표현하는 게 맞을까. 무엇 하나 기억해 내지 못하는 수를 보며, 처음에는 가볍게 만나고 쉽게 잊는 사람이라 생각했지만, 실은 깊게 취한 나머지 거시적인 감정만을 기억하는 사람이라는 생각이 들었다. 이를테면 넘어진 날의 통화 내용은 전혀 기억하지 못했지만 "어제 왜 화냈어?"라며 된통 뿔이 난 상태로 종일 이유를 캐물었다. 이내 그는 무릎의 상처를 보고서야, 자신이 넘어졌기 때문에 내가 화를 냈다는 사실을 간신히 유추해 냈다.

다 기억하지 못해도 감정만은 기어코 잊지 않는 그였기에, 흔적을 찾아 더듬이를 쫑긋 세우는 그였기에, 마지막 만남에서는 아마 미안한 감정만을 붙잡아 저 한 문장을 추모하듯 기억하는 것 같았다. 덕지덕지 쌓인 추억과 과오와 만남은 어디로 가고, 결국 그는 죄책감으로라도 잊지 말고 살라는 그 말의 의중만을 간신히 더듬어 냈다.

*

"택시에 내려서 한 시간 가까이 걸었던 건 기억해?" 묻는 말에 그는 "그렇게나 많이?"라며 허풍을 들은 사람처럼 의심을 했다. 그러고는 내 질문을 따라 기억을 되짚어 이유를 찾아내고 있었다. 더듬더듬. 술에 취하면 오래 걷는 이유는 나와의 통화를 위해서도, 술을 깨기 위해서도 아니었다. 하물며 집 앞을 위성처럼 빙빙 도는 것은 더더욱 아니었다. 아주 단순한 착각이었다. 몇 달 전 대전 선화동에서 부사동으로 이사를 했는데, 자꾸 기사님께 예전 집 주소를 말하는 버릇이 남아 있었던 것이다. "하필이면 자꾸 가는 곳이 선화동이야? 친하게 지내지 말랬지." 우리만 아는 농담을 던지자, 수가 읊조렸다. "선화 언니를 사랑했나 봐."

*

기억하지 못하는 것도 많지만 잊지 못하는 것도 많은 사람이 있다. 바로 어제 일을 기억하지 못하면서도 머물렀던 주소지는 잊지 못하는 사람. 어떤 미래를 약속했는지는 까맣게 잊어버리지만 사랑했던 이를 기준으로 모든 습관이 곤두세워져 있는 사람. 그들이 무엇을 잊고 무엇을 기억하는지 고민한 끝에 내린 결론은, 기억은 단순히 잊는다/기억한다라는 이분법으로는 설명할 수 없다는 것이었다.

방랑자들의 기억 구조는 금붕어의 기억 장치와 닮았다. 방금 본 어항 밖 주인의 얼굴은 금세 잊어도 아가미로 숨 쉬는 법은 잊지 못한다. 직전까지 어디로 향했는지는 떠올리지 못해도 유영하기 위한 지느러미의 움직임은 잊지 못한다. 때로 기억은 그런 것이었다. 기억하는 것이 아니라 잊지 못하는 것이며, 그 잊지 못하는 기억이야말로 금붕어의 본질이다. 금붕어가 물속에서 숨 쉬지 못하고 헤엄치지 못한다면 과연 금붕어라 할 수 있을까. 아가미로 숨 쉬고 헤엄치는 것은 단순한 기억을 넘어, 그 존재 자체를 대변한다. 이렇듯 모든 기록이 습관처럼 스며들어 어느새 그의 일부가 되어 버리는 이들이 있다. 그들에게 기억은 좁은 수조이면서 동시에 넓은 우주이고 또 자신을 옭아매는 울타리이기도 하다. 그저 기억하거나 3초 안에 잊어버리는 것이 아니라, 이미 일부가 되었거나 아니면 애초에 없던 일이 된다. 그러니 기억한다고 해도 그것이 '기억한다'의 개념보단 '이미 자신이 되었다'에 가까워 회상한다는 사실을 인지조차 못하게 되는 것.

그러므로 지금의 수는 사실 언젠가의 수의 기억이다.

자신도 모르게 역겹다는 말을 연거푸 뱉는 비위도, 웃는 상황이 영 어색해 '하하하' 소리를 음절로 쪼개어 발음하는 불안도, 볕이 들면 최대한 다 맞겠다고 치켜세우는 고개도, 무언가를 집을 때 힘이 잘 들어가지 않아 경직되는 새끼손가락도, 품에 안길 때 움츠러드는 허리까지도. 모든 것이 범람하는 사건의 방대함을 이기지 못해 빨려 들어간 수의 기억이었다.

그러므로 내가 만나는 수는 언젠가 누군가를 사랑했을 때의 수일 것이다. 이 말은 곧 누군가 앞으로 수를 만난다면, 나와의 시간 속에서의 수를 대면하게 된다는 뜻이다.

성운이 붕괴하며 탄생하는 항성처럼 오랜 말과 감정을 붕괴시켜 자신이 되어 버린 수를 보고 있자면, 지금의 그가 방대한 기억의 우주 속에 표류하고 있다는 사실이 안타까웠다. 공허로 유실된 위성처럼 점차 부식되었고 깊은 과거의 수압을 견디지 못해 짓이겨져 지금의 수가 되었다.

언젠가, 어디선가 세상을 유랑하다 누군가를 만날 그를 떠올리면 더욱 마음이 쓰였다. 수는 본래 부정적인 사람이 아니었으나, 부정적인 사람만을 만나며 그렇게 변해 온 것이라 생각하면 더더욱. 하필이면 나의 세상도 어둡고 습해 딱히 개선되지 못한 수의 세상이 그렇게나 안타까운 것이었다.

*

무언가를 잊고 살아간다면
그것은 망각한 것이 아닌, 받아들인 것일 수도 있습니다.
그래서 나는 지금의 그를 사랑한다고 말할 수 없습니다.
언젠가 기억에 잠식당한 과거 속의 그를 사랑하는 것이기에.

기억 2

어떤 날은 슬펐고, 어떤 날은 비탄했으며, 또 어떤 날은 유약했고, 경멸스럽기도 했다. 그러나 결국 그 모든 시간이 쓸 만했음을 깨닫게 된다.

먹다 남은 청포도가 탁상 위에서 갈색으로 물들며 군데군데 무르고 썩어 갔다. 나는 조명 주위를 이착륙하는 초파리를 빤히 응시하며 상념에 잠겼다. 어떤 기억이 숙성되어 적당한 달큼함과 풍미를 품기 위해서는 긴 시간이 필요하다. 그러나 포도를 실온에 두고 상할 때까지 방치한다고 해서 포도주가 되지는 않는다. 이렇듯 모종의 감정과 상황도 그대로 둔다고 해서 시간이란 장치가 효모처럼 작동하는 것은 아니다. 한 사람이 품은 과거가 걸맞게 미화되기 위해서는 반드시 거쳐야 할 공정이 있다. 나는 그것을 '또 다른 사랑'이라 여기는 편이다.

사랑은 곧 과거에 대한 이해이고, 과거를 이해하는 일은 기억을 발효시키는 행위에 가깝다. 그래서 우리는 일련의 사랑을 거치며 부족했던 것과 아름다웠던 것들, 비루하고 오만했지만 결국 영양이 된 것들, 한때라 여겼지만 영원일 수도 있었던 것들을 깨우친다. 그제야 그것들은 아름다운 추억이라 불리며 애틋한 감정으로 재해석된다.

때문에 아름다운 추억이라는 말은 모순이다. 모든 기억은 거듭된 만남을 통해 추억이 되고, 먼 시간이 흐른 후엔 "그땐 그랬었지." 하며 그 사건에 관대해진다. 기억은 숱한 사랑의 발효 과정을 거쳐 어떤 의미로든 쓸 만하게 다시 태어난다. 시대에 길이 남을 악행을 저지른 이들조차 죽음에 이르렀을 때는 자신의 이야기가 선례로 쓰였음을 안도하며 그 기억을 미화할 것이다. 결국 누군가를 추억한다는 본질은 본래 아름답지 못했지만, 아름다운 것이라 정정하는 과거 사건과 현재 감정의 절충이다.

초파리는 청포도의 달큼함을 맛보려 몰려든 것일까, 아니면 빛에 이끌려 모여든 것일까. 벌레가 닿았다는 사실만으로 그 청포도는 이미 쓸모를 잃었다. 오크통에 담겼더라면 분명 포도주가 되었을 테지. 그래 봤자 결국은 썩은 것이겠지만.

지나간 것에 아름다움은 없다. 달콤한 것도, 밝은 것도 사라진다. 죄다 폐허이다. 시간이 흘러 썩으면 쓰임새 있게 개간되는 것일 뿐.

"그래도… 쓸 만한 시간이었을까."

이는 내가 지금 사랑을 하고 있는가를 판단하려는 지속적인 물음이다. 하수구에 얽힌 머리칼처럼 과거의 연으로 설킨 오해들이 전부 추억이 된다면, 그것이야말로 내가 사랑을 하고 있다는 증거일 테니까.

악취가 아지랑이처럼 피어오르는 얇은 접시를 응시하며 나는 몇 번이고 중얼거렸다.

운명

우연히 바다가 생기고, 또 다른 우연으로 빛과 산소가 만나 생명이 탄생했다. 지구의 연대를 살펴보면 억겁의 우연으로 인하여 지금도 그렇게 '되어 가는' 중이며, 그 중간 부분의 산물은 현재이다. 우린 이처럼 우연히 '되어 가고' 있는 세계 속에서 우연히 태어나 시대를 유영하는 것이다.

과연 '되어 가지' 않는 것이 이 세상에 존재하는가? 불가항력의 반대말이 존재하지 않는다는 것은 삶이 어떤 형태로든 이겨 낼 힘을 본래 지니고 있다는 증거이다. 한 사람의 세계는 지금도 당연히 '되어 가는' 중이라 그것을 온전히 담아낼 언어가 없다. 그러니 삶이 가진 힘은 불가항력을 넘어설 수 있도록 설계된 것이며 그것은 인간으로서 저항할 수 없는 운명이 된다. 당연히 그런 숙명을 맞이할 것이라면 저항이라 불리는 모든 것들이 내 삶을 가로막는 장애가 아니라 삶을 받아들이기 위한 필수 과정이며 결국 '되어 감' 그 자체의 일부라는 뜻이다.

다만 삶의 구조는 진화론과 비슷해 어떻게 되어 가는지 그 당시에는 알 수 없다. 아득한 시간이 흐른 뒤에야 지극한 우연에 의해 그렇게 되었다는 이야기로 귀결될 뿐이다. 우연의 우연이 겹쳐 바다가 대지가, 그리고 생명이 탄생했듯, 우린 억겁의 우연이 겹쳐 각자의 방식으로 진화했고, 마침내 문명을 일으킨 인류의 역사처럼 한 사람의 역사 또한 그렇게 일으켜진다.

우연히 그렇게 되었다.

누군가를 만나고 사랑하게 되기까지 우연이라는 낱말 없이 설명할 수 있겠는가. 삶을 꾸리고 고난을 헤쳐 나가는 일 또한 기적이라는 것 없이 말할 수 있겠는가. 다만 그 순간에만 사유하고 설계되지 않을 뿐이다. 시간이 흘러 먼 훗날 되돌아보니 그랬다고밖에 설명할 수 없다. 그때는 알지 못했지만 어떻게든 '되어 가는' 운명을 가진 채 나아간다.

그러니 너와 나로 말하자면, 누군가를 놓치고 좌절하며 안타까워했겠지만 언젠가는 운명이라는 사랑의 말로를 맞이할 것이다.

되어 가는 걸 인지하지 못한 채로 기적적 순간을 거듭해 마침내 운명이란 문명이 세워지리라. 언젠가의 기억과 마음, 만남은 참으로 혼탁했지만 그럼에도 결국 나아가리라, 살아가리라,

흘러가리라, 맞이하리라.

사람은 불가항력에 좌절하지 않고 반드시 이겨 낼 것이다. 사랑은 결코 사유가 되지 않으며, 삶은 설계되지 않은 채 필연적 진화를 거듭할 것이다. 결국 삶과 사람, 그리고 사랑이 필히 그렇게 되리라는 도달을 약속하고 있다면, 정말 그렇다면 불가항력의 반대말은 실로 '삶'이거나 '사람'이거나 '사랑'이 아닐까. 이 세 단어는 끝내 이겨 내리라는 운명을 간곡히 의미하고 있는 게 아닐까.

삶은 결국 어떤 형태로든 이겨 내는 힘을 지녔다. 그것이 바로 너와 내가 마주하게 될 필연적인 운명이 되리라.

고향

과거는 빚과 같아 청산하지 못하면 내 삶의 부채가 되고, 빛과 같아 잊지 않고 품는다면 삶을 지탱하는 버팀목이 된다.

*

난 기댈 곳이 필요할 때면 어머니를 찾는다. 작고 여린 육신으로 나를 키워 낸 어머니는 지구보다 큰 존재였다. 심히 왜소하게 태어나 살 확률이 희박하다는 주치의의 말에도 무너지지 않고 기도를 연이으며 날 포기하지 않았던 어머니를 떠올리면, 그 정신은 아주 아득해서 좀처럼 뛰어넘을 수 없는 안식에 휩싸인다. 내가 가냘프게 태어난 것을 그렇게나 자신의 탓으로 돌리며 기적을 믿었던 어머니의 마음. 그 기도는 나에게 빛이었다. 그리고 그 빛은 내 세상의 절반이 되어 여전히 삶과 사람과 사랑의 힘을 믿게 하는 뚜렷한 이유이자 명분으로 존재한다.

그에 비해 수는 찾을 것도, 기댈 곳도 없는 사람이었다. 돌아갈 어머니도 안식할 고향이랄 것도 없었다. 나에게 세상은 긍정과 부정이 반씩 섞여 적절한 채도를 이루었지만 수에게 세상은 반은 부정, 나머지 반은 환멸이었다. 반쪽짜리 사랑은 나에게 세상을 이겨 내게 하는 힘이었지만 수에게 사랑이란 부정으로 끝없이 추락시키는 깊은 구멍에 불과했다.

*

"우리 엄마는 작은 가방을 메고 웃으면서 나를 안아 줘. 그 모습이 귀여운 꿀벌 같아서 자꾸 볼을 쓰다듬게 돼." 엄마의 앙증맞은 키와 사랑스러운 표정, 그리고 좁은 어깨에서 자꾸 흘러내리는 가방끈을 꽉 조여 맨 모습을 이야기하던 때, 수의 표정은 취두부처럼 썩어 가듯 악취를 풍겼다. 그는 해맑게 웃으며 자랑하는 내 안면에 대고 물었다. "그렇게 사랑해서 얻는 게 뭐야?" 그러고는 잠시 뜸을 들이다가 말을 이었다. "전부 고통이잖아."

수에게 실질적인 가족이라곤 고양이 두 마리가 전부였다.

그는 어린 시절 갇혀 지내던 촌과 자신을 성추행한 선생과 양아치들, 이를 방관한 가부장적인 아버지, 그리고 자신을 일찍 버리고 떠난 어머니에 얽힌 비운을 자주 읊곤 했다. 그 광경을 보며 자신을 거두어 준 할아버지와 할머니마저 성인이 되기 전에 세상을 떠났고, 호적에 남은 것이라곤 죄다 꼬인 핏줄처럼 얽힌 이름뿐이라고 했다. 그의 비극과 부정적인 시선은 다 알지 못하는 가정사에서부터 지금의 삶까지 전이되어 결국 그를 결핍투성이로 만들었고 병들게 했다. 이를테면 결혼이라는 단어에 극심히 분노하며, 그 말을 가볍게 내뱉는 이들을 기피했고, 당연히도 비혼주의자의 삶을 택했다. 회식 자리에서 가정사가 언급되면 표정이 굳어졌고 접신이라도 된 듯 욕설을 중얼거리는 탓에 사내 관계는 박살이 났다. 퇴사 후 마땅한 직업을 구하지 못해 시작한 아르바이트에서는 사람이 많아지면 불안해지고 손이 떨리는 습관 때문에 크게 다치기도 했다. 수의 인생은 언제부턴가 쌓여 온 과거에 집어삼켜져 엉망이 되었고, 결국 타인의 애정에 기대어 생을 연명하는 처지가 되었다. 물론 지금의 수도 알고 있을 것이다. 이 업보 또한 켜켜이 쌓여 언젠가 다시 비운으로 돌아오리라는 것을.

수가 키우는 고양이는 네네와 치킨이었다. 네네는 흰 털, 치킨은 검은 털을 가진 고양이였는데, 단순히 네네치킨을 좋아해서 그렇게 지었단다. 둘 다 유기묘였고, 버려진 자신과 닮은 처지를 모른 척할 수 없었다고 했다. 수의 집에 처음 발을 들였을 땐 "치킨아-"라고 부르는 것이 영 어색해 주로 네네를 많이 불렀다. 평소 치킨을 즐겨 먹는 나로서는 도저히 감당하기 힘든 이름이었다.

네네는 오드아이를 가지고 태어났다. 한쪽 눈은 깊은 푸른 빛을, 다른 한쪽은 짙은 검은빛을 띠었다. 겁이 많은 네네는 늘 수의 옷장 속에 숨어 지내기 일쑤였고, 그 탓에 그의 옷장에서는 검은 옷이 자취를 감추고 흰옷들이 가득했다. 그토록 사랑을 혐오하면서도 자신의 취향까지 포기하며 한없이 내어 주는 수를 보며 물었다.

"네가 네네와 치킨을 생각하는 마음은 사랑이 아니고서야 무엇으로 설명할 수 있겠어?"

수는 한동안 아무 말도 하지 않았다. 맞은편 옷장 속에서 네네가 푸른 눈과 검은 눈으로 우리를 응시했다. 대답을 머뭇거리는 수에게 쏘아붙였다.

"옷장에 들어가는 고양이는 버리지 못하면서 좋아하던 검은 옷은 다 버렸잖아."

주문이라도 외듯 연이어 몰아붙였다.

"불편해도 같이 살고 있잖아."

"네 먹을 건 아껴 가면서 츄르는 꼬박꼬박 사고."

"사랑하니까 전부 감내하고 희생할 수 있는 거잖아."

"사랑이 뭔데? 뭐가 그렇게 고통인데? 때론 웃고 어떨 땐 울면서 의지하고 있잖아. 그게 사랑이야, 수야."

수는 내가 쏟아 내는 말 사이로 약에 취한 사람처럼 휘청거리며 문고리를 붙잡더니 문을 닫았다.

"쟤들도 다 들어…."
그러고는 나를 쏘아보며 연신 답했다.
"네네를 향한 마음은 기껏해야 연민이야."
"연민하기 때문에 잃을 것도 없어. 잃는다 해도 그 부재에 슬퍼할 자격이 없고."
"아직도 내 마음은 직산에 있어. 애석하기도 하지."
"도망치듯 대전에 왔다고 해도 달라진 건 없어."
"서울에 가도 나는 촌구석에서 해방되지 못할 거야."
"쟤들도 그래."
"내 집에 있어도 여전히 버려진 기억 속에 머물러 있어."
"그러니까, 나도 버려져 봤으니까 네네처럼 자꾸 숨어 버리는 거야. 난 오빠처럼 밝게 사랑할 수 없어."
"오빠가 나를 동정으로 바라보듯 나도 쟤들을 연민으로 바라볼 뿐이야."
"어떻게 이게 사랑이야? 지옥이지."
"이미 버려진 것들은 감히 사랑할 수 없는 악취 속에 갇혀 살아. 네가 알기나 해?"

수의 한쪽 눈은 살려 달라는 듯했고 다른 한쪽은 제발 꺼
져 달라는 듯했다.

나는 말을 잇지 못했다.

어떤 인생은 그저 태어났을 뿐인데도 숨이 턱 막힐 만큼 애
통하고 기구하다. 수는 그렇게 자신이 지고 태어난 비운과 오
물보다 역한 현실에서 해방되고 싶어 했다. 성인이 된 직후 그
촌 동네를 벗어나기 위한 여정을 시작했다. 천안에서 평택으
로. 평택에서 조치원으로. 조치원에서 대전으로.

당장 서울에 자리 잡기에는 걸리는 것들이 너무 많았다. 이
사도, 고양이도, 하물며 보증금까지 현실의 벽은 두꺼웠다. 무
엇보다 수에게 지역의 이동은 꾸준한 해방 의지를 뜻했으므로
단번의 성취에 의해 삶의 목표를 잃어버릴지도 모른다는 불안
도 있어 보였다. 서울에 사는 나로서는 매일같이 재워 줄까 생
각을 가지기도 했으나 누군가와 함께 지내는 결속이 당시의
나와 수에게는 벅찬 일이었다.

*

모든 불운은 과거의 세계가 범하고 당해 온 업보이자 역사다.

비극은 대개 어떤 한 지점에서 파생되는 것이 아니라 켜켜이 쌓인 과거로부터 천천히 지층이 마련된다. 어린 시절의 어떤 상황이 그를 형성하고, 그렇게 만들어진 그는 어떤 잘못을 행하며, 그 잘못은 지금에 와서 비극으로 작동한다. 그러니 어떤 불행에 '갑자기'라는 개념은 결국 깊이 내재된 마음의 회피일 뿐이다. 갑자기 일이 생겼다거나 불운이 겹쳤다는 말은, 사실 언젠가 그럴 줄 알고 있었음에도 스스로를 고치거나 방어할 수단을 마련하지 못했고, 끝내 이겨 낼 수 없었다는 뜻이다.

언젠가 네네가 돌연 죽었을 때, 수는 나에게 전화를 걸어 살려 달라며 두 시간 넘게 흐느꼈다. 나는 알고 있었다. 그것은 수가 갑자기 맞이한 비극이 아닌 오드아이로 태어나 희미한 생을 지닌 네네를 그냥 지나치지 못한 그의 업보라는 것을. 그 업보마저도 자신처럼 '버려졌다'는 과거의 비운이 만들어 낸 연민 때문이라는 것을. 네네는 갑작스레 생을 마감한 것이 아니었다. 매주 병원에 데려가기엔 버거웠던 수의 주머니 사정이 그 시간을 앞당겼고, 그 빈약한 경제력 또한 과거로부터 비롯된 정신병이 불러온 불운이었다. 병든 네네가 스트레스를 받을 걸 알면서도 해마다 이사를 감행한 것은 수의 욕심이었다. 그 욕심마저도 결국은 과거에서 해방되려던 그의 구차한 걸음걸이에 지나지 않았다.

생이란 그렇다. 과거의 경험이 지금의 나를 언젠가의 나에게로 견인한다. 부정적인 과거를 청산하느냐, 긍정적인 과거를 받아들이느냐에 따라 당장의 삶으로 나타난다. 한쪽 눈이라도 떠 삶의 환희를 맛보려는 이는 잠시 어둡더라도 아침을 꿈꾼다. 그러나 두 눈을 감은 이에게는 세상의 아침을 아무리 설명해도 끝내 어둠일 뿐이다. 과거에 빛을 조금이라도 본 이는 기어코 어둠 속에서 긍정의 실을 찾아내지만, 과거의 어둠에 삼켜진 이는 대낮에도 여전히 막막한 칠흑 속에 잠겨 있다. 안타깝기도 하지. 요즘은 금수저니 흙수저니 하는 말을 자주 하지만 정작 중요한 것은 정신적인 영역에서의 대물림이며 되도록 멀끔한 과거다. 과거에 빛을 보고 자랐는가 아닌가가 곧 일말의 긍정과 행복, 행운과 소망에까지 관여한다.

수가 보는 세상이 온통 검지 않았다면, 네네처럼 한쪽이라도 푸른빛을 띠었다면 그를 연민하고 미워하고 동경하고 동정하는 이 낱낱한 마음도 사랑으로 여겼을 텐데.

만약 우리가 같은 어머니로부터 빛을 보고 자랐다면 서로를 아득히 사랑할 수도 있었을 텐데.

회고

우린 종종 남들은 잘 이해하지 못하는 문장으로 서로의 삶에 질문을 던지곤 했다. "태어난 날 기억해?" 여러 색깔 점들이 허공에 아른거리는 어두운 밀실에서 취기가 서린 목소리로 수가 물었다. "응." "어땠어?" 그가 되물었다. "기도를 들었어. 나는 살고 싶다며 발버둥 치고 있었고, 누군가 나를 피워 내기 위해 물을 뚝뚝 흘렸지. 인큐베이터는 쓸데없이 넓었어." 수는 내 머리통을 짓이기듯 쓰다듬었다. 그가 팔을 휘저을 때마다 이끼가 낀 고목나무 향이 났다. "그랬구나. 오빤 작았구나. 하찮게 태어났구나." "너도 기억해?" 나는 물었다. "응. 난 너무 일찍 태어났어. 한적한 촌에서. 그래서 나를 지울까 말까 고민하는 걸 다 듣고 자랐지. 그때부터 내 안에서 무언가 부서졌어. 그들을 볼 때마다 사지가 가위질당하는 느낌이야." 수의 생일이었다. 근처에 내 생일도 함께였기에 그가 태어난 날에 맞춰 2인분의 조촐한 기념을 했다. 그건 축하라는 개념보다는 조금 더 솔직해지는 날에 가까웠다. 수는 내 머리를 살살 조이듯

안았고, 나는 그 품 사이를 더욱 파고들었다. 그는 어떤 악의에 잠겼는지 가슴골과 기립근에 식은땀이 곪아 있었다. 나는 그의 구석구석에 키스했다. 육즙이 달다. 상처 난 나무가 온몸으로 울듯 수액이 진했다. "그만…." "싫어?" "오늘은 사랑하고 싶지 않아." 수가 흐느꼈다. 나는 두 손으로 수의 얼굴을 감싸며 마주 보았다. 어둠에 적응한 내 눈앞에는 구겨진 표정으로 우는 수의 얼굴이 아른거렸다. 살고 싶다는 듯. 이내 마른 줄 알았던 나의 두 눈에서 물이 뚝뚝 흘렀다. 그대로 수의 표정에 스며들었다. 우리가 마음을 나누는 방식이었다. 남들은 잘 이해하지 못할 물음과 슬픔의 종적 속에서 이따금씩 서로를 알아주며 가진 어둠에 익숙해지는 것.

회색

슬픈 날도 있었고, 젖은 날도 있었으며, 비루한 날도 있었지만 어떤 순간에는 살 만했고 또 어떤 순간에는 행복했다. 그중 단연 으뜸은 행복한 기억이라는 것을 깨닫고 나서는, 세상을 염세적으로 보기보다 다소 낙관적으로 바라보는 것만이 내 삶을 아름답게 지켜 내는 방법임을 알게 되었다. 행복한 기억이 많을수록 삶은 아름다워진다니. 이렇게도 당연하고 자명한 사실을 깨닫기까지 나는 무수히 많은 환멸과 우울과 비관을 겪어야만 했다.

다소 미숙했던 시절의 나는 부정의 축에 가까운 사람이었다. 그러나 나이가 들수록 긍정적인 것들에 눈길이 가고 어제의 그늘보다는 내일의 햇살을 꿈꾸게 된다. 누군가에게는 당연히 그래 왔던 사실일지라도 꾸준히 어둡고 염세적이던 사람은 그것을 뒤늦게 깨닫는다. 아니, 정확히 말하자면 오히려 긍정적인 사고나 낙천적인 인생관을 지닌 이들이야말로 '행복한 기억이 많을수록 삶은 아름다워진다'는 사실을 체감하지 못한다고 생각한다.

그들에게 있어 세상은 이미 밝게 구성되어 있기에 간헐적으로 스머드는 부정과 우울이 더 깊이 자리 잡는다. 그런 어둠은 밝음으로 지탱되는 삶과는 정반대의 개념이므로, 쉽게 뇌리에 박히고 마음의 병으로 번지며 트라우마가 된다. 그 과정을 겪으며 서서히 세상은 음陰에 가깝다는 것을 깨닫게 된다.

반대로 나에게 있어 세상은 처음부터 온통 그늘이었다. 그러나 간헐적으로 비치는 평온한 행복은 내 삶과는 너무 대조적이어서 오히려 마음속 깊이 박혀 버리곤 했다. 결국 내가 흐린 눈으로 외면해 왔던 긍정과 일말의 행복들에 굴복할 수밖에 없었고, 서서히 세상은 양陽에 가깝다는 것을 깨닫게 되었다.

그렇다면 우리의 삶을 지지하고 지배하는 속성은 무엇인가. 삶이 한쪽으로만 치우치지 않도록 유지하는 것은 어떠한 관념인가. 나는 결국 긍정적인 삶으로 향하기 위해 긴긴밤 속 별을 찾아 헤매었고, 누군가는 부정적인 삶에 면역하기 위해 그늘 속에서 지내는 법을 익히고 있었다.

결론적으로 내가 어둡다고만 여겼던 세상이 이토록 밝을 수 있음을 경험하고, 당연히 밝을 것이라 짐작했던 세상에도 어둠이 있음을 알게 되며, 그동안 간과했던 사실과 이면의 세계를 새롭게 깨닫게 된다. 단지 내가 살아온 방식과 반대되는 것들을 겪고 이해하면서 극단적이지 않은 중립의 삶을 살아가게 되는 것. 인간은 그러한 인과를 지니고 있다고 믿는다. 그러니 간혹 찾아오는 행복도, 언젠가 맞닥뜨릴 비운도 결코 자랑하거나 이겨 내야 할 감정이 아니라 받아들여야 할 개념에 불과하다. 삶의 양과 음은 흐르는 시간에 따라 자연스럽게 희석되거나 면역하므로 순간을 받아들이면 될 뿐이다. 과한 의미 부여와 자기 편하는 본질을 해치는 덧칠일 뿐이다.

아주 어두운 것도 아주 밝은 것도 이 시대에는 존재하지 않는다. 세상은 결국 누구에게나 회색의 종말을 안긴다.

추악

인간의 본연은 본디 추악하다. 이를 깨닫기까지 꽤 오랜 시간이 걸렸다. 아니, 인정하기까지 꽤 오랜 시간이 걸렸다. 어릴 적에는 더럽다며 혀를 끌끌 찼던 행위에도 성인이 되어서는 되레 미쳐 사는 것이 인간이며, 성행위를 삶의 목적 가운데 중요한 부분으로 여기며 살아간다. 혹자가 이를 부정한다 해도 생명에게 내재된 종족 번식의 본능까지는 지워 낼 수 없을 것이다. 성적 행위는 가장 원초적이고 음침하면서도, 동시에 아름다움이라는 이름으로 치장되곤 한다. 왜 섹스를 굳이 사랑을 나눈다고 표현하는가. 왜 가장 숨기고 싶은 곳이 가장 민감한가. 혹은 가장 민감하기에 숨기게 되는 것일까. 그 민감함은 육체에만 국한되지 않고 마음에도 고스란히 적용된다. 세포와 호르몬은 정말이지 추악하게 설계된 것일까.

이는 신이 우리에게 주는 가장 큰 깨달음이자 부정해 보라고 던지는 시험일 수도 있다. 인간은 스스로의 본능 앞에서 가장 낯설고 역한 존재일지 모르지만, 그것을 퇴비 삼아 일말의 아름다움을 피워 내라는 것. 겹겹한 더러운 행위로부터 응집한 사랑과 어딘가의 구원을 찾아내라는 것이다.

*

사랑하는 사람에게 가장 아름다운 것을 주고 싶어 꽃을 선물한다. 그러나 우습게도 그것은 한낱 식물의 생식기를 꺾어 다듬고 포장해 건넨 것이다. 더해서 그 위에 사랑과 희망, 열정 같은 의미를 부여한다. '영원한 사랑', '숨겨 둔 마음', '새로운 시작' 따위로. 인간은 사랑을 전하면서도 추악을 나누고 그 모든 모순 속에서 아름다움을 이야기한다. 나는 이것이야말로 인간이라면 반드시 한 번쯤 스스로에게 던져야 할 질문이라고 생각한다.

모든 생물은 단지 종족 번식을 위해 태어난 것일까,
아니면 끝없는 사랑을 이어 가기 위해 번식하는 것일까.
성행위는 가장 원초적이면서도 가장 아름다운 오락일까.
개구리는 왜 개굴개굴 울어 대고, 꽃은 왜 스스로를 뽐내며 번식할 수밖에 없는가.
왜 사랑 없이 섹스는 할 수 있으나 섹스 없이는 사랑할 수 없는가.

모근

수는 이기적인 사람을 혐오했고, 티를 내며 봉사하거나 희생하는 이를 경멸했다. 슬픔과 고통을 감내하지 못한 채 위로를 강요하는 행위 또한 참지 못했다. 결핍에서 비롯된 마음을 합리화한다고 집요하게 비난하던 그를 보며, 나는 그 지점이야말로 수가 끝내 해결하지 못한 열등일 수 있다고 생각했다.

*

"사람은 취약한 곳에 털이 난대. 그래서 난 털이 싫어. 그건 유약하다는 증거잖아."

어느 날 수가 내 살갗을 낱낱이 어루만지며 말했다. 그의 몸은 전신 제모를 해, 털 한 올 찾아볼 수 없었다.

그러고는 함께 벌거숭이가 되어 보자며 나를 꼬드겼다.

"오빠도 제모하면 안 돼?"

"그게 좋겠어?"

"응. 오직 살만 닿고 싶어."

"그게 중요해?"

"응."

"왜?"

"털은 꺼끌꺼끌 거슬리잖아. 오빠가 약한 거 때문에 내가 싫을 순 없지. 같이 하자."

*

인간이 이기적인 이유는 의도적으로 이기적이지 않으려는 데 있다. 인간은 본래 자기 보호를 전제로 태어나고 성장한다. 그것이 인류가 지닌 근본적인 악함이다. 약하다는 것. 그러므로 누군가의 보호 없이는 살아갈 수 없고, 무언가에 기대어야만 하는 기생적 존재라는 것. 나 역시 존재한 때부터 어머니의 양분을 갈취했고, 아버지에게는 철야를 강요했다. 축복과 축하 속에 태어나 누군가의 육신과 정신을 소모하게 만든 착취의 주역이었다. 이후에도 친구와 연인에게 기대어 도움과 다정을 바라 왔고 연대와 결속을 부탁하듯 강요해 왔다.

스멀스멀 피어오르는 존재에 대한 이기심을 곱씹다 보니 털을 박멸하자는 수의 설득이 묘하게 납득됐다. 약한 티를 내는 것은 곧 악이고, 그 악을 알면서도 그대로 두는 것은 이기적인 것이니.

평생을 털과 함께 자라 온 나로서는 쉽지 않은 선택이었지만 용기를 내어 박멸에 동참하기로 했다. 일단 제모 대신 왁싱을 택했다. 영구적으로 없애기보다는 일시적으로나마 연약함에서 해방되어 보고 싶었다. (영구 제모라 하면 어쩐지 남성성을 거세당하는 듯한 느낌이 들었다)

실오라기 하나 걸치지 않은 살과 까슬한 털 하나 없는 몸으로 수와 잠자리를 가질 때면 다시 태어난 기분이 들었다. 보통의 행위보다 더 격렬했고 즐거웠다. 나약함에서 해방된 희열이란 이런 걸까. 행위를 마친 후 천장을 바라보며 속으로 되뇌었다. 가장 말끔하고 무無에 가까운 희열만이 그가 추구하는 순결이자 해방일까.

이후 내 몸에 털이 자라날 때면 수는 얼굴을 찡그리며 내 모근을 손톱으로 파냈다. 그러곤 "없애자."며, 함께 털을 박멸하자고 부탁하듯 강요했다. 나는 고집 피우는 아이처럼 간헐적으로만 털을 뽑았다. 귀찮거나 아파서라기보다 그 행위 속에 담긴 어떤 심리적 고백이 나를 망설이게 했다. 어쩌면 사람과 사랑만큼 이기적인 생물과 행위는 없을지도 모른다. 그렇다면 이기심을 박멸한 삶은, 거세된 내시의 삶과도 같지 않을까.

털이 자라나는 내 몸은 나라는 개체가 지닌 본래의 모습이다. 실은 그게 본능이고 무인 것이다. 억지로 지지고 뽑는 순간 나는 내 뿌리를 잃어버리는 것과 다름없다. 약함과 결핍, 그리고 욕망은 사람과 사랑의 본질이자 그 일부이며 동시에 전부다. 그것 없이는 사람도, 사랑도 온전히 존재할 수 없다.

*

사랑의 일대를 사람의 일대기에 빗대어 본다면 우리의 사랑은 태어나면서 어떤 이기심을 품게 되는 것일까. 서로를 궁금해하며 속닥이고, 하나가 되어 오래 아끼면서도 어떤 희생과 갈취를 요구하게 되는 것일까. 유년기에서 청년기에 이르기까지, 사랑의 모근에는 어떤 약점이 있기에 검은 숲처럼 빼곡한 이기심이 자라나는 것일까. 그 결핍과 약함은 정말 몸의 털처럼 반드시 없애야만 하는 것일까. 수는 아마도 그런 이기적인 것들을 영구히 박멸하고자 하는 사람이었다. 자기 안의 유약함이 자라나지 않도록 억누르며 그로 인해 서로의 악함이 드러나지 않기를 바랐다. 끝없이 솟아나는 욕망과 욕정, 그리고 결핍의 고리를 끊어 내고 싶어 했다. 그에게 있어 그 수단은 '도망'이었다. 사랑 밖으로의 도피. 자라나는 이기심과 다정함까지도 전부 없애야 할 마음의 털처럼 여겼다. 그래서 수는 사랑을 외면하기 위해 촘촘한 마음의 구멍을 짓이기거나 뜯어냈다.

수는 알기나 할까. 도망과 외면이 누군가에게는 그의 약함이자 악함이며 이기심으로 기억된다는 걸. 사랑의 본능은 이기적이며 유약하다는 사실을 그가 알 턱이 없겠지. 사랑이라는 빼곡한 이기심의 숲에서 도망치는 그였기에, 나에게 있어 그만큼 독선적인 사람이 없었다. 꿈에서 마주친 파랑새처럼 잡으려 해도 잡히지 않는 그의 존재는 시간이 흘러, 적어도 나에게는 연민과 다정을 품게 하고 홀연히 날아가 버린 무책임한 사람이었다.

애석하게도 수에게 있어 나 또한 그런 사람이었을 것이다. 아주 오랜 시간이 흐른 뒤에야 '함께 제모를 하자'던 수의 말은 털을 없애자는 뜻이 아니라 '함께 도망치자'는 부탁이었을지도 모른다는 생각에 이르렀다. 그때 나는 왜 그 말뜻을 알아주지 못하고 내가 가진 현실 안에서 안아 주기만을 택했는지. 아주 위선적이고 결단 없는 꼬드김만을 그에게 전해 줬는지.

어쩌면 수는 숨 가쁘게 도망친 것이 아니라 숨 가쁘게 붙잡아 달라고 애원하고 있었는지도 모르는데. 그가 박멸하고자 한 건 자꾸 자라나는 마음이 아니라 자꾸 외면하는 마음일 수도 있었는데.

표현

입술을 거쳐 나온 모든 발음은 비슷한 종류의 감정에서 비롯된다. 결핍, 사랑, 갈증, 다정, 애정, 행복의 말들. 그러나 결국 모든 것은 어떻게 표현하느냐의 문제일 뿐이다.

*

평소 소식과 채식을 일삼아 나무줄기처럼 삐삐 마른 수의 육체를 보고 있노라면 햇빛이나 공기로 에너지를 얻어 사는 게 아닐까 하는 상상을 하곤 했다. 그만큼 함께 식사를 하는 일이 많지 않았다. 수는 늘 밥을 먹는 내 옆에 매미처럼 달라붙어 커피를 수혈했다. 그러던 그가 떡볶이가 먹고 싶다고 말한 날이 있었다. 먼저 무언가를 먹자고 청하는 수의 모습은 낯설기 그지없었고, 함께 자극적인 음식을 먹을 생각에 들뜬 마음으로 그것을 주문했다. 그러나 수는 몇 점 집어 먹더니 이내 젓가락을 내려놓았다. 그러고는 삐죽 나온 입으로 침대 이불을 꽁꽁 두른 채 핸드폰으로 드라마를 켰다. 등을 돌려 누워 있던 수는 드라마 소리에 묻힐 듯한 목소리로 쏘아붙였다. "씨… 맵지 않잖아. 떡볶이는 매워야 해." 중얼거리며 나를 나무랐다.

무슨 이유인지 알 수 없는 그의 행동에 한숨이 절로 나왔다.

"떡볶이 먹고 싶다며. 더 먹자."
"아니, 이거 볼 거야. 네가 시킨 건 안 매워서 싫어."
"뭐 하자는 거야? 기껏 잘 먹지도 않는 떡볶이까지 시켰더니."

그 뒤로 수십 분간 추궁이 이어졌고 떡볶이는 불어 터져 갔다. 그제야 수는 뾰로통해진 이유를 실토했다.

"내가 이 드라마 재미있어 보인다고 전부터 얘기했잖아. 먹을 때 같이 보게 켜 줬어야지."
"그럼 그냥 보자고 말하면 되잖아."
"싫어. 알아줘."
"응?"
"다 숨긴 채 말하고 행동해도 알아서 알아줘."
"너무 의도를 숨기고 말하잖아. 보고 싶으면 보고 싶다고, 좋으면 좋다고, 같이 싫어해 달라고, 아니면 꺼져 달라고… 그 의중을 조금이라도 알 수 있게 말해 줄 순 없어? 너무 터무니없잖아. 어떻게 드라마 같이 보자는 말이 떡볶이 먹자는 말이야."

"그만… 제발 알아줘…."

작은 일로 시작된 텁텁한 대화는 끝내 수를 흐느끼게 만들었다. 무언가에 마음이 체한 건지, 불안이 있는 건지, 잘 풀리지 않는 일이 있었던 건지. 옆으로 돌아누운 채 웅크린 그의 마음속 모든 우울이 침대 밑으로 흘러내려 가기를 바라며. 나는 시간이 지나 퍼진 2인분의 남은 음식을 장면이 보이지 않는 드라마 소리와 함께 우걱우걱 먹어 치워야 했다.

*

수는 암막 커튼으로 도배되어 볕 한 줄기 들지 않는 방 안에서 이상하리만큼 책을 잘 읽는 눈을 가졌다. 작은 무드등에 기대 활자를 알알이 골라 곱씹는 모습을 보면, 어두운 숲길을 촛불 하나에 의지해 걷는 검은 옷의 수녀가 떠오르곤 했다. 물론 헝클어진 머리와 하얀 끈나시 잠옷을 감안하면 처녀 귀신에 가까웠지만.

손끝으로 잘 보이지도 않는 문장에 지문을 묻혀 가며 줄곧 읽었다. 그러다 마음에 드는 문장이 있으면 살쾡이가 발톱을 세우듯 날을 세워 선을 그었다. 책이 찢어지는 소리보다는 작았지만 분명 '찌익' 하는 소리가 들렸다. 어두운 곳에서 독서를 하며 손톱자국으로 문장에 밑줄을 긋는 행동은 여간 이상한 게 아니었다.

어느 날은 수가 집에 두고 간 산문집을 펼쳤는데 아무 문장도 없는 곳에까지 손톱자국이 너저분하게 남아 있었다. 그 기준이 궁금했다. 잘 보이지 않아서였을까, 아니면 의도였을까. 생각이 꼬리를 물다 결국 손톱으로 밑줄을 그어 가며 책을 읽는 수에게 어디에 긋는 거냐고 물었다. 그는 보통 이해가 되지 않는 날 선 기준을 내세웠다. 전 페이지에서 마음에 울림이 있는 문장이 있으면 다음 페이지의 비슷한 위치에 자국을 낸다는 것이다. 그러고는 말을 덧붙였다. "손톱자국이 깊어서 아마 열 장 이상은 자국이 이어질 걸? 내가 읽은 책은 자해라도 한 듯 자국투성이야."

"도대체 왜?"

당최 이유가 궁금했다. 정신병자 코스프레도 아니고 굳이 그렇게까지 해야 했을까 싶어서 묻자, 수는 환멸이라도 나는 듯 답했다.

"내가 애정하는 걸 알려 주고 싶지 않아. 내가 기억하는 것도 창피하고. 언제부턴가 꽃을 좋아해서 능소화에 밑줄을 그었더니 능소화를 선물해 주는 사람이 싫어졌어. 예상 가능한 모든 것들이 너무 벅차고 지겨워. 내 취향은 나도, 타인도, 세상도 모르게 두고 싶어. 사진 한 장 남기지 않고 떠나온 여행지처럼 아득히."

"그럼 책은 왜 두고 간 거야."
"그래도 오빠는 알아줘."

*

그때는 몰랐다. 수는 그렇게나 알아달라 외치고 있었지만 나는 그의 표현 방식에 답답함을 호소하며 쏘아 대기만 했다. 그는 늘 자신만의 방식으로 애원해 왔다. 그의 알아달라는 말이 안아 달라는 말인 줄도 모르고 서운한 마음을 등 돌려 외면했는지. 같이 제모를 하자던 말이 사실은 함께 도망치자는 말이었다는 것을 너무 늦게 깨달아 버렸다. 밑줄 그은 책을 굳이 두고 간 이유, 떡볶이를 먹자며 핸드폰 거치대를 만지작거리던 손짓, 실망한 듯 돌아누워 드라마를 보던 모습까지. 전부 나를 향한 직선의 결핍이자 사랑이었다. 갈증이면서도 애정이었다.

다만 우리는 그 마음을 어떻게 표현하고 받아들일지 영영 그 숙제를 풀지 못했던 거다. 같은 마음을 품고도 나는 알아주지 못했고, 수는 끝끝내 알려 주지 못했다.

표현의 문제였다. 단지 표현의 문제. 씁쓸하기도 하지.

안정

우울하거나 마음이 고될 때는 옆으로 돌아눕는다. 그러면 좀 먹은 이불처럼 퀴퀴한 마음이 전부 침대 아래로 흘러내린다. 옴에 물린 듯 마음을 간질이던 불안도 바닥으로 도망친다. 요동치던 새벽은 아침을 맞으며 차츰 잔잔해진다. 이건 오직 나만 아는 안정법이다. 유사 과학일지라도 몸을 기울여 누우면 알 수 없는 안온과 안정감이 찾아와 한없이 추락하기 바빴던 마음이 누그러진다고 믿는다.

포근한 허벅지에 뺨을 기대고 숨죽이던 기억, 사랑하는 이와 마주 누워 서로의 얼굴을 바라보다가 이내 꼭 껴안던 순간, 어머니 무릎에 누워 귀지를 파내며 잔소리를 듣던 안락한 시간들로 인해 학습된 것이다. 덕분에 옆으로 돌아누우면 붙들고 있던 우울과 부정이 침대 밑의 공허를 향해 쏟아진다.

어떤 마음은 애써 감내하거나 직면하기보다 그냥 쏟아 내고 흘려보내야 할 때가 있다는 것을 내가 사랑하는 이들도 알기를 바라며. 이유 모를 우울에 잠겨 있는 소중한 이를 보고 있자면, 오늘은 옆으로 돌아누워 잠들어 보자고 권유한다.

결핍

사랑은 외로움의 또 다른 이름일 뿐이다.

"결핍이야. 사랑이라고 발음하면 꼭 존귀한 영역에 속하는 것처럼 들리지만 기껏해야 갈증일 뿐이야."

천장을 보던 수가 텁텁한 발음으로 연이어 말했다.

"같이 잠을 자는 것도, 서로의 살을 간지럽히는 것도, 언제 보자며 약속을 잡는 것도 죄다 결핍에서 비롯된 거야. 결핍의 본질은 결국 외로움이고."

나는 수의 발가벗은 가슴을 껴안으며 몸을 기댔다. 그는 구 겨진 얼굴로 우리의 모든 감정적 공유와 육체적 행위는 구역 질 나는 자기만족일 뿐이라며 중얼거렸다.

"수야, 옆으로 누워 봐. 알아, 오래전부터 알았어. 너를 만나 기 전부터 알았어. 아니, 태어나기 전부터 알았어."

나는 수의 몸을 옆으로 눕혀 낱낱이 끌어안았다. 등에 가려진 건너편에서 그가 또 일그러진 표정을 지으며 대답했다.

"근데 왜 사랑한다고 했어? 내가 고작 네 결핍을 채워 주는 도구야?"

"흥분해서 그랬어."

"뭐가?"

"오늘 너랑 한 게 가장 좋았어. 어쩌면 가장 좋은 건 사랑한 다는 거잖아."

"…그건 결핍이 아닐 수도 있겠네."

"응. 앞으로 사랑한다고 하지 말까?"

"해 줘."

"언제?"

"가장 좋을 때만."

"가장 좋다는 느낌은 매번 새로 갱신돼야 하는데?"

"그럼 하루가 다르게 기록을 깨 줘. 난 그 말만 기억할게. 대 신 정말 좋을 때만 해 줘. 그때는 결핍도 외로움도 아닌 사랑이 라고 생각할게."

이완된 날갯죽지에서 수의 표정이 온화해짐을 느꼈다. 차분 해진 날숨. 목소리는 전보다 덜 건조했고 발음과 발음 사이에 는 축축한 '사랑'이 배어 있었다.

아, 사랑. 외로움. 결핍. 말장난. 그리고 수. 습기 하나 없는 건조한 목소리. 흠뻑 젖은 정신. 삐쩍 마른 육체. 뿌리 없는 가지처럼 자라지 못하는 그의 마음. 채식을 주로 해 곱게 말린 편백 향이 나는 몸.

이해

별을 바라본다고 해서 별을 완벽히 이해할 수는 없다. 우주를 탐구하는 천문학자가 별을 사랑하며 끝내 깨닫는 것도 그와 행성 간의 아득한 거리일 뿐이다. 사람도 그렇다. 타인에 대한 이해의 구조란 결국 나와 그가 얼마큼 멀고 상이한가를 자각하는 과정에 지나지 않는다.

까마득한 거리, 때로는 코앞의 마음. 멀어져 가는 작은 별, 그러나 한없이 가까운 빛. 우주처럼 분산되는 관심, 무한히 안으로 밀집하는 과신.

이해란 거시적 관점에서의 순응이고, 순응은 미시적 관점에서의 이해다. 타인을 이해한다는 것은 완벽한 오해와 같으며 완전한 오해는 곧 일말의 이해와 같다.

회고 2

비싼 가구를 고민할 즘에 넌 시를 쓰겠지. 수가 말했다. 내가 시를 쓰기를 원했던 그는 나에게 조금 더 깊은 글을 적어 보라는 응원을 던진 셈이었다. "오빠 잘 쓰는데 너무 대중적인 게 문제야. 재능을 썩히는 게 꼴사나워." 내가 한적한 시골에 별장을 짓고, 마당엔 온천을 가꾸고, 비싼 가구를 고를 때쯤, 그러니까 작가로서 글 밥을 먹으며 부자가 되었을 무렵에는 꼭 시를 써 달라는 요구를 했다. 하지만 돈과는 별개로 난 시가 싫었다. 이해되지 않는 말들을 아무렇게나 던져 놓는 행위가 탐탁지 않았다. "시?" "응." "시는 쓰기 싫어." "왜?" 수가 따지듯 물었다. "이해가 안 되잖아." "그게 매력이야. 자기 마음대로 이해할 수 있잖아. 사랑처럼." "이해해야 해?" 난 물었다. "아니, 하지 않아도 돼." 수가 답했다. "그럼?" "하게 되잖아. 하고 싶지 않아도." "귀찮은 게 싫어도 가구를 고민하게 되는 것처럼?" "응." 수가 단언했다. "값비싼 가구를 고민할 즘엔 네가 내 옆에 있을까?" 난 물었고, 수가 한참을 뜸 들이고 답했다. "아니. 그때 난 시가 되어 있을게."

날것

우리가 느끼는 모든 것에 날것이란 게 남아 있을까. 본래, 본연, 날것. 원초적임을 의미하는 단어들을 곱씹어 외치는 순간 이미 세상이란 도마 위에서 충분히 요리되었음을 뜻하는지도 모른다.

*

우리가 흔히 와사비라 부르는 것은 사실 진짜 와사비가 아니다. 본래의 와사비는 유통이 까다로워 일상에서 쉽게 접하기 어렵다. 그렇다면 우리가 먹는 와사비는 무엇일까. 그것은 고추냉이와 겨잣가루, 그리고 녹색 색소를 섞어 만든, 와사비 뿌리(와사비아 자포니카)가 전혀 들어 있지 않은 가공품이다. 세상의 많은 것들이 이처럼 본질을 잃은 채 이름만 남아 불린다. 한때는 진짜 와사비가 활발히 왕래하던 시절도 있었으나 시대가 바뀌며 기술을 통해 가짜 와사비가 만들어졌고 사람들은 그것을 자연스레 와사비라 부르게 되었다.

애석하게도 오늘날 인간의 역사에서 새로운 창작과 탄생은 드물다. 대부분은 이미 존재하는 것을 본떠 그럴듯하게 만든 복제품이거나 모조품일 뿐이다. (실제로 우리가 먹는 채소와 과일 역시 대부분 원초적인 품종이 아니라, 인간의 입맛과 시장의 요구에 맞춰 개량된 결과물이다. 최근에는 다이아몬드마저 화학적으로 제작할 수 있게 되어, 이제는 본래의 다이아몬드를 '자연산 다이아몬드'라 구분해 부른다)

이렇듯 나는 본질이 변해 버린 것들(가짜 와사비)을 여전히 그렇게(와사비) 부르는 현상을 '와사비 이론'이라 칭한다. 본래의 마음을 잃은 행동이나 언어, 그리고 감정을 마주할 때면 영혼이 없는 그 대상을 향해 속으로 중얼거린다. "와사비 같다…"라고.

내가 가진 수에 대한 모든 감정은 와사비일 것이다. 아니, 사람에게 품는 모든 감정이 그럴 것이다.

언젠가의 유통될 수 없는 사랑과 미움, 모멸과 아득한 열망은 일상에 맞게 개량되어 어떠한 이름으로 정의되어 버린다. 내가 쉽게 내뱉고 떠올린 모든 것은 어쩌면 가짜일 수 있다. 말과 감정은 편의대로 와전된 허상일 수도 있다. 그러므로 그것들에 속지 않으려면 이미 아득해진 본질을 꿰뚫으려 노력해야 한다. 한낱 이름에 잠식되지 않으려면 언어의 늪에서 헤어나오기 위해 발버둥 쳐야 한다.

　누군가를 생각하면 마음 한편이 시큼해지고 하얗게 파도가 이는 것은 '아픔'으로 유통되지만 본래는 그렇지 않다. 마음이 아프다고 인식하는 순간 그것은 사실 아픈 것이 아니라 사랑하는 것이다. 그러니 '나를 왜 아프게 하냐'는 물음 따위는 애초에 성립하지 않는다. '나는 왜 아픔을 감내하면서까지 그를 사랑하는가'를 스스로에게 되물어야 비로소 그 감정을 온전히 소화할 수 있다. 또 누군가가 꼴 보기 싫을 때도 있을 것이다. 눈치 없이 행동하며 환멸을 불러오는 무지함, 그럴듯한 깜냥도 없으면서 자신을 내세우고 싶어 하는 같잖은 결핍이 꼴사납다. 우리는 그런 모습을 두고 흔히 '싫다'라는 단어로 정의한다. 그러나 사실 그것은 싫은 것이 아니라 '창피'한 것이다. 그 속내를 자각하는 순간 나 역시 그렇게 살아왔음을 인정하게 된다. 그러므로 미운 마음을 품기보다는 그 갈증을 완벽히 해소시키지 못한 나 자신을 연민하는 편이 그나마 웃어넘기며 스스로 욕보이지 않을 수 있는 길이다.

*

　이렇듯 우리는 시대와 감정, 인연이 만든 수많은 조리법에 의해 낱낱이 구워삶아져 간다.

아, 참 우스운 것은 '본질'을 내포하는 단어마저 와사비처럼 와전되었다는 사실이다. '생', '날것' 같은 원초적 의미의 말들. ('생' 하니 생각난 건데 '생얼'이라는 말은 누가 지은 걸까. 그건 그냥 얼굴일 뿐이잖아) 이미 명태, 황태, 생태처럼 무엇이 본래의 것이었는지조차 헷갈린다. 이를테면 '진짜' 사랑, '제대로 된' 만남, '순수' 악 같은 것들. 역겹다. 사랑도, 만남도, 악도 세상의 편의대로 곡해되었다는 증거니까.

나는 종종 고급 일식집에서 날생선에 생와사비를 얹어 먹으며 이보다 더 인위적인 행위가 있을까 생각한다. 참 웃기기도 하지. '날'생선에 '생'와사비를 곁들인 고급 요리라니.

모국

감정과 표현은 아주 상대적인 것이다. 그러나 이 세계는 정의가 없는 무질서를 견디지 못해, 무엇이든 범주에 가두고 거기에 절대적인 이름을 붙인다. 손은 잡았어? 오래 만났어? 사랑이야. 그리고 사랑이라는 발음이 빠진 만남은 곧장 사랑 이하로 취급된다. 꼴 보기 싫다. 그 한마디만을 사랑이라 단정하다니. 서로를 위해 목숨조차 내주지 못할 사람들이 거짓된 마음을 아니꼽게 들이밀다니.

*

사랑이라는 단어를 빼놓고서는 사랑을 표현할 수 없는 걸까. 내 인생은 결국 말장난과 이름 짓기에 관한 끝없는 고뇌이자 싸움이었다. 타인의 감정, 나의 감정, 그리고 타인을 향한 나의 언어. 웅얼웅얼 끝도 없이 읊조리는 혼잣말들. 결국은 감정에 이름을 붙이는 일.

나는 구석에서 화를 분출하는 것 말고는 감정이 바닥에 깔린 가스처럼 가라앉아 좀처럼 표출되지 않는 사람이었다. 행복이나 슬픔, 그리움이나 사랑처럼 보통의 범주로 표현할 수 있는 감정들을 입 밖으로 꺼내기 힘겨워했다. 하지만 대부분의 사람은 나와 달리 표현에 인색하지 않았다. 행복하면 기쁨을 드러내며 울고, 슬픈 이유를 토로하며 엉엉 흐느끼고, 그리움에 찌들어 술에 된통 취해 안부를 묻고, 사랑에 빠져서는 자신을 희생하기까지 한다. 나는 그런 깊은 감정까지는 쉽게 도달할 수 없었고, 그래서 밖으로 표출하기가 어려웠다.

나에게 있어 '편안하다'라는 말은 행복을 뜻했다. 침대에 누워 천장을 응시하며 마음속으로 중얼댔다. "이보다 편한 건 아마 죽음뿐이겠지." 이 문장이 내 절대적인 행복의 이름이었다.

슬픔은 지겹다는 말로 발음되었고, 그리움은 오래된 메시지를 곱씹는 버릇으로 흘러나왔다. 그러다 끝내는 "잘 살겠지…" 같은 말로 대체되곤 했다.

사랑은 "보자, 보고 싶어, 언제 볼까."로 묻어났고, 더 사랑스러운 날에는 "오늘 같이 있자."로 바뀌었다. 피곤이 흘러 동공까지 풀린 눈으로 내뱉는 그 문장은 나에게 있어 가장 절실한 호감이었다. 좁은 방 안에서 누군가와 함께 있는 일이 늘 불편과 불안이었던 나에게, 시간과 공간을 공유하고 싶다는 것은 그만큼 존재가 필요하고 간절하다는 뜻이었다.

이것이 내 세상의 언어였다. (다만 글로는 감정을 곧잘 표현한다. 어쩌면 이것이 내가 글을 쓰는 이유일지도 모르겠다) 그래서 과거의 연인들은 내 입술에서 "사랑해."라는 말이 새어 나오기를 손꼽아 기다렸다. 식은땀을 흘리며 마지못해 그 단어를 꺼내긴 했지만 진심이랄 것은 없고 오직 그를 만족시키려는 발음이었다. 그러나 누군가와의 만남을 통해 '나 아닌 이를 만족시키려는 마음' 또한 사랑의 범주에 속한다는 것을 깨닫고 나서는, 진심은 아니었지만 거짓도 아니었다는 모순된 기억이 도출되기도 했다.

*

문득 예전에 본 우스꽝스러운 기사가 떠오른다. 제목이 참 내용에 걸맞으면서도 유머러스했는데, 다름 아닌 「빌 게이츠의 소소한 휴가」였다. 빌 게이츠가 휴가에만 55억 원을 썼다는 내용이었는데, 사실 그건 그의 재산 규모로 따져 보면 일반인 기준 겨우 7천 원쯤 되는 가치에 불과했다. 나는 감정에도 재산과 비슷한 환산법이 적용된다고 생각한다. 사랑이 가난한 이의 "보자."라는 말은 부유한 이의 "사랑해."라는 말보다 더 큰 헌신일 수 있고, 낙천적인 이의 "행복하다."라는 말보다 비관적인 이의 "나쁘지 않군."이라는 말이 오히려 더 깊은 안도에서 흘러나오는 음절일 수도 있다. 누군가는 눈물을 펑펑 흘리며 사연과 감정을 쏟아 내 위로를 얻는가 하면 누군가에게는 가만히 서서 앙상한 가지만 자란 앞마당을 바라보다 이내 삼켜 버리고야 마는 그리움도 있는 것이다. 모든 감정은 그런 것이었다. 이름, 표현, 상대성. 감정이 봇물 터지듯 콸콸 쏟아져 나와 넘치는 말이 있고 가난한 마음을 쥐어짜 겨우 한 방울 떨어지는 말도 있는 것이다. 무엇이 풍성하고 무엇이 앙상한지 무엇이 가볍고 무엇이 무거운지를 공정하게 저울질할 수는 없겠으나, 내가 내뱉은 말들에 거짓은 없었다고 단언할 수 있다.

나는 믿는다. 내가 건네는 모든 감정의 이름은 결코 타인의 것에 뒤지지 않는다고. 다만 나에게는 전부였던 말이 그들에게는 겨우 닿는 정도였을 뿐이라고.

*

"오빠는 언제 가장 행복했어?"

안락한 카페 소파에서 마치 고문당하는 죄수처럼 목을 휙 젖히며 수가 물었다.

"음… 세상의 언어로 행복이라 하면 벅참에 가까운 거니까, 내 책이 베스트셀러가 되었을 때."

"뭐가 그렇게 복잡해. 그냥 행복할 때가 언제였냐고."

"너도 맨날 복잡하게 말하잖아. 나는 그때 말고는 딱히 행복하다는 감정을 느껴 본 적이 없는 것 같아. 나머지는 그냥 '만족스럽군.' 정도였어."

"지금은?"

"소파가 편해. 이대로 죽어도 좋겠다."

"감정이 뭔지 배우는 인공 지능 같아. 귀여워."

"그게 너의 언어로는 사랑한다는 말이지?"

"그럼 오빠는 날 사랑할 땐 뭐라고 해?"

"음… 몰라. 좋아, 그냥."

"좀 재미있는 표현으로 해 줘."

"…"

"아, 빨리."

수가 재촉했다.

"음… 수야, 같이 살…."

"됐다."

"말 끊었지? 안 할 거야."

"나도 안 들을겨."

수가 살던 곳의 사투리가 무의식중에 튀어나왔다.

하려던 말은 단두대 위 사형수처럼 목이 잘려 나갔다. 끔벅

끔벅. 3초 정도 정신을 잃고 무엇을 말하려 했는지조차 잊은 채 내 감정과 입술을 혐오했다. 나는 안다. 수가 내 말을 단칼에 벤 이유를. 사랑과 가장 닮아 있는 말은 '살아'가 아닐까. 그러니 같이 살자는 말은 관음적인 사랑이 아니라 직시하는 사랑의 언어다. 한 이불을 덮고 살아가자고. 함께 돌아누워 천장을 바라보자고. 더 이상 "보자.", "같이 있자." 따위의 말을 하지 않아도 될 만큼 한데 군집한 마음. 그날 소파에 젖힌 목을 붙잡고서라도 같이 살자고 간절히 겁박했다면 그는 나와 더 많은 시간을 함께했겠지만, 그 고백은 수가 받아들이기 힘든 무기 징역과도 같은 선고였다. 그는 나에게 일말의 거짓도 없었다. 단지 우리가 가진 마음의 환산법이 달랐다. 나보다 조금 더 결핍되어 있고 초라하며 가난했던 수의 마음을 떠올리면 그에게 한없이 거대했을 표현을 뱉고 서툴렀던 데 깊은 죄의식이 밀려온다. 만났던 이들에게 감히 사랑한다는 말을 건네지 못했던 것처럼 무언가를 온전히 사랑하지 못하는 수에게 "같이 살자."라는 말은 맨정신으로는 들을 수도 응할 수도 없는 것이었다. 과거를, 자신의 삶을 청산하지 못한 그에게, 그 말은 도저히 곱씹을 수 없는 문장이었다.

몇 년이 지난 지금에서야 어렴풋이 알게 된 수의 마음. 백태 없이 생긋 내밀던 혀, 모과 향이 스미던 입술, 그 밖으로 흘러

나오던 말들. 모든 감정과 음절은 어디의 끝을 향하고 어떤 구멍을 통해 가닿는 것일까. 우리가 뱉고 정의하는 감정의 모국은 어디였던 걸까. 끝없이 세상을 배우는 인공 지능처럼 나와 닮은 이들과 또 다른 이들을 만나며 그 기원을 여전히 헤매고 있다.

아직도 수가 가진 감정의 크기를 다 알지 못하듯, 타인에 대한 말과 표현 또한 끝내 이해할 수 없는 영역이다. 말의 깊이가 다르다는 것은 곧 세상의 깊이가 다르다는 것이기에 한 존재는 다른 존재를 완벽히 이해할 수 없다. 그러나 사랑은 그 사람의 세계를 이해하는 것이 아니라 수용하는 것이다. 우리의 감정에 거짓이 없었다면 부유하든 가난하든 상대적인 영역을 넘어 절대적으로 서로를 품어 줄 수 있는 것이다.

수야, 사랑은 정의된 단어나 내뱉는 음절이 아닌 마음으로 품는 거야. 우리는 세상의 기준대로 사랑한다고, 살자고도 온전히 말하지 못했지. 그래도 분명 있었어. 말로 다 담을 수 없던, 그 어떤 품어 주는 마음이. 사랑은 정의된 단어가 아니라 말보다 한 발짝 앞서 가닿는 무언가였을지도 몰라. 아마 그게 너와 나의 사랑이라는 모국일 거야. 감히 정의할 수 없는 마음만이 우리가 끝내 내뱉지 못한 사랑의 고향이었지.

서신

소원이 생겼어. 세상 어딘가에는 밤이 오지 않는 설국이 있
대. 함께 떠나자. 어둠이 내려도 쉽게 잠들지 못하는 우리에게
그곳은 분명 낙원일 거야. 꿈을 꾸어야 할 의무도 없으니 내내
꿈속 같겠지. 연착되지 않는 환희 속에서 몽롱한 눈밭을 뒹구
는 거야. 세상천지 환멸 나는 것들은 모조리 등지고 가자. 너,
언젠가 꿈에서 나와 긴 여행을 다녀왔다고 말했지. 그곳은 어
땠냐는 물음에 온통 낮이었다고 했잖아. 꿈속 그곳, 세상 어딘
가에도 있대. 함께 떠나자. 이 여행이 꿈이라고 생각될 만큼 아
주 아득히 도망가자. 아무도 찾지 못하는 곳으로. 낮인지 밤인
지조차 알 수 없는 곳으로. 종일 눈사람을 만들고, 코코아를 나
누어 마시며 얼은 몸을 녹이다가, 다시 눈밭을 뒹구는 거야. 겹
겹이 희고 흰 날들을 보내고 나면 너는 두려워할지도 몰라. 곧
낮이 없는 날들이 찾아와 온통 밤으로 물들 때가 올 거라고. 하
지만 걱정하지 마. 너의 밤은 내가 다 가져갈 테니. 무거운 걱
정과 염려는 전부 서랍에 넣어 두고, 세상 반대편의 설국으로

떠나자. 밤이 길게 이어지는 날에는 동면에 들어도 괜찮아. 어둠이 파고들지 못할 만큼 두꺼운 이불을 준비하는 거야. 이제 아주 긴 새벽이 찾아올 테니. 그리고 그 어둠은 내가 다 지새울 테니. 찾았어. 세상 어딘가엔 한동안 밤이 오지 않는 설국이 있대. 함께 떠나자.

귀향

"질겨."

언젠가 수는 고기를 질겅거리다 결국 씹기를 포기했다. 이윽고 온전히 씹어 소화시키지 못하는 닭처럼 고깃덩이를 꿀꺽 삼켜 버렸다. 어릴 적 사고로 턱뼈와 근육이 약해진 그는 조금만 질겨도 몇 번 씹다 금세 넘겨 버리는 습관이 있었다. 때문에 자연스레 채소처럼 쉽게 으스러지는 음식을 더 즐겨 먹었다.

가끔 질긴 고기를 먹을 때면 어린아이가 질린 껌을 삼키듯 태연히 입안에 밀어 넣고는 물로 넘겨 버렸다. 이어 젓가락으로 불판을 휘저으며 야들야들한 조각만 골라냈다. 그런 모습을 볼 때마다 나는 속으로 '사냥놀이'라는 이름을 붙였다.

1. 배고파서 고기를 집어 먹는다.
2. 질긴 부위와 야들야들한 부위에 대한 정보를 습득한다.
3. 육안으로 보아 씹을 만하다 싶은 것으로 골라 먹는다.

덕분에 불판 위 고기들은 늘 수의 침으로 촉촉하게 젖어 있었다. 나는 단백질과 지방, 그리고 아밀라아제까지 한데 구워진 고기를 씹으며, 처음 함께 갔던 고깃집에서 이것 또한 간접 키스일지 모른다고 생각했던 순간이 떠올라 피식 웃었다.

"뭐가 그렇게 웃겨?"

젓가락을 휘휘 저으며 사냥놀이를 하던 수가 언짢은 표정으로 나를 바라보았다.

"아니, 그냥 한참 전에 있었던 웃긴 일이 생각났어."

"뭔데?"

"아냐, 넌 어차피 몰라."

"뭐야. 말 안 하면 나 고기 안 먹을 거야."

배가 부를 대로 부른 수는 급기야 젓가락을 내려놓고 단식으로 겁박했다. 그는 식탐은 거의 없었지만 다양하게 차려진 음식들을 보며 안도감을 느끼는 사람이었다. 밥에 집착하지 않았고, 먹는 양도 미미하면서 늘 이 음식 저 음식 조금씩 수중에 두고 맛보는 것을 좋아했다. 그래서 매번 음식이 남기 일쑤였고 그 뒤처리는 온전히 내 몫이 되곤 했다. 이번에도 수두룩 쌓인 잔반을 떠넘기며 인제 그만 먹겠다고 자연스레 통보하는 수의 의도가 괘씸해 더 먹어 보라고 재촉했다.

"더 먹어 봐. 그럼 말해 줄게."

수는 더는 먹을 재간이 없는지 뾰로통한 아이처럼 나를 줄 곧 응시했다. 결국 그에게 져 준다는 심정으로 아까 웃은 이유를 말해 주었다.

"오래 기억할 것 같아서 웃었어. 같이 고기 먹는 이 장면이 아주 오래. 네 생각보다도 더 오래. 둘이 했던 모든 일들 중에서도 가장 멀찍이 기억될 것 같아. 늙어 비틀어진 채 죽음을 앞둔 순간에도, 수, 네 이름을 떠올리면 이 장면이 상영될 거야. 알알이 부드러운 고기만을 골라 먹는 너, 배가 불러 젓가락을 놓는 네 손짓, 그걸 보며 웃는 내 모습. 잔반은 또 내 몫이겠지. 너에 관한 모든 걸 잊게 되더라도 이 장면만은 기억될 것 같아. 그래서 웃었어. 하찮잖아. 겨우 너를 기억하는 게 고기를 휘휘 젓는 모습이라니. 무언가를 씹을 수 있을까 고민하는 모습이 가장 너답게 직관적이고 복잡해. 네가 남긴 건 내 몫이라는 게 당연해진 것도 신기하고."

이내 수는 고기 한 점을 집어 들며 심통을 부렸다.

"그런 적 없는데? 나 막 집어 먹는데? 안 남길 건데? 좀 이따 먹을 건데?"

"그럼 기억하지 말아야겠다."

수는 막 집은 고기를 앞접시에 두고는 빤히 바라보며

망설였다. 무심코 집은 조각이 하필이면 씹어 삼키지 못할 만큼 질긴 한 점이라는 걸 눈치챈 듯했다. 잠시 침묵이 흐른 뒤, 수는 그 고기를 내 앞접시에 툭 내려놓으며 말을 이었다.

"기억해 줘."

우습게도 이것이 수와 마주 앉아 나눈 마지막 대화였다. 이후 오래 지나지 않아 그는 아버지 간병을 핑계로 고향으로 내려갔고, 3년이 지나 결혼 소식을 전해 왔다. 가끔 안부를 주고받으며 서울엔 언제 오냐, 직산엔 언제 오냐 하며 만남을 유예하던 끝에, 불현듯 이제는 연락이 어렵겠다며 결혼을 하게 되었다고. 그마저도 '한다'기보다 '그렇게 되었다'는 뉘앙스를 풍겼다. 나는 물을 털어 넣으며 무언가를 삼켜 내려는 수의 모습을 떠올렸다. "직산은 살 만해?", "괜찮은 사람이야?" 하고 묻자, 수는 "오빠와 함께한 서울이 그리울 거야."라며 짧게 답했다. 그러고는 느닷없이 "시골 사람들은 왜 이렇게 목소리가 커?" 하고 불만을 덧붙였다.

그날 수가 남긴 말들은 죄다 잔반이 되어 내가 씹어 삼켜야 할 몫이 되었다.

*

수는 차마 다 설명할 수 없을 만큼 복잡한 인생을 살았다.

역경은 많았지만 그것을 헤쳐 나갈 힘은 없었다. 턱은 약했고, 아르바이트를 하다 당한 사고로 손가락이 조금 휘어졌다. 돈이 궁해 일을 해야 했지만 한량처럼 게으르고, 열정도 턱없이 모자랐다. 다 쓴 건전지처럼 체력은 고갈돼 있었고, 엉성한 나뭇가지처럼 부상도 잦아 오래 움직이지 못했다. 지인들에게 진 빚이 많아 그 채무에 쫓기듯 서울을 향해 올라오고 있었다. 부모라 불러야 할 존재는 셋이었고, 고향에는 마주치기만 해도 트라우마처럼 무너져 내릴 얼굴들이 남아 있었다.

수의 삶은 혼자서는 도저히 감당할 수 없는 파란이었고, 그의 고향은 질긴 핏줄과 다시는 떠올리기 싫은 운명이 기다리는 곳이었다.

고향을 벗어난 삶과 고향에서의 삶. 두 갈래 길 앞에서 어떤 운명을 야무지게 씹어 먹을지, 혹은 모른 척 삼켜 버릴지는 수의 선택이었고, 결국 모든 것을 껴안은 채 고향에서의 삶을 씹어 내겠다고 마음먹었다. 아버지의 간병을 빌미 삼아.

수의 선택은 헤쳐 나간다기보다 끝내 받아들인다는 데 가까웠다. 즐비한 고기들 사이에서 가장 연한 것만을 골라야 했던 것처럼 그것밖에 없었다는 듯이.

수의 친부는 양계장을 운영하는 사람이었다. 그래서 수는 닭에 대해 누구보다 빼곡히 알고 있었다. 언젠가 수가 말했다.

"닭은 모이를 씹지 않아. 대신 모래를 삼키면서 소화해."

나는 물었다.

"모래를 같이 먹으면서 소화한다는 거야? 물이 아니라 모래를?"

"응. 모든 조류에게는 씹는 본성이 있대. 사실 모든 동물은 인간이 가진 본성을 타고났어. 숨 쉬는 본능, 씹는 본능, 아프면 몸져눕는 본능. 닭은 그 본능에 충실한 거야. 이빨이 없어 먹이를 씹을 수 없으니 모래를 삼키며 씹는 흉내를 내는 거래."

그렇게 수는 닭에 얽힌 이야기를 들려주었다.

수는 닭처럼 씹지 못하는 운명을 타고난 사람이었다. 모든 감정과 사건을 씹는 본성에 따라 흉내를 내 보지만 이내 버거워 삼켜 버리고야 마는. 알알이 연약한 고기를 찾아내는 사냥놀이처럼 자신을 구원해 줄 인연을 알알이 골라내고 있었다. 질긴 인연은 아무리 질겅질겅 씹어 보려 해도 결국 꿀꺽 삼켜 버릴 수밖에 없었다. 수에게 갖은 사랑과 만남은 그렇게 의연하게 목구멍을 지나, 곧장 위 속에서 녹아 사라지는 것이었다. 그러고는 끝내 감당할 수 있는 야들야들한 삶만을 선택해 씹어 보려는 것이었다.

나는 여전히 그의 필연적 삶을 구원하지 못한 데 안타까움을 느낀다. 만약 수와의 삶을 선뜻 약속했다면, 서울에 정착

하자고 단호히 꼬드겼다면 그가 짊어진 삶의 인과를 깨뜨리며 갖은 사랑을 질겅질겅 씹어 맛보는 생을 선물할 수도 있었을 텐데. 그때의 나는 수가 두려웠다. 그의 결핍된 세계가 나에게도 전염될 것이라는 미신 아닌 미신에 사로잡혀 있었다. 어금니만으로는 끊어 낼 수 없는 질긴 힘줄처럼 꼬여 있는 그의 현실을 견뎌 낼 자신이 없었다. 불안정한 고향의 관계까지 떠안을 용기는 내 안 어디에도 없었다.

*

누군가의 타액이 묻은 고기가 그리웠다. 한 사람의 귀향은 다른 이의 체류로 남고, 떠난 자의 끝은 곧 남은 자의 시작이 된다. 어쩌면 나는 수의 사냥놀이에 불과했을지도 모른다. 물론 과거를 폄하할수록 앞으로의 삶에 도움이 되지 않는다는 것은 안다. 그러므로 내가 씹어 먹어야 할 몫이라는 것도.

귀향을 알리던 날도, 가끔 잘 지내냐 묻던 안부도, 결혼 소식을 전하던 문자도. 언젠가의 식사처럼 다 씹어 삼킬 수 없는 것들이 그의 욕심에 따라 한 상 가득 차려졌고 결국 남겨진 것들은 모두 내 몫이었다.

수가 없는 고깃집은 한동안 무기력하게만 다가왔다. 내가

먹어야 할 둔탁한 식감의 고기들은 온데간데없고 야들야들한
고기만 집힌다는 게.

　우리는 결국 서로의 식탁에서 반쯤 씹힌 존재로 남았고,
　나는 여전히 누군가의 타액이 잔뜩 묻은 고기가 그리웠다.

추모

밤을 새워 버렸다. 오지도 않는 잠을 억지로 기다리기 싫었던 수는 핸드폰 불빛에 기대어 책을 읽고 있었고 나는 눈을 꼬옥 감은 채 양을 세고 있었다. 양 한 마리, 양 두 마리… 이내 밝은 볕이 암막 커튼을 뚫고 들어와 감은 두 눈꺼풀을 붉게 물들였다. 수는 강아지를 쓰다듬듯 내 머리칼을 헝클며 말했다.

"날이 밝았어. 나가서 연초 태우고 오자."

이미 환해진 봄날의 아침. 그럼에도 빼곡한 빌라 그림자 틈새로 스며드는 더 밝은 빛.

마치 암막 커튼 사이로 새어 나오듯 좁은 틈으로 쨍한 볕이 흘러들었다. 그 속으로 수가 들어갔다. 고개를 치켜세우고는 그제야 눈을 감았다. 아침 햇살을 만끽하던 그의 콧등, 그 위에 촘촘히 드러난 여린 솜털.

"사람은 볕 좀 쐬고 살아야 해." 그는 말하며 일광 소독을 하듯 두 팔을 옆으로 나란히 벌렸다. 민소매를 입은 수의 팔뚝 안쪽이 유난히 밝아 보였다. 빛이 얇아 딱 그 부분까지만 비추었고 나머지는 그림자에 가려져 있었다. 정수리, 이마, 늑골, 가슴, 골반의 반쪽, 허벅지 안쪽, 복숭아뼈와 발등. 그렇게 육신의 가운데 부분만을 가르고 있었다.

그가 맞이하는 빛 속으로 다가가 뒤에서 수를 끌어안았다. 볕은 온전히 그에게 쏟아지고 나는 그의 그림자를 안았다. 밤을 새운 이에게서 나는 냄새와 수의 특유한 향이 더해져 인큐베이터 속 아기가 내쉬는 듯한 비린 향기를 풍긴다. 아, 향긋해. 그는 여전히 두 팔을 벌리고 있었고 내 손은 겨드랑이를 타고 내려가 브래지어 속 가슴을 어루만졌다. 이어 옆구리와 골반, 엉덩이까지 낱낱이.

"하… 타이타닉 같아. 이러고 있자." 수가 말했다.

그 장면이, 냄새가. 사람은 볕 좀 쬐고 살아야 한다는 말이. 이제 만질 수 없는 수의 빼빼 마른 촉감이. 수분기 하나 없는 살결이. 종종 나에게 아침을 기다리게끔 만들었다.

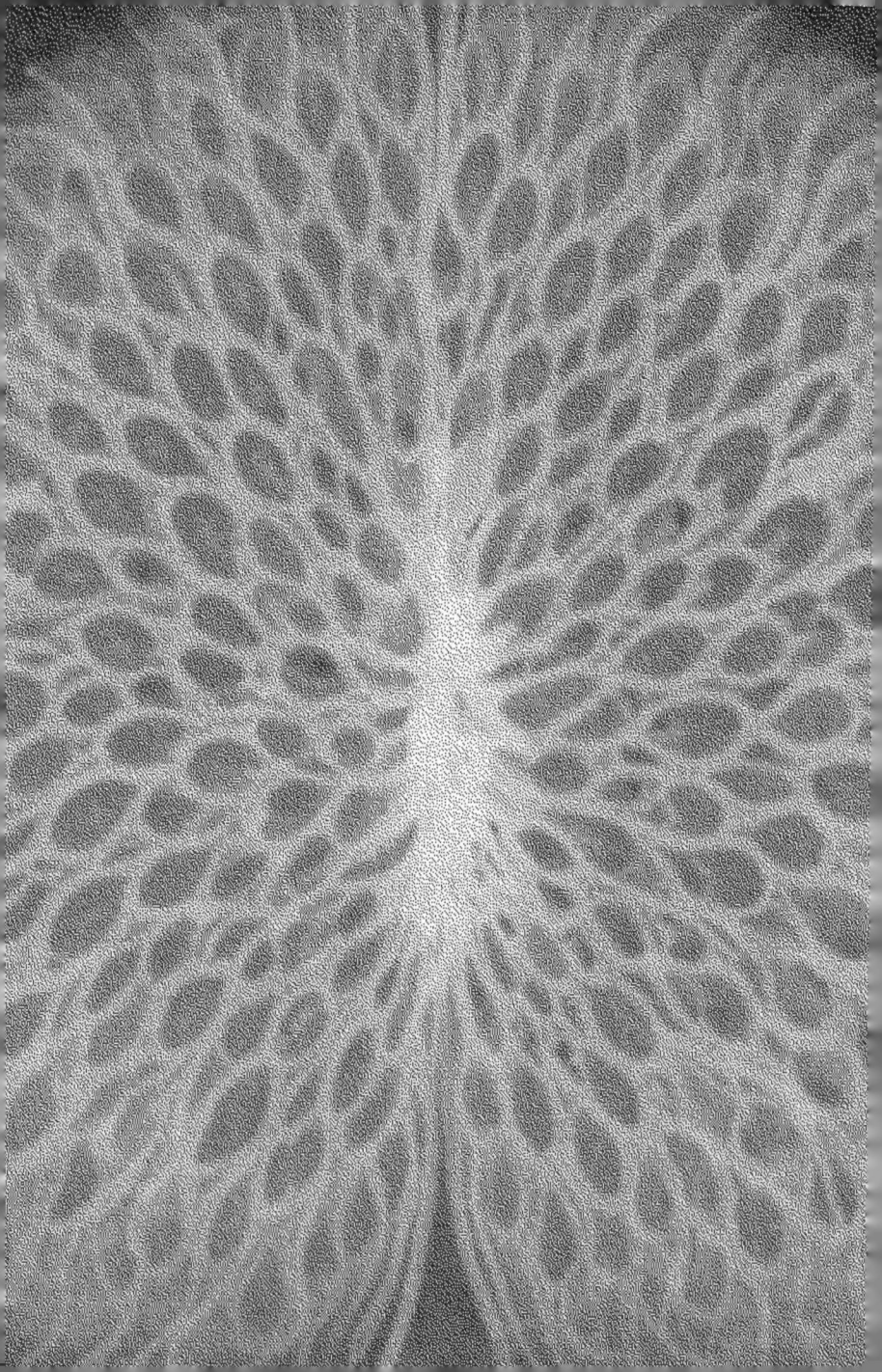

2부

우울과 거울
그리고 비

놀이

세상이 감기라도 걸린 듯 콜록대던 어느 초겨울이었다. 창궐한 바이러스 탓에 밤 10시면 모든 주점이 문을 닫았다. 거리는 시체처럼 얼어붙어 온기라곤 느낄 수 없었다. 가게들이 일찍 닫으니 돌아다니는 사람도 드물어 어떤 곳은 유령 도시처럼 보였다. 어쩌다 사람을 마주치기라도 하면 마치 돋보기에 비친 듯 더욱 선명하게 눈에 들어왔다. 그러다 체형이나 옷차림이 수와 닮은 이를 보면 곁눈질로 얼굴을 슬쩍 확인하곤 했다. 마스크에 반쯤 가려 확신할 수는 없었지만 어쩌면 그일지도 모른다고 생각했다. 스쳐 지나간 뒤에는 분명 수였을 거라 단정하며 속으로 혼잣말을 되뇌었다. '잘 지내?'라고. 나는 그렇게 매일 한 명 이상의 수를 만났다. 어느 날은 신촌에서, 어느 날은 합정에서, 또 어느 날은 선유도 공원에서. 가는 곳마다 밤 10시가 되면 수는 코트를 걸치고 마스크를 쓴 채 내 앞에 나타났다. 물론 고향으로 돌아간 그가 이 먼 곳까지 올 리는 만무했다. 기적 같은 우연으로 만날 리도 없었다. 사실 오늘

본 누군가가 정말 수인지 아닌지는 내게 중요하지 않았다. 단지 헛헛한 마음을 게워 낼 모종의 행위가 필요했다. 상상, 허상. 그것은 나만의 음침한 놀이였다. 내가 마주친 수들은 한 번만 더 보고 싶다는 비애와 염원이 만들어 낸 신기루였다. 그렇게 그를 우연히 스치고 나면 이틀은 살 만했다. 특별히 슬프거나 애달픈 감정이 남아 있진 않았지만, 오래도록 과거에 대해 일찍 닫히지 않는 마음을 품으며 살아왔다. 공허의 시간과 질병의 시대에는 좌절하지 않는 놀이가 필요했다. 세상에도, 나에게도. 지그시 그리워하고 꿈꾸며 아름다웠던 과거와 찬란한 장면들을 곱씹는 것. 그리고 자꾸만 마주치는 상상을 하는 것. 모두가 마스크를 쓰고 다니던 시절에만 할 수 있는 추잡한 그리움이자 추모였다. 지금이라는 물리적인 시간이 지나면 다시는 할 수 없는, 얼굴의 반 이상이 가려진 그리운 이를 마주치는 상상. 아득한 여행지에서 눈빛만으로 반해 버리고야 마는 인연을 마주하는 것처럼, 유구하고도 유구한 우연의 겹으로 빚어진 기적 같은 순간을 꿈꾸는 놀이.

공명

"본명이에요. ○○비."

그의 이름은 오래전 유명한 기생을 떠올리게 했다. 가령 사람을 홀리는 향의 꽃 이름이라든가 짙은 발색으로 자태를 뽐내는 독초 같았다. 나는 아직도 그 이름을 떠올리면 은연중에 양귀비가 떠오른다. 끝 글자 '비'가 같다는 것 외에 딱히 공통분모가 있지는 않지만 몸 구석구석에 양귀비를 품고 칼춤을 추거나 히노키탕에 독초를 가득 풀어 반신욕을 즐기는 그의 모습을 상상하곤 했다.

서로를 알게 된 것은 꽤 오래전이었다. 비를 인식한 때는 이성에게 마음을 두지 않던 시기였다. 마음의 흑심은 너무 많은 과거를 써내느라 몽당연필처럼 닳아 있었고, 비루한 마음으로는 타인에게 손을 내미는 일조차 벅찼다. 그래서 충분히 매력적인 그의 존재에도 암담한 현실에 치여 이어지려는 마음은 기피했다.

비의 말에 따르면 그가 나를 처음 알았을 때는 사람에게 깊은 상처를 받고 있던 시기였다. 그 무렵 우연히 떠돌던 내 글을 발견했고 그것을 우물 속 동아줄처럼 붙잡아 빛을 향해 기어오르려 했다고. 정말이지, 사람과 사람의 이어짐이 섬뜩하게 느껴져 어두운 밀실에 스스로를 가두고 싶었다고. 만약 그때 내가 다가갔다면 귀신이라도 본 사람처럼 도망쳤을 거라고 단언했다.

과연 우리를 이끈 인연의 궤도는, 병든 시기에는 서로를 비껴가게 인도하고 이제야 얽히게끔 설계된 것일까. 삶이란 종종 완벽한 무관심이 완전한 관심으로 이어지기도 하고, 완벽한 무지가 완연한 지속으로 작용하기도 한다. 그렇게 우리는 서로의 존재만을 인식한 채 뒤편에서는 각각의 구겨진 삶과 상처에 저항하며 전전긍긍 기어 다녔다. 그러나 그마저도 서로 충돌하기 위한 과정의 일부에 불과했다. 우리는 악독한 과거를, 현재의 지금을 이해시키기 위한 수단으로서, 여과 없이 토로하기도 했다. 어떤 만남, 어떤 상처, 어떤 이의 습관, 저지른 과오들. 그땐 이런 상처가 있었어요. 이런 사람을 만났어요. 그리고 나는 또 헤어졌죠. 한 뼘 남짓한 현재의 틈에서 끝없고 아득한 과거만이 탁구공처럼 공명했다. 지금은 없다는 듯, 우리는 언젠가의 기억만으로 자신을 설명했다.

마치 현재가 아닌 과거에 머무는 사람들처럼. 지난 일이 없었다면 결코 얽히지 못했을 필연의 존재들처럼.

*

찬 바람이 휘휘 불던 어느 어스름한 저녁, 저 멀리서 수와 비슷한 키와 차림새의 누군가가 다가왔다. 나는 자연스레 혼자만의 상상 놀이를 펼쳤다. 오래된 거리에서 우연히 그리운 이를 마주하는 흥미로운 상상.

횡단보도를 건너며 그와 가까워지는 순간, 슬쩍 바라보자 시선이 마주치며 낯익은 얼굴이 또렷이 들어왔다. 우리는 길 한복판에서 서로를 알아보는 듯 물음 가득한 의성어를 연신 흘리며 갸우뚱거렸다. 마주친 이는 오래전부터 SNS에서 알고 지내던 비였다. 나도 그도 인스타그램에서 활발히 활동하는 편이라 서로의 익숙한 모습을 미심쩍게 바라보며 확인한 셈이다. 영락없는 사진 속 얼굴에 당황한 나머지 그날의 기억은 제대로 의식되지 않았다. 다만 분명한 것은, 비에게 나는 '먼저 알아봐 준 사람'이라는 프레임이 씌워졌다는 사실이었다.

"어떻게 알아보셨어요?"

"멀리서 보니까 딱… 그쪽이었어요."

비가 처음 건넨 문장을 유추하며 그는 연예인 병에 걸린 게 분명하다는 판단을 내렸다. 서울과는 먼 지방에 산다고 알고 있었는데, 알고 보니 그는 일 때문에 서울과 고향을 반반씩 오가며 지내고 있었다. 우리는 짧은 대화를 나눈 뒤 언젠가 밥 한번 먹자는 겉인사로 우연한 만남을 마무리했다.

수를 상상하며 마주친 이가 비였다니, 세상은 참 좁다. 그 상황을 수습할 변명이 고작 멀리서 알아봤다는 거였다니, 사연은 참 길다.

*

우연한 만남이 있은 지 오래 지나지 않아, 우리는 서교동의 널찍한 카페에서 첫 데이트를 했다. 주택과 정원을 통째로 리모델링한 이곳은 오래된 책들을 액체로 만들어 구석구석 흩뿌려 놓은 듯 문학적인 분위기를 품고 있었다. 게다가 '앤트러 사이트'라는 카페 이름은 침묵을 뜻하는 '사일런트(silent)'와도 묘하게 닮아 있었다. 순서는 다르지만 일부 자음과 모음이 겹쳐 보이는 데서 비롯된 귀납적 추론이었다. 나는 그 이름에서 풍겨 나오는 '조용히 하시오.'라는 암묵적인 기류를 직감했다. 비의 이름을 생각하면 양귀비가 떠오르는 것과 비슷한 맥락이었다.

주문한 커피를 자리까지 가져다주는 곳이었다. 때문에 사람이 많아도 돌아다니는 이는 드물었고 공간과 서비스 모두 정적인 기운을 풍겼다. 커피와 함께 놓인 조그만 카드에는 이렇게 적혀 있었다. '모든 대화는 옆 테이블에 들리지 않도록 작은 목소리로 부탁드립니다.'

소리가 공명하는 구조 덕에 미세한 기침 소리조차 울려 퍼지는 공간에서의 첫 데이트는 무엇 하나 말하기가 힘겨웠다. 하지만 비는 그곳의 분위기를 파악하지 못했는지 종종 큰 소리로 말하거나 웃고 박수를 터뜨리곤 했다. 그러다 간헐적으로 상황을 의식한 듯 말소리를 확 줄이기도 했다. 개의치 않다가도 눈치를 보는 행동을 내내 반복하는 모습을 보니 이 사람이 가진 인식과 행동의 구조가 어딘가 뒤엉켜 있다는 생각이 들었다.

"마지막 연애는 언제예요?"

또다시 머릿속이 꼬였던 건지 비가 큰 소리로 물었다. 아… 분명 옆 테이블에서 우리 대화를 엿듣고 있다. 들키고 싶지 않은 질문을 하필이면 이 조용한 곳에서 꺼내다니, 창피함이 가시지 않았다. "이 자리는 소개팅이고, 오늘이 첫 데이트예요." 따위의 정보가 경직된 몸짓과 대화를 통해 동네방네 광고라도 하는 듯한 불편을 안겼다.

마지막 연애… 나에게 있어 정상적인 연애는 이십 대 중반에서 끊겨 버렸다. 언제부턴가 인연이라는 줄에 결속되거나 미래를 약속하는 일이 버겁게 느껴졌다. 유목민처럼 세상 어딘가를 유랑하다 나와 같은 방랑자를 만나 반쯤 감긴 외로움을 나누었을 뿐, 연애라 칭하기는 어려웠다. 개중 가장 먼저 떠오르는 이는 다름 아닌 수였다.

만남의 순간, 헤어진 이유, 관계관 등을 읊조리자 그 공간 안에 수가 공명했다. "소식을 일삼던 사람이었어요.", "나와 비슷한 염세를 가진 사람이 좋아요.", "하얗고 기립근이 선명한 사람이 매력적이에요." 뱉은 말은 여과 장치 없이 떫은 주둥이에서 새어 나와 벽에 부딪히고 귀퉁이에 반사되어 타인의 고막을 관통하고는 다시 나에게 회귀했다. 그 과정에서 수의 존재는 곳곳에 멍이 들었다. 그날 카페에 있던 이들은 모두 수의 이름을 모른 채 수를 아는 사람이 되어 버린 셈이었다.

수. 안 그래도 뼈밖에 없어 연약한 그를 아프게 했다는 죄책감.

연신 삐끔거리던 선화의 주둥이를 보는 듯, 스스로가 역겨워졌다. 그날 이후로 오래 붙들고 있던 그 이름을 놓아주어야 한다는 결심을 처음으로 품었다. 그의 실루엣을 혼자

만의 놀이처럼 추억하고 찾아다니던 추악한 내 모습까지도 단호히 끊어 내야겠다고. 이유는 온전한 그의 안식을 위해서였다. 매일 밤 10시만 되면 마주치는 앙상한 거리의 수. 목도리를 턱 아래까지 두른 수. 마스크를 쓰고 어딘가로 도망가는 수. 정적인 공간 안에서 바쁘게 울려 퍼진 그의 존재. 이름 모를 이에게까지 각인된 그의 성격과 과거. 역겹다는 말을 자주 뱉던 그의 증오, 가진 결핍을 해결하지 못한 그의 비련까지 읊조리던 나를 깨닫고는, 수가 고향에 가서도 편하지 못할 것 같다는 자책에 사로잡혔다.

수야. 내 마음속의 너는 얼마나 피곤했을까. 미안해. 얼마큼 부딪혔을까. 기억 안의 네 이름은 어디까지 사포질 당했을까. 그만 아파도, 닳아도 될 거야. 약속해.

비와의 만남 직후, 어두운 방 안에서의 회고는 온통 수였다. 이제 온 이와의 안녕보다 지나간 이와의 오래된 안녕이 더 처음 같이 애틋하게 다가왔다. 그것은 그를 버릇처럼 떠올리던 나 자신과의 결별이자 그의 이름에서 느껴 오던 익숙한 안정에 대한 마지막이면서 동시에 예감이자 선포였다. 끝이라는.

유명한 시 한 구절이 어쩐지 역하게 다가왔다. "나는 이제 너 없이도 너를 좋아할 수 있다." 그날 이후 나는 그 구절을 믿지 않았고 마음속의 그를 죽이기로 마음먹었다.

이제 없는 거야.

조각조각 흩어져 죽은 거야.

상상 속의 너를 만들어 내지 않을 거야.

너는 이제 내 주변에서 공명하지 않는 이름이 될 거야.

왜냐하면… 나는 시인이 아니니까. 시를 쓰지 않을 테니까.
이 세상은 시의 구절처럼 낱낱이 아름다울 수 없으니까. 나는
너 없이는 너를 사랑할 수 없을 테니까.

틀림

비와는 언제나 서로의 이름 뒤에 '씨'를 붙여 불렀다. ○비 씨, 영욱 씨. 그렇지 않으면 '당신'이나 '작가님' 같은 존칭어를 사용했다. 공적인 자리에서나 쓸 법한 딱딱한 호칭은 이상하리만큼 다정하게 와닿았고, 우리는 마치 암묵적인 규율이라도 있듯 서로의 이름을 과일 베어 물 듯 달콤한 말투로 부르면서도 기어코 '씨'를 붙였다.

비는 손가락 끝이 두꺼워 오타가 잦았다. 언젠가 '연욱씨'라고 잘못 쓴 뒤로는 굳이 고치지 않기로 마음먹었는지 '연욱시' 또는 '연눅씨' 등 갖은 오타를 남발했다. 다정 어린 문장을 뱉을 때도, 부탁이나 사과를 전할 때도 일부러 틀리게 적는 것을 보면 그에게는 그것이 애교의 수단이었다. 이를테면 '연욱시 보고싶퍼요.' 같은 식이다. 한번은 '연육시'라고 쓴 적도 있는데, 그 별칭은 마음에 들지 않았는지 그 이후로 다시는 볼 수 없었다. 왜 안 쓰느냐고 묻자, 인육 같아서 징그럽단다.

그에게 틀린 것은 잘못되어 고쳐먹어야 할 것이 아니라 외려 다정스러워서 받아들여야 하는 것이었다. 틀렸기에 특별하고 잘못 쓰였기에 쓰다듬게 되는 것. 그렇게 뒤틀린 모든 단어와 감정들은 그의 세계에서 빛이 되고 꽃이 되었다.

종종 이 세상을 비관적으로 바라보다가도, 자신이 틀렸음을 눈치채는 순간 기생처럼 찢어진 눈이 아이처럼 동그랗게 번쩍 뜨였다. 그러고는 자신과 주변을 살피다가, 이내 천국을 맛본 듯 모든 긴장이 이완되며 붕 떠올랐다. 처음엔 무심했지만 직접 마주하자 관심이 생긴 것들이나 가진 사상과 어긋났지만 이내 인정하게 된 것들을 바라보며, 무지개와 넓은 초원을 바라보듯 동경 어린 눈빛을 쏘아 댔다.

*

때는 꼬마전구 불빛이 거리를 비춰 좀처럼 어둠이 내려앉지 않던 11월 말. 크리스마스엔 서울에 오지 못한다는 그를 꼬드겨 미리 트리를 보러 가자고 했다.

"트리 보러 갈까요? 그럼 오늘이 크리스마스니까."
"꼭 트리를 봐야 해요?"
그는 들뜬 내 마음에 찬물을 끼얹었다.

"잠깐 보고 오자. 현대백화점 본점 유명하잖아."

"어차피 볼 거 없을 거 같은데…."

비는 당장이라도 들어가 눕고 싶다는 말투로 못마땅해했지만 모처럼의 만남에 밥만 먹고 돌아가기엔 미안했던지 명동으로 발걸음을 돌렸다. 가는 길 내내 그는 도살장에 끌려가는 송아지처럼 눈을 흘겼다.

그곳엔 아름다움을 뽐내는 거대한 트리가 있었다. 비는 한동안 트리를 응시하더니 바다를 처음 본 아이처럼 눈이 휘둥그레졌다. 그러다 대뜸 사진을 찍어 달라며 핸드폰을 나에게 맡기고는 갖은 포즈를 취했다. 얼마 지나지 않아 말과 행동의 인지가 뒤엉킨 듯 미안하다거나 고맙다거나 하는 문장을 지그재그로 쉴 새 없이 내뱉었다.

"미안해요. 이렇게 예쁠 줄 몰랐어. 사람들이 사진 찍는 이유가 있었네. 오늘 가자고 해 줘서 고마워요. 나 잘 나왔어? 나중에 올려야겠다. 미안하고 고마워, 정말."

현대백화점 본점의 트리가 그저 그럴 것이라는 상상과 상심을 넘어 기대 이상으로 다가오자, 그의 동공은 다정스럽고 다채롭게 변했다. 그렇게 우리는 한 시간 남짓 미안함과 고마움 속에서 11월 말의 찬 바람을 맞았다. 이내 체온이 떨어졌는지 그는 나에게 안긴 채 내가 입은 패딩 주머니 속으로 손을 집어넣었다. 그러고는 마주한 광경 앞에서 맥없이 긴장을 풀었다. 그는 이리저리 몸을 돌려 시선을 백화점 쪽으로 향하게 했고, 고개를 교차해 안겨 있던 탓에 보이진 않았지만 트리를 빤히 응시하는 눈길이 전해졌다. 시린 바람 때문인지 이 순간 때문인지 모를 눈물이 맺혀 있었다는 것도. 그 눈동자에 고인 눈물은 볼록 렌즈처럼 세상을 더욱 거대하고 크게 확장시켰다.

*

틀렸다는 것은 무엇을 의미할까. 누군가는 그것을 극도로 기피하고 또 누군가는 부정의 잣대로 삼는다. 하지만 우리가 사는 세상에서는 1분 1초마다 새로운 오류가 생겨난다. 이를 테면 지구가 평평하다고 믿었던 고대에는 지구가 둥글다는 개념은 도무지 받아들여지지 않았다. 그러나 누군가의 용기 있는 발걸음으로 거짓의 안개가 걷히고, 비로소 깨닫게 된다. 틀렸다는 것을. 그렇다고 해서 평평하다고 믿었던 사람들까지 잘 못된 것은 아니다. 그 사실만이 틀린 것이며, 무언가를 바라보는 시선만 달리하면 될 일이다. 그러니 틀렸다는 것은 스스로를 질책해야 한다는 개념을 넘어, 알아 가는 과정임을 기억해야 한다. 깨달음의 환희 속에서 자신이 저지른 지식의 과오를 받아들이고 새롭게 드러난 진실을 인정하면 될 뿐이다.

그런 의미에서 비는 수많은 틀림과 진실 속에서도 올곧게 수용하는 힘을 가졌다. 세상을 처음 마주하는 갓 태어난 아이 같았다. 세상천지의 것들을 뒤틀어서 적고 부정이 지나치게 많은 사람이면서, 동시에 아직 배워 가고 다정히 품어야 할 것들이 산더미처럼 쌓여 있는 사람. 이제 막 시작된 소설 속 주인공처럼 밟아야 할 곳과 밝혀야 할 사건이 수두룩한 사람. 많은 것을 쉬쉬하지만 막상 경험하며 그의 세상이 성장한다. 그가 가진 힘이었다. 그리고 그것은 내가 그를 좋아하게 된 이유이자, 그가 삶을 유예하는 유일한 수단이었다.

*

나는 교차된 고개를 빼내 그의 아랫입술과 윗입술 사이로 나의 입술을 포개었다. 한참 후에야 한 뼘쯤 물러나자, 그는 백화점의 트리를 눈도 깜빡이지 않고 응시하고 있었다. 나는 그 눈동자에 어른거리는 트리를 바라보았다. 비좁게 압축된 빛들을 아주 빤히. 그의 각막 속에서 이 장면만큼은 망각되지 않기를. 아, 그의 눈동자 속 비좁은 세상이 나에게는 가장 큰 꽃밭이다. 크리스마스다. 입맞춤, 초원, 무지개, 트리, 성탄, 11월 말, 알다가도 모를 그의 눈물.

틀린 것이 외려 다정스러울 수 있다는 것. 좁디좁은 비의 세상 안에서 내가 배운 것 중 가장 넓고 깊은 시선이었다.

목격

비와 만나던 시절에는 유독 세상이 어두웠다. 아니, 하필이면 그 어둠이 빈번히 목격되던 시기였다. 전염병으로 사람들이 연달아 죽어 가던 탓인지 모르겠지만 비는 죽음을 자주 거론했다. 가을바람이 살랑이던 그날, 그는 아주 밝게 빛나는 달을 올려다보더니 꼭 일 년 후에 죽겠다고 다짐했다. "서른이 되면 죽고 싶어요." 나는 그를 째려보며 진심이냐고 물었다. 그는 진지한 표정으로 고개를 끄덕였다. 어릴 적부터 서른이 되면 죽을 것이라 다짐해 왔다고. 한숨이 먼저 나왔다. 내가 만나는 이들은 하나같이 어딘가 병들어 있었다. 수는 사랑할 수 없는 삶에 미련이 가득했고, 비는 죽음에 대한 강한 집착을 보였다. 내 사랑은 툭 건드리면 와르르 무너질 것처럼 나사가 빠져 있었다. 그는 돌연 입이 텁텁하다며 차 문을 열고 땅바닥에 침을 퉤 뱉었다. 그 침에는 분명 죽음이라는 얼얼한 단어가 묻어 있었다.

＊

　오늘도 누군가 죽었다. 세상에는 갖은 사정으로 생을 마감
하는 이들이 있지만, 그것은 내가 인식하지 않는 한 자연스러
운 굴레이자 어느 때나 존재해 온 이름 모를 안식일 뿐이다. 지
구 반대편의 제임스가 사고사하든, 같은 동네의 김 모 씨가 자
연사하든, 그 사실을 알지 못한다면 그것은 내가 키우던 허브
가 말라 비틀어 죽는 것보다도 미미한 일이다. 하지만 인식하
는 순간 그들은 내 세상에서 죽은 사람으로 정의된다. 그러므
로 그 정보의 유무가 곧 애도의 이유가 된다. 결국 죽음이란
물리 법칙에 반하는 기이한 사건이다. 목격되기 전까지 그 사
건은 0인지 1인지 알 수 없어 어떠한 감정으로도 정의되지 않
는다. 아무리 소중한 이가 죽었다 한들, 내가 그 사실을 접하
지 못한다면 나는 집에서 노래나 흥얼거리며 파스타를 요리하
고 있을 것이다. 적어도 각자의 세상에서 누군가의 죽음을 단
정 짓는 것은, 진실이라는 사건보다는 목격했다는 정보에 입각
한다. 그러니 비와 만나던 때는 지독한 전염병으로 유독 많은
사람이 생을 마감했던 때도, 이웃 나라에서 일어난 사건·사고
로 안타까운 탄식이 끊이지 않았던 때도 아니다. 그만큼의 죽
음은 언제나 있어 왔다. 다만 애석한 것은 기술이 발전하며 삶
이 윤택해진 이면에 '정보의 과다'라는 부작용이 존재한다는

점이다. 그러니 비보로 물든 암울의 시대가 있다면 그것은 잦은 비극이 일어난 때가 아니다. 비극이 자주 목격된 때라고 해야 한다. 인식했기에 그만큼의 죽음이 존재하는 것이고 애도가 가능해지는 것이다.

바로 어제 또는 오늘, 누가 어떤 참담한 사건으로 인해 생을 마감했는지가 생생히 보도된다. 일주일 전만 해도 어느 먼 나라에서 거대한 자연재해가 일어났고 나는 그 소식을 내 방 안에 누워 접했다. 화면에서는 도통 실감 나지 않는 숫자들이 나뒹굴고 있었다.

기괴하기 짝이 없는 규모의 죽음이었다. 누군가의 가족이었으며 친구였을 사람들이 실재하는 공간에서 죽어 버렸다. 60명, 80명, 100명… 분 단위로 숫자는 늘어 갔다. 그 뉴스를 접했던 시점부터 비는 유난히 무기력해지고 우울해지기를 반복했다.

"영욱 씨, 죽는 게 무서워요."

"언제는 죽고 싶다면서요. 마음이 변한 거예요?"

"아니, 나는 꼭 죽을 거야. 그런데 내가 죽으면 내 가족도, 친구들도, 당신도 죽는 거잖아요. 그게 무서워요."

"내가 죽어요?"

"한 사람이 죽으면 그와 얽힌 세상도 같이 죽는다는 상상을 했어. 어떤 일을 두고 몇백 명이 죽은 참사라고 하지만 더한 죽음들이 있는 거야. 무언가에 깔리거나 잠겨서 죽은 사람이 있고, 그 위로 포개지거나 그곳으로부터 빠져나온 사람들이 있잖아. 세상은 그들을 생존자라 부르겠지. 하지만 평생을 누군가의 죽음에 동참했다, 때로는 일조했다는 사실에 치를 떨며 살 텐데? 그건 살아남은 게 아니라 죽은 거야. 무언가의 죽음이란 그렇게 그 주변까지 모두 포개지게 만드는 거예요. 얽혔다는 사실만으로 그 죽음에 동참한 게 되는 거예요. 그러니 내가 죽으면 나를 껴안고 내 위로 포개졌던 자들이 전부 살인자로, 죽은 채 살아가겠지. 참사로 인해 몇 명이 죽었다는 문장은 너무 건조해서 입 밖으로 뱉어지지가 않아. 고작 몇 개의 숫자로 표현되고 끝이라는 게. 사실 헤아릴 수 없는 무수한 세상이 죽은 건데."

"진정해… 인간은 다 죽어요."

"내가 죽으면 나는 죽어서도 살인자가 되는 거잖아. 덜컥 무서워졌어요. 나는 죽고 싶은데, 남겨진 사람들까지 내가 죽이는 걸까 봐. 태어나 보니 참 기구하고 우울하다."

"그럼… 알지 못하게 사라지자. 아무도 걱정하지 않게 밀항하듯 조용히 떠나자. 그래도 웬만하면 살아 주고."

나는 황망해진 그의 마음을 달랬다.

"그럴까? 아무도 모르게 죽으면 난 아직 세상에 남아 있는 게 되니까."

그는 내 말에 체한 것 같은 마음이 가라앉았는지 점차 얼굴에 혈색이 돌았다. 연이어 마주한 죽음 앞에서 비가 느낀 우울은 가히 죽음으로부터 시작된 우울이 아니었다. 목격에서 비롯된 우울이었다.

"영욱 씨, 그럼 들어봐요. 언젠가 아빠에게 큰 교통사고가 났어요. 그때 나는 어려서 태연히 잠들어 있었고, 꿈에서 깨어나 보니 엄마는 밥상도 차려놓지 않은 채 어디에도 보이지 않았죠. 그리고 늦은 밤이 되어서야 돌아오셨어요. 나는 그때 무슨 일이 있었는지도 모른 채 지냈어요. 나중에야 아빠가 몇 번이나 수술을 거듭하셨다는 걸 알았죠. 출장을 가신 줄만 알았는데, 아주 오랜 시간이 지나서야 사실을 들었어요. 이상하리만큼 슬프지 않더라고요. 내 죽음을 이렇게 알릴 수 있을까? 긴 시간 남은 이들이 깊은 꿈을 꾼다면, 아주 오래 죽음의 진실이 묵인된다면… 그렇다면 꼭 기구하고 우울한 일만은 아닐지도 모르잖아. 아빠의 교통사고가 지금의 나에겐 비극이 아니듯, 의연해질 수도 있잖아요."

*

죽음은 어떻게 생겼을까? '어떻게 생겨났을까'가 아니라 '어떤 형태를 띠고 있을까'라는 질문이다. 적어도 비와 나에게 있어 죽음의 형태는 사뭇 달랐다. 바라보는 시선은 같았지만 전혀 다른 실루엣이었다.

그의 언어는 거시적이면서도 다정했다.
"한 사람이 죽으면 그와 얽힌 세상도 죽는 것이다."
한 사람이 죽는다. 그러면 그 죽음과 포개어 얽힌 관계들의 세계 또한 함께 사라지는 것이다.

나의 언어는 조금 더 미시적이고 이성적이었다.
"죽음의 완성은 사건이 아니라 정보다."
죽음이라는 정보가 목격되지 않는 한, 남은 이들의 세계엔 비극이 존재하지 않는다는 얕은 긍정이 깃들어 있었다.

그의 말은 죽음에 대한 깊은 추모였으며 나의 말은 죽음에 관한 일말의 부정이었다.

비는 이후로도 꾸준히 죽음에 대해 언급했다. 그러나 나는 그가 발음하는 죽음에 대한 태도를 사뭇 고쳐먹었다. 그가 언급하는 죽음에 대해 '정신병'이라는 부류에 넣지 않겠다고 다짐했다. 대신 다정하다고 표현했다. 사람이 이토록 비정상적으로 다정할 수 있을까. 피 한 방울 안 섞인 타인의 죽음으로서 주변의 죽음까지를 헤아릴 수 있는지. 나로선 도저히 도달할 수 없는 깊은 마음이었다.

*

나는 추모를 좋아하지 않는다. 그래서 비극적인 사건이 일어나면 미디어를 보지 않으려 노력한다. 웬만하면 암담한 현실을 곱씹고 싶지 않다. 그럼 그 사람은 내 삶 속에서 여전히 살아 있는 사람이 되고, 비의 말처럼 많은 세상 또한 살아 있는 것이 된다. 나는 깊이 인식하지 않는 것만이 연잇는 죽음에 대한 일말의 상쇄라고 믿는다. 하지만 안타깝게도, 화살비처럼 쏟아지는 그늘진 소식들 앞에서 완전히 무감할 수는 없었다. 끝없는 비보에 대처하는 나만의 방식은 묘비 앞에 서서 기도하는 일도, 납골당에 꽃을 놓는 일도 아니다. 하물며 유가족을 위해 기부하거나, 울음을 터뜨리거나, 우울에 잠기는 일도 아니다. 다만 그 숫자 뒤에 0을 덧붙인다. 오늘 한 사람이 죽었다면 그리고 내가 그 사실을 목격했다면 그것은 열 명이 죽은 것이고, 백 명이 사라진 것이며, 천 명이 소멸한 것이다. 그렇게 수없이 얽힌 이들의 통곡과 비극을 이해하려 애쓴다.

세상은 전염병으로 인해 "오늘 세 명이 숨졌습니다."라고 말하지만

나는 "오늘 서른 명이, 삼백 명이, 삼천 명이 숨졌습니다."라고 듣는다.

안타까운 소식들에 심신이 잔뜩 긴장한 요즘이다. 나는 소원한다. 먼 나라의 제임스부터 우리 동네의 김 모 씨까지 모두 잘 살아 있기를. 이왕이면 내가 사랑했던 이들이 무탈히 각자의 생을 견디기를. 고향으로 돌아간 수도, 언젠가 나를 떠날 비도 소멸되지 않기를. 아무렇지 않게 창문을 열어 침을 퉤 뱉듯, 누군가와 포개진 연을 퉤하고 없던 일로 할 수는 없으니. 이 세상에 존재하는 이들의 삶과 죽음 그리고 생존 또한 부디 무소식이 오래도록 희소식이기를.

그럼에도 이 피할 수 없는 목격과 정보 앞에서 광활하면서도 옅은 추모를.

서로 엮이고 포개진 모든 죽음 앞에서 좁고 깊은 애도를.

열망

시대를 관통하는 철학과 사상을 담은 무언가를 쓰고 싶었다. 하지만 나의 이십 대는 아버지가 갚지 못한 채무를 메우기에 급급했고 낡아 가는 육신으로 고된 일을 버텨 내던 어머니의 기억으로 가득했다. 그런 부족한 삶 속에서, 어느샌가 책을 팔아 성공해야 한다는 집착이 생겼다. 그래서 작가와 출판업을 겸하며 많은 이들에게 공감을 얻기 좋은 위로의 글을 썼다. 대중적인 내용은 곧장 판매로 이어졌고 덕분에 업력에 비해 월등히 높은 판매량을 기록할 수 있었다. 그러나 그것이 긍정적인 영향만을 남기진 않았다. 나 자신의 업에 대한 만족도는 현저히 낮았고 문학가로서의 이미지는 점점 희미해져 갔다. 그렇게 나에게 글쓰기는 조리나 숙성의 과정 없이 곧장 뜯어 시장에 내다 팔며 연명하는 일로 전락해 버렸다.

고된 청춘의 계절을 지나 경제적 여유를 얻은 후에는 집필의 수단과 방향을 잃었다. 원하던 글을 써내리라 마음먹었지만, 정신을 차리고 보니 머리와 가슴엔 아무것도 남아 있지 않았다.

생각과 사상은 시시하고 촌스러웠으며 어느새 지향하던 글쓰기를 감당하지 못하는 사람으로 자라 있었다. 애초에 정보와 지식에 취약한 데다 본성은 게으르기까지 해서 학문에 깊이 몰두하지 못했고 가방끈도 짧았다. 사람을 좋아하지 않고 대화조차 꺼린 탓에 정보와 경험 또한 편협했다. 결국 껍데기에 불과한 쓰는 기술만이 남았고, 알맹이인 사유와 깊은 철학적 사고는 열매를 맺지 못했다. 안타까웠다. 멋있게 시대상이 담긴 글을 쓰겠다는 열망만을 간직한 채 더는 설레는 마음으로 펜을 쥘 수 없게 되었다.

비와 나는 유독 일 이야기를 많이 나눴다. 둘에게 업은 삶의 뿌리와도 같았다. 우리는 일 속에서 존재의 의미를 찾는 사람들이었다. 때문에 서로의 분야를 알려 주고 의견을 구하며 현실적이면서도 효율적인 대화를 즐겼다. 나는 간혹 글쓰기에 대한 깊은 열망을 털어놓곤 했지만 비는 그런 나를 쉽게 이해하지 못했다.

"옷도 직관적으로 잘 보이고 예쁜 게 좋잖아. 그런데 글이라고 꼭 철학적이거나 깊이가 있어야 할까요?"

"그런 거랑은 조금 달라. 똑똑해 보이고 싶은 결핍일 수도 있고, 세상을 통찰하는 혜안에 대한 동경일 수도 있지."

"아니야. 내 생각엔 방향이 틀렸어."

"그럼 뭐가 맞는데?"

"사랑. 많이 해 봤으니 그걸 쓰면 해결되지 않을까?"

"지겹잖아. 똑같이 만나고 헤어지고. 재미없어, 나는."

"말은 그렇게 해도 작가님은 사랑을 제일 잘해요. 사랑밖에 모르는 그 영롱하고 순수한 시선이 참 사랑스러워요. 사랑, 해요."

사랑을 하라는 건지 사랑을 한다는 건지 모를 갑작스러운 고백에 그를 왼쪽으로 빤히 바라보던 시선을 이내 반대쪽으로 돌렸다. 안과 밖의 온도가 달라 바라본 창이 울고 있었다.

"사랑 이야기를 쓰라고요?"

"응. 사랑… 해요. 그리고 써요. 작가님이 원하는 것들을 사랑이라는 이름 안에 녹여 봐요."

"내가 그렇게 사랑을 잘해요?"

"응. 내 곁에 꼭 붙어 있잖아."

"내가 영롱하고 순수해요?"

"내가 모질게 굴어도 나 버리지 않잖아요."

"순수함이 뭔데?"

"당해 주는 거."

"사랑이 뭔데?"

"버리지 못하는 거."

비는 단언했다. 그날의 나는 사랑이란 말을 외면하듯 조수석에서 그를 왼쪽으로 바라보다가 오른쪽 창밖으로 눈을 피하며 도리도리를 반복했다. 그의 알다가도 모를 고백에 당황해서였는지 열대 지방에 정박한 배처럼 차 안이 후덥지근해서였는지 얼굴이 붉게 상기되었다.

*

오래되어 언제나 배터리가 부족한 핸드폰, 수명을 다한 듯한 물건들. 비를 상징하는 것들이었다. 그의 집에는 이미 푹 꺼져 버린 매트리스가 있었고 책장 한편의 시집은 수차례 펼쳐 본 듯 오래된 사과처럼 갈변해 있었다. 에어팟에는 시간의 마모를 드러내듯 철 가루가 덕지덕지 붙어 있었으며, 핸드폰은 한참전 모델로, 함께한 세월을 헤아릴 수 없을 만큼 케이스가 누렇게 바래 있었다. 사는 집과 차, 그리고 옷과 가방을 제외하면 그의 주변은 전부 낡아 있었다. 옛것에 대한 집착일까, 검소한 습관일까. 아무리 곱씹어 보아도 그 두 가지 경우는 아니었다. 분명 그의 곁에 있는 '생이 다한 듯한 것들'에는 직접 듣지 않고는 알 수 없는 사연이 있었다.

언젠가 그의 침대 옆, 다 쓰고 껍데기만 남은 오래된 향초를 만지작거리던 나를 보며 비가 말했다.

"선물 받은 거예요."

"아? 침대도?"

"응. 서울에 자취하게 된 기념으로 받았어요."

"핸드폰이랑 케이스도 선물 받은 거겠네?"

"어떻게 알았어? 티 나요?"

"그냥 물어봤어요."

나는 딱히 이유가 없다고 둘러댔다. 그의 주변이 낡은 이유
는 선물 때문이었다. 비는 매사에 그런 편은 아니었지만, 어떤
한 가지에 꽂히면 집요하게 물고 늘어지는 성격이었다. 자신의
운명이나 오늘의 사주 같은 것을 병적으로 믿었고 좋아하는
영화나 애니메이션은 이상하리만큼 반복해 틀어 두곤 했다.
아마 받은 선물에도 그런 개념으로서의 '버리지 못한다'는 집
착이 작용한다고 생각했다.

이내 비는 내가 몇몇 물건을 두고 선물 받은 거냐고 물은 이
유를 끈질기게 캐물었다. 완강한 그의 고집을 꺾을 수 없을 것
같아, 결국 마지못해 답했다.

"낡아 있어서. 사연이 있어 보였거든. 당신이 검소한 사람은
아니잖아."

"맞아, 아까워."

"어디 보관해 두면 어때?"

"그럼 쓰지 못하잖아요."

"써야만 의미가 있는 건 아니잖아."

"아니. 선물은 써야 해. 그래야 그 의미가 완성되지. 쓰지 않으면, 그 마음이 와해되는 거잖아요."

"가지고만 있어도 마음은 남는 거 아냐?"

"그럴 거면 주식을 줬어야지. 닳아 없어질 때까지, 지문 자국이 너덜너덜해질 때까지 쓰라고 준 거야. 이것들은."

비는 단언했다. 기울어진 침대에서 그를 올려다보며 대화를 이어 가던 나는, 그의 말이 들릴 때마다 골똘히 곱씹느라 고개를 살짝 아래로 떨구었고, 그렇게 생각에 잠기기를 되풀이하다 보니 마치 고개를 끄덕이는 듯한 모습으로 보였다. 비는 낡은 향초를 어루만지는 내 손을 익숙한 버릇처럼 쓰다듬으며 짭조름한 미소를 지었다.

*

선물은 써야 한다는 말. 그의 말마따나 무언가는 사용되어야만 그 의미를 다한다는 사실을 외면한 채 살아왔다. 선물을 그대로 간직하는 것은 그 존재를 피상적으로만 붙드는 일에 불과하고, 결국 내 욕심만 잔뜩 부리는 격이다. 사용하고 닳아 없어지며 그 쓰임새를 지켜보는 과정에서야 비로소 선물의 의미가 완성된다.

이 사상은 비의 언어와 사랑에 아주 밀접하게 닿아 있었다. 그는 용기 있는 사람이었고 무엇이든 있는 그대로 바라보며 표현하는 편이었다. 닳아 버리는 것의 슬픔을 감내할 줄 아는, 그렇기에 그 의미를 다하기 위해 노력하는. 언젠가 내가 수에게 건네지 못한 '같이 살자'는 말 따위도 주저 없이 내뱉을 수 있는 그런 대담함이 존재했다.

반면 나는 가진 갈망을 늘 간직하며 살아왔다. 닳아 없어질까 두려워 미뤘고, 그러다 그 의미를 끝내 쓰지 못한 채 지내왔다. 숙제처럼 미루다 외면했고 시간이 한참 흐른 뒤에야 그때의 사정과 세상을 탓했다. 그렇게 내 안에 내재된 열망은 현실의 괴리 속에서 번번이 좌절했다.

마음 깊은 곳의 갈증. 사랑으로 서서히 닳아 없어지고 싶었고, 존재를 증명하는 글을 써 보리라 다짐했다. 실은 아주 단순한 일이었다. 그저 용기가 부족했고 너무 늦게 깨달았을 뿐이다. 한 세상과 한 사람의 세계에 파동을 일으키는 것은 시대상과 철학만이 아니라 진솔한 사랑이었다는 사실을 외면한 채

꾸며진 글을 쓰고 싶었던 걸까. 마음의 본질은 간직함이 아니라 쓰임에 있는데, 나는 자꾸 마음의 방을 만들어 관계마다의 감정을 가두며 살아온 건 아닐까.

이후로 사랑과 글을 써야겠다고 마음먹었다. 애정 어린 시선으로 이 세상을 직시하고 그 모든 결을 기록하겠다고. 그것은 내가 언젠가 받은 선물처럼 오래 간직해 온 열망이었다. 그리고 비의 말처럼 써야만 비로소 완성되는 것들, 그것이 바로 사랑이고 글이었다. 내 안에 들어온 사람들, 추억, 그리고 과오까지도 쓰임을 다하도록 써 나가야겠다. 이것이야말로 이 산문의 시작점이었다. 이왕이면 아끼지 않고 닳아 없어질 때까지. 내가 가진 육신도 마음도, 하물며 언어까지도 전부. 이 세상에는 쓰고 닳아야만 그 의미가 완성되는 것들이 있으니까. 생을 다하는 일. 모든 심지를 다 태우는 일. 어쩌면 그것만이 인간이 지닌 본래의 운명일 수도 있으니까.

회고 3

나이를 먹으니 이름을 불러 주는 사람이 점점 줄어든다. 대신 성이 앞에 붙은 직업이나 직책, 구성원의 역할로만 불린다. 그래서인지 비가 내 이름 끝에 씨를 붙여 발음하는 걸 좋아했다. "영욱 씨." 그가 다정히 내 이름을 부를 때면 내가 정의되는 느낌을 받는다. 그가 대뜸 물었다. "이름은 무슨 뜻이에요?" 이름을 지어 주신 할아버지의 말을 떠올렸다. "한자로 자라나는 새싹이랬어. 피붙이 중 막내인데 내가 처음을 의미하는 새싹이야." "영욱 씨 할아버지는 알고 있던 거네?" "뭐를?" "마지막이 시작이 될 거라는 사실을." 그러고는 우리 할아버지가 신기가 있을 거라는 말을 더했다. "어감이 예뻐. 나중에 아이를 가지면 이름을 영욱이라 지어 볼까." 비가 재미있는 상상이라도 하는 듯 옹졸한 미소를 지었다. "소름 돋지 않겠어? 내 얼굴이 떠오를 텐데." "좋은 사람이었으니까 괜찮아." 비가 단언했다. "왜 벌써 과거예요?" 비는 조수석에 앉아 있는 나를 오른쪽으로 바라보다 이내 왼쪽으로 고개를 저었다. "그때부터지. 어떤 사람은 마지막이 꼭 시작일 것만 같아." 한참을 말이 없다가 이어서 말했다. "영욱 씨 이름처럼." 그는 난무하는 호칭 속에서 나를 정의해 주었던 한 사람이었다. 영원이란 개념이 사라져도 영원히 그리운 사람이 되어 달라는 부탁으로 들렸다. 대를 이어 가며 그리고 싶은 사람이 되어만 달라고.

비

시뻘겋게 도색된 아우디. 비의 차였다. 그리고 서울에서 그가 지내는 집은 여의도에 있다고 했다. 빨간 외제 차, 그리고 여의도. 그의 주변과 언행만 보면 허황을 좇는 사람처럼 보였다. 아니, 그보다도 허황에 충실한 사람이라고 생각했다. 부정적인 뜻은 아니었다. 나는 그의 그런 스스럼없는 허영과 허물을 동경했다.

그렇게나 허영심 가득한 사람이 정작 선물은 명품보다 소소한 것들을 좋아했다. 손 편지라든지 바다에서 주워다 준 돌멩이 같은 것들. 언젠가 향초를 좋아한다던 그의 말을 떠올리며 엉성하게 만든 수제 향초를 건넨 적이 있다. 그는 인형을 선물받은 아이처럼 함박웃음을 지었고 그 뒤로 며칠 동안 향초가 켜진 방 안의 풍경을 연신 찍어 보냈다. 자신을 있는 힘껏 뽐내면서도 소박한 것으로부터 마음이 밝아지는 사람. 서툴거나 버려졌거나 엉망이거나 한 것들 속에서 애정을 확인하는 사람.

당장 소멸할 듯 미약한 것들에게서 안정을 누리는 사람. 나는 그의 그런 가늠할 수 없는 순수한 속내를 좋아했다.

*

비는 과속 방지턱 같은 장애물 앞에서 급정거할 때면 어김 없이 한쪽 팔을 내 쪽으로 뻗었다. 안전벨트를 하고 있는데도 뭐가 그리 불안한지 팔을 계속 내 허리 근처로 가져다 댔다. 그 러면서 정작 자신의 안전벨트는 헐겁게 걸쳐 두곤 했다. 나는 종종 안전불감증이 심한 비를 빤히 보며 일찍 죽고 싶지 않으 면 똑바로 매라고 눈치를 줬다. 그럴 때마다 그는 일찍 죽어 버 릴 거라는 말로 자신을 대변하곤 했다. 그는 언제나 자신보다 남을 먼저 생각하는 뇌 구조를 지녔다. 본인이 아픈 것은 크 게 상관없지만 남이 다치는 것은 차마 두 눈 뜨고 보지 못했 다. 나에게 자신 때문에 힘들어하지 말아 달라며 애걸복걸하 던 그를 떠올리면… 뭐, 그마저도 결국은 두 다리 뻗고 자기 위 한 이기심이었을지도 모르지만 그 말의 기저와 의중은 중요치 않았다. 단지 그 아이러니한 애정이 참 부러웠다. 다정함을 스 스럼없이 내보이면서도 자신을 쉽게 버리고 소모할 줄 아는 사 람. 마음의 허세를 잔뜩 부릴 수 있는 사람. 그 애정 어린 마음 속의 자유 의지를 추앙했다.

한 손으로 거만하게 운전하는 그에게 위험하다며 두 손으로
하라고 거듭 핀잔을 주자, 그는 무심히 답했다. "왜 한 손으로
운전하는지 알아요? 다른 한 손은 당신 손 잡으려고 남겨 둔
거예요." 그러고는 갈 곳 잃은 내 손을 덥석 잡았다. 손끝으로
한참을 매만지다 이내 목선을 타고 올라 입술까지 낱낱이 어
루만졌다. 그는 좋아한다는 말도 보고 싶다는 말도 좀처럼 하
지 않았지만, 감정이 일면 정제되지 않은 방식으로 덥석 어루
만지는 사람이었다. 나는 그 급진적으로 엉켜 있는 표현을 애
정했다.

*

어느 날 비에게 말했다. 우리가 나눈 대화들이 특별해서, 언
젠가 영화로 만들어 보고 싶다고. 하지만 그럴 순 없으니 글로
적어 보겠다고. (나는 T 성향이 분명하다) 이것은 작가를 만나
는 사람의 특권이라며 그와의 일들을 꼭 글로 남기겠다고 덧붙
였다. 비는 정말 그래 줄 수 있겠냐고 되물었고, 나는 멋쩍은 마
음으로 삼 년쯤 지난 뒤에 적어 보겠노라 답했다. 그러자 그는
조금 더 빨리 볼 수 없겠느냐며 푹 안겨 재촉했다. 그날의 달은
유난히 밝았고, 공기는 제법 둔탁했다. 우리는 아름다웠고 나
는 이 순간만큼은 영원히 기록되기를 바랐다. 종종 궁금했다.

이야기의 주인공이 된다는 건 어떤 느낌일까. 내가 아는 말과 순간들이 생을 다한 동물의 가죽처럼 푸석한 종이 위에 박제되는 일. 누군가의 일기장에 내 이름이 빼곡히 적혀 있는 걸 우연히 마주했을 때의 감동과 비슷할까. 그의 뇌리에 잊을 수 없는 사람으로 기록되는 일, 혹은 지금 이 순간 그의 눈동자에 오직 나만 비치는 일. 일상적으로는 그에게 있어 매일 꾸고 싶은 꿈이 내가 되는 일. 그의 핸드폰에 다정한 애칭으로 저장되는 일 같은 것들. 갑작스러운 욕심과 욕망이 단전 깊숙이서 부글부글 끓고 있었다. 내가 그의 이야기 속 주인공이 될 수 있을까. 그때 비는, 생각에 잠겨 경직된 나의 날갯죽지를 더욱 세게 끌어안으며 속삭였다.

"살고 싶어졌어요."

"응?"

"작가님이 나를 글로 써 준다고 하니까 삼 년은 더 살아 보고 싶어졌어요."

"웬만하면 죽지 말라고 했지."

"내 몸인데 어때. 내가 맘대로 죽여도 되는 거 아니야? 죽더라도 모르게 죽을게. 그리고 사는 내내 그 글만 기다릴게."

안기며 하는 말 치곤 꽤 섬뜩한 문장이었다. 살고 싶어졌다는 말.

그를 가지고 싶다는 욕망을 단번에 해소해 주는 발음이었다. 내 글을 기다리겠다는 말.

자신을 무의미하게 버릴 것 같다가도 이내 누군가로부터 다시 생의 의미를 찾아가는 사람. 밑동까지 다 쓴 치약처럼 버려질 말이라도 남은 가치를 짜내어 누런 생을 이어 가려는 사람. 그리고 또 누군가를 이야기의 주인공으로 만들어 주는 사람. 그의 말들은 전부 그만이 내뱉을 수 있는 기괴하면서도 간지러운 고백이었다. 나는 그의 그런 알다가도 모를 약속을 좋아했다.

거울

비는 살짝 신기가 있는 사람이었다. 어딘가 돌아 있는 눈빛, 죽음을 가볍게 말하던 태도, 그 속에 스며 있던 우울까지. 집 안에 신내림을 받은 친척이 있다고 했지만 분명 비가 받아야 했을 신내림이 번지수를 잘못 찾은 것 같다는 생각이 들었다. 유난히 미신을 맹신했고 사주와 궁합 그리고 풍수지리까지 인 생의 절대적인 나침반처럼 여겼다. 그만큼 운명에 기대어 살았 고 자신과 타인의 삶을 자주 점치곤 했다. 나에게도 여러 번 예언처럼 말을 던졌는데, 그중 가장 뇌리에 남은 건 우리가 닮 게 될 거란 말이었다.

"영욱 씨, 나랑 닮았어요."

"어디가?"

"존재가."

"나는 일찍 죽고 싶지도 않고 우울함도 잘 못 느껴. 무엇보 다 당신처럼 사진 찍는 걸 즐기지도 않고."

"그런데 나는 왜 거울을 보는 기분이지. 작가님을 보면 꼭 나를 보는 것 같아."

"이미 나와 너무 닮은 사람을 만나 봐서 알아. 당신은 나랑 절대적으로 다른 인격이야."

"전 애인이요? 이젠 나와 닮아 갈 거예요. 우린 너무 많은 게 엮여 있으니까."

당시에는 그의 말들을 이따금씩 부정하곤 했다. 비는 사람을 꼭두각시처럼 다루는 데 능했기에 그의 언행 따위에 지배당하고 싶지 않았다. 내 삶을 다 아는 듯 점쳐지는 말들로 존재가 규정되기도 싫었다. 나는 무엇보다 인식되고 간파당했다는 사실을 죽도록 싫어하는 사람이었다. 그래서 그땐 우리가 닮았다는 말을 믿지 않았고 믿고 싶지도 않았다. 비관적인 삶의 태도는 닮아 있었지만, 그렇다고 해서 우리가 결이 비슷한 사람들은 결코 아니었다.

이를테면 비는 인기가 많은 사람이었다. 단순히 이성에게 인기가 많다기보다 본성이 매력적이고 털털해서 주변에서 항상 그를 찾았다. 지인들과의 정기적인 모임도 있었고 친인척과도 제법 돈독하게 지내는 듯했다. 하지만 의외로 마냥 밝거나 사람을 따르는 성격은 아니었다. 만남 뒤에는 굿을 마친 무당이 소금을 뿌리듯 부정적인 기운을 털어 내고 긴 동면에 들어갔다.

반면 나는 필요 이상의 대인 관계는 철저히 접어 두었다. 마음을 터놓을 친구도 없었고, 일로 엮인 사람들만 간헐적으로 만났다. 이득 없는 만남으로 소모되는 에너지가 내겐 너무 버거웠다. 이렇듯 우리는 마음의 기저는 비슷했지만, 살아 내는 방식은 사뭇 달랐다.

비는 이후로도 자신의 예언을 지켜 달라는 듯 "영욱 씨는 이해하죠? 나랑 닮았으니까." 같은 말로 꾸준히 나를 세뇌시켰다. 그리고 그 말은 결국 비의 뜻대로 흘러갔다. 언젠가부터 나는 정말 그와 닮아 있었다. 그렇다고 해서 내가 사람을 즐겨 만나거나 사진을 찍으러 핫플레이스로 가는 사람이 되었다는 뜻은 아니었다. 원래 비슷했던 구석이 일체화하듯, 완전히 동일시되는 심화 단계도 아니었다. 혼자 있을 때의 나는 여전히 나였지만 타인 앞에서는 점점 그를 닮아 가고 있었다. 인지의 속도를 아득히 넘어선 상태로 누군가에게 그처럼 굴고 있었다. 비가 하던 말과 행동, 표정까지도 거울처럼 따라 하고 있었으며 투영된 모습 속에서 묘한 만족감마저 느끼고 있었다. 희열, 우울, 비관, 언어, 손짓, 아주 많은 것들이 내 안에서 뒤섞이고 있었다. 오랜 시간이 지나, 삼류 영화 속 악당이 내면의 악의를 터뜨리는 것처럼 내 마음 깊숙이 봉인되어 있던 비가 밖으로 분출되었다.

*

　파블로 피카소의 큐비즘 회화는 기이하기 짝이 없다. 형태는 조각조각 나뉘어 있고, 눈·코·입의 위치나 표정까지도 사람이라 생각하기 어려울 만큼 일그러져 있다.

　피카소의 초상화를 본 피사체 여성이 말했다.
　"이건 나를 전혀 닮지 않았어요."
　그러자 피카소가 대답했다.
　"당신이 닮아 갈 모습입니다. 똑같이 보이길 원했다면 사진을 찍었어야죠."
　피카소에게 '닮았다'와 '닮지 않았다'는 말은 의미 없는 평가였다. 그는 단지 대상의 본질을 그렸을 뿐이다.

　피카소의 예술은 당대에는 이해받지 못했지만 시간이 흐른 뒤에야 고개를 끄덕이게 만든다. 그 여성은 마침내 피카소의 그림을 닮아 가는 말로를 맞이했다. 나는 '비의 예언'과 '저명한 화가의 초상화'가 본질적으로 같은 구조를 지닌다고 생각한다. 나와 그 여성은 애초에 그럴 운명이 아니었을지도 모른다. 비를 닮거나 초상화를 닮아 가는 일은 신기 어린 예언 때문이 아니라, 단지 대상을 꿰뚫는 시선에 포착되었기 때문이다.

비 앞에 선 나는 그가 말해 준 진실을 강하게 인식했고, 그 흐름에 이끌리듯 따라갔다. 그는 내 안에 작게 흐르던 샘을 발견해 마침내 둑을 허물고 콸콸 흐르게 한 것이다.

피카소는 본질을 꿰뚫는 눈을 지녔다. 그의 시선은 대상의 기묘한 부분을 정확히 짚어 낸다. 이를테면 기괴하게 감춘 슬픔, 초점이 흐릿한 동공, 일상에서도 긴장으로 굳은 삶 같은 것들. 그는 그것들을 그림 속에 새겨 넣는다. "넌 슬픔을 이해하지 못할 거야. 약에 찌들어 살게 될 거야. 어깨는 점점 올라가고, 등은 굽게 되겠지." 그림의 대상은 처음엔 고개를 저으며 그 닮음을 부정하지만 서서히 자신이 알던 본래의 모습을 잃어 간다. 그리고 결국 내 모습이 아니라고 부인했던 기이한 초상화를 닮아 간다.

내 존재는 누군가의 일말의 '이해'로부터 만들어지기도 한다. 타인의 이해를 통해 나는 내가 온전히 '나'가 아니었음을 깨닫고 그동안 자각하던 '나'라는 존재를 허무는 과정에 선다. 비 앞에 서지 않았다면 지금의 내가 되지 않았을 것이다. 여성이 피카소 앞에 앉지 않았다면 초상화를 닮아 가지 않았을 것이다. 나는 무엇인가. 지금의 나는 어떤 존재이며 미래의 나는 무엇이 될 것인가. 정의할 수 없다. 나는 내가 만들어 가는 존재가 아닐지도 모른다. 어쩌면 지대한 영향을 끼친 타인의 눈빛과 언어가 빚어낸 개체일 수도 있다. 나는 누군가의 손끝에서 조각된 아름답거나 볼품없는 예술품일지도 모른다.

*

나는 나를 보기 위해 타인 앞에 선다. 나 아닌 이를 마주하는 일은 언젠가의 나를 다시 발견하는 행위이자, 나를 이해하기 위해 애쓰는 과정이라 생각한다. 누군가의 언행과 눈빛은 언젠가의 나였고, 또 언젠가의 내가 될 것이다. 그러므로 타인은 나를 비추는 거울이 된다.

누군가를 보며 그의 말과 행동, 마음이 나와 닮아 있다고 느끼는 이유는 그와 내가 마주 보았기 때문이 아닐까. 사실 그것은 닮아 있는 것도 닮아 가는 것도 아니다. 마주 선 거울처럼 서로의 빛을 반사하며 끊임없이 닮아지는 것이다. 그러므로 누군가와 엮이지 않았던 본연의 삶이 희미해지는 것. 타인과 마주 볼 때의 모습이 내 실체였다는 걸 깨닫게 되는 것.

누군가와 극적인 우연으로 겹치는 사람이라는 착각. 사랑하면 운명처럼 닮아 간다는 착시. 함께 살면 비슷해진다는 오역. 그것은 단지 서로가 서로를 확인하기 위해 내어 주었고, 바라보았고, 인식시켜 주었기 때문이다. 그 끝에 스스로 가두어 왔던 본질의 내가 허물어진다. 거울 앞 0.01초 전의 내 모습처럼 나라고 단정하기도, 완전한 타인이라 말하기도 어려운 존재가 되어 버린다. 그것이 사랑의 본질이다. 타인이란 거울로서 닳고 스러진 내 모습이 가장 완연의 나였음을 깨닫게 되는 것.

사랑을 하면 그를 닮는다. 아니, 사랑을 하면 내가 닳는 것이다.

허상

사랑, 섹스, 관계는 허상이다. 누군가 내 살결을 어루만진다. 언젠가는 수의 손을 잡았고, 오늘은 비와 키스를 했다. 이 모든 감각은 '접촉'이라는 행위를 전제로 한다. 접촉 없이는 결코 사랑할 수 없다. 그러나 아이러니하게도 접촉은 물리학적으로 서로를 밀어내는 행위다. 원자와 원자가 서로를 떠밀며 생긴 힘으로부터 우리는 닿았다는 느낌을 받는다. 누군가의 손끝 세포가 내 살의 세포를 밀어내며 생긴 반발력으로 마찰이 일고, 그제야 닿았다고 느낀다.

그러니 세상에 진정한 닿음이란 없다. 닿았다는 느낌만 있을 뿐. 선화가 내 곳곳을 어루만질 때 그의 손은 나의 구석구석을 떠민다. 수의 손과 나의 손은 서로를 반발하고, 비의 혀와 나의 혀 그리고 입천장과 이는 서로에게 저항한다. 나에게 있어 마음의 닿음도 이와 같았다. 거시적인 한 세계와 다른 세계가 서로를 빨아들이듯 맹렬히 충돌했다. 그러나 닿았다고 느껴질 즈음이면 미시적인 곳에서부터 서로를 밀어내고 있었다. 현실과 열망, 미래 같은 것들 속에서 거부하고 저항하며 영역 싸움을 벌인다. 어쩌면 우리는 닿았다는 환상 속에 살고 있는지도 모른다. 마주 잡고 얽히며 하나가 된다는 착각 속에서 사랑한다. 사실은 서로의 삶이 필연적으로 저항하고 있는 줄도 모르고.

없음

"이별했다고 생각하지 말고 사랑한 적 없다고 생각해. 그럼 슬프지 않을 거야."

과거의 한 장면을 그대로 옮겨 놓은 듯한 데자뷔 같은 꿈을 꿨다. 언젠가의 이별이었다. 지독한 연의 끈을 끊어 내며 뱉은 마지막 말이었다.

비와는 유독 과거의 연애사에 대해 많은 이야기를 나눴다. 그러자 오래된 문명의 유적처럼 기억의 저편에 잠들어 있던 이들의 존재가 앙상한 형태로 하나둘 발굴되었다. 이십 대 중반에는 내 삶에 있어서 가장 긴 만남이 있었고, 악독한 결속이 있었다. 그 일을 계기로 누군가와 애인이라는 호칭으로 엮이며 살아간다는 것이 마치 족쇄를 찬 삶처럼 버겁게 느껴졌다.

적나라한 욕망 속에 이어진 그 만남을 회고해 보면 크게 세 가지의 잘못이 반복되고 있었다.

첫째, 동거를 했다. 만남의 유통 기한이 다해 갈 즈음 그의 사정으로 인해 일 년 가까이 함께 살게 되었고, 그 경험은 나에게 거대한 환멸로 남았다. 이별을 약속하고도 지금은 아니라며 헤어짐을 유예했다. 그렇게 우리는 짧고도 긴 시간 속에서 무던히 서로에게서 멀어지는 연습을 하고 있었다.

둘째, 정신적인 결함이었다. 나의 삶은 업에 대한 열망으로 여유를 잃어 점차 그에게 무심해졌고, 관계에서는 늘 방어적이었다. 그는 모든 애정의 결핍을 나로부터 채우려 했고, 분노를 조절하는 데 서툴렀다. 연애 초기에야 품어 주는 아량으로 서로의 모진 면까지 끌어안았지만, 시간이 갈수록 각자의 삶의 형태가 날 선 도끼처럼 서로를 찍었다. 나에게 그는 분리 불안 증세를 지닌 강아지처럼 느껴졌다. 일이 바쁘거나 다른 약속이 있을 때면 늘 어르고 달래야 했고, 모든 싸움의 원인은 '내가 다른 곳에 신경을 쓴다'는 데서 비롯되었다. 그리고 결국 그가 화를 이기지 못해 내 쪽으로 가위를 던졌던 그날, 나는 헤어짐을 결심했다.

셋째, 쾌락이었다. 우리는 함께할수록 서로의 삶이 망가질 거라는 걸 잘 알고 있었다. 그런데도 이 만남을 지속하게 만든 건 단 하나, 육체적인 쾌락이었다. 아주 미워하다가도, 돌아서 온갖 욕을 퍼붓다가도 그와 잠자리에 들면 당장 내일 헤어지기가 두려워졌다. 잘못된 일임을 알면서도 멈출 수 없었고,

오늘의 갖은 불안을 침대 위에서 풀지 않으면 살아갈 수 없었다. 새벽이면 마치 무언가에 홀린 듯 쾌락을 쏟아 내며 내일의 우리를 버렸다.

높은 고도로 치달을수록 난기류가 거세진 만남 속에서 우리는 방향을 잃은 채 비행하고 있었다. 꼬리 끝에 남은 건 멀리서 보면 아름다운 비행운이었지만 우리에게는 어지러운 불운이었다. 이 여행의 끝은 정상적인 착륙이 아니었다. 망망대해 한가운데서 난파된 듯 눈을 떴다. 헛헛하거나 안타깝다는 감정도 없이 무엇부터 해야 할지 몰랐다. 살던 집의 계약이 끝남으로써 우리는 완벽히 이별했다. 마치 만남이 계약이라도 되었던 것처럼 하루아침에 모든 것이 마무리되었다. 당장 오늘 밤 잠자리를 함께할 이도, 나에게 물건을 던질 이도, 내 옷을 찢어발길 이도 사라졌다. 때는 이른 아침이었다. 짐을 정리하고 몇 마디를 나눈 뒤 각자의 길로 향했다. 오랜 시간 헤어짐을 준비해 온 덕에 나름 덤덤했다. "이별했다고 생각하지 말고 사랑한 적 없다고 생각해. 그럼 슬프지 않을 거야." 나는 그 말만 남기고 새로 살 집으로 걸음을 옮겼고 그는 몇 번이나 뒤돌아 나를 바라보았다.

언젠가 뱉었던 오랜 이별의 문장처럼, 과연 그와의 사랑을 없던 일로 치부할 수 있었을까. 포부 있게 내뱉은 말과 달리 이후의 모든 관계에서 그는 정류장처럼 반드시 거쳐야만 하는 관문이 되었다. 결혼 적령기를 지나 혼자 살아오면서 엉망인 관계에 이르기까지 모든 것의 밑바탕엔 그와의 기억이 공포 영화의 클리셰처럼 남아 있었다. 무관심이 외려 편해지는 성향, 결속되는 것에 대한 두려움, 그리고 성적인 취향까지도 그와의 몇 해로부터 비롯되었다. 수를 만날 때도, 비를 만났을 때조차도, 나는 그를 사랑한 적 없다고 생각하기는커녕 그 악독했던 과거에서 여전히 정차해야만 했다.

*

비와 함께한 곳들은 내가 가지 않은 곳이어야 했다. 이름 모를 항에서 먹은 조개구이집도 간 적이 없어야 했고, 음식점에서 타코를 나누어 먹어도 나는 먹지 않은 것이어야 했다. "없던 일로 생각해 줘요." 자신과의 교제를 그 누구도 알아선 안 된다며 그가 간절히 부탁했던 말이었다. 첫 만남부터 느꼈지만 비는 연예인 병에 걸린 게 분명했다. 그래서 나는 그에 대해 일절 언급할 수 없었고 어디에도 흔적을 남기지 못했다. 그는 모른다. 나는 원래 티를 내 본 적이 없는 사람이라는 걸. 과거에도 누구와의 만남을 내 입으로 떠벌리거나 자랑한 적이 없었다. 그것을 증명할 방법이 없어서 비와 만나는 내내 억울해야 했다. 하지만 사람 마음이란 하지 말라 하면 더 하고 싶어지는 법이다. 그와 함께 갔던 항구와 조개구이집, 비 오는 날 나눠 먹은 타코를 누군가에게 괜스레 자랑하고 싶은 마음이 어렴풋이 솟구치기도 했다.

지금 돌이켜 보아도, 비와의 추억은 그 어떤 기록보다 필압을 꽉 쥐어 적은 편지처럼 자국이 선명했다. 그의 존재가 끊임없이 그립다는 것은 아니다. 또 함께했던 여행지가 특별히 아름다웠거나, 유난히 값비싸고 고급스러운 음식을 먹은 것도 아니었다. 그럼에도 그와의 모든 순간에서 느껴진 오감은 인화된 사진처럼 뚜렷하다. 지나다니던 사람들의 실루엣, 버드나무가 사부작거리며 흔들리던 소리. 은은하게 퍼지던 풋사과 향 전자 담배 냄새, 캠핑카 선루프에 서린 입김과 그 위에 투영된 뿌연 달빛. 아마도 "없던 일로 생각해 줘요."라는 그의 말이 오히려 "있던 일로 하고 싶어."라는 긍정의 나래를 펼치게 했기 때문이었을 것이다. '없음'이라는 가정이 만들어 낸 가장 뚜렷한 '있음'이었다.

*

키우던 강아지가 무지개다리를 건넌 첫해에는 단 한 번도 강아지를 생각하지 않으려 노력했다. 하지만 애석하게도, 그 마음은 오히려 눈을 뜨자마자 안기던 강아지의 꼬순내 가득한 촉감을 시간 단위로 그리워하게 했다. 하지 않으려 애쓸수록 더 생각해야만 했다. 인간의 언어로 "단 한 번도 강아지를 생각하지 않겠다."라는 말은 매일같이 강아지를 생각했다는 방증이다. 매일같이 생각했다는 말은 사랑했다는 말이다. 존재했던 것의 부재는 결국 사랑으로 귀결된다. '없음'이라는 게 과연 세상에 존재할 수 있을까. 파르메니데스의 말처럼 '있는 것은 있고 없는 것은 없다.' 인간의 사고는 결코 '없음'을 수렴할 수 없다. '있음'만이 존재한다. 무언가를 생각하지 않으려면 그 대상을 먼저 떠올려야 한다.

*

'없음'이라는 개념은 실재하지 않는다. 망각조차 결국 기억의 또 다른 형태일 뿐이다. 나는 가끔 약속의 관점에서 인연을 바라보며, 그것이 집 계약처럼 정해진 기간이 끝나면 없던 일로 여기며 돌아설 수 있을까, 하고 생각한다. 비 오는 날 나눠 먹은 타코처럼 나에게 없던 일로 치부할 수 있다면. 오래된 이별의 문장처럼 사랑한 적 없다고 믿을 수 있다면. 없던 일, 않은 일. 그냥 없던 거야, 라고. 하지만 망각이 쉽지 않다.

그럼에도 한 가지 믿는 구석이 있다면, 어린 시절의 일기장처럼 어디에 두었는지 잊어버릴 수 있다는 것이다. 사랑했던 모든 존재와 이름이, 비루했던 청춘이 사라질 수는 없지만, 키우던 강아지의 간지러운 솜털이 무無가 될 수는 없지만, 그것들이 기억나지 않는 '있음'으로 남을 수는 있다. 10년 전, 아니 5년 전, 아니 1년 전에 겪은 고통과 불운은 무엇이었을까. 단순한 물음으로도 답은 금세 나온다. 그것들은 어떤 일련의 사건 속에서 피상적으로나마 소거되어 있다. 모든 기억은 사건과 감정의 파도 속에서 포말로 흩어질 것이며, 삶의 난기류 속에서 흔들리다 결국 추락할 것이다. 나는 기억을 잃은 채 새로운 하루로 표류하게 될 것이다. 그렇게 생각하면 감정과 기억, 미래 앞에서도 조금은 대담해질 수 있다. 모든 일은 이미 저지른 순간 '없다'로 수렴할 수 없지만, 기억나지 않을 '있음'으로 남을 것이다. 그리고 언젠가 사랑을 속삭이던 약속들은 집처럼 머무는 것이 아니라 오직 미래만을 이야기했기에, 그 관성으로 조금 늦게 기억나지 않을 '있음'이 되어 가는 것이라고.

'없음'은 없다는 걸 받아들임으로써 앞으로의 만남에 조금 더 대담해질 수 있는 내가 되기를 바라며.

모든 일은 기억나지 않을 '있음'이 될 것이다.

우울

궁합을 보러 갔다. 비는 우리가 계속 만나려면 상성이 좋아야 한단다. 그렇지 않으면 다른 남자에게 갈 거라고 했다. 마치 중대한 의식이라도 되는 양, 용하다는 곳으로 나를 이끌었다. 생년월일과 태어난 시간까지 꼼꼼히 적어 오라던 그. 난 한숨이 절로 나왔다.

다행히 우리의 궁합은 아주 잘 맞았다. 비가 만날 수 있는 사주 중에서도 손에 꼽는다며, 점쟁이 할머니는 우리 둘 다 물의 기운이 강하다고 했다. 나는 조금 더 세고, 비는 그보다 약한 편이었다. 하필이면 왜 물이어야 했을까. 우리의 생은 보통의 사람들보다 유독 습했다. 물, 우울, 블루, 죽음. 축축한 것들이 그와 내 주위에 필연처럼 머물렀다.

*

비의 첫 번째 우울은 눈물과 망각이었다.

1. 비는 눈물이 유난히 많은 사람이었다. 자신도 모르게 우울이 치밀어 오를 때면 웃다가도 눈물을 뚝뚝 흘렸다. 어느 날 그는 중2병이 도진 사람처럼 돌연 울음을 터뜨리며 물었다. "내가 죽으면 울어 줄래요?" 자칫 오글거릴 법한 그 문장은 새벽의 공기와 존대어 그리고 잡은 손아귀에 맺힌 땀방울이 더해져 묘하게 문학적으로 느껴졌다. 나는 10초쯤 정적을 두고 말했다. "내 글 볼 때까지 3년은 더 살아 보겠다며."

다음 날, 왜 그런 말을 했냐고 묻자 비는 치매라도 걸린 듯 "내가요?" 하더니, 전혀 기억나지 않는다며 소스라쳤다.

2. 비는 늘 자신이 만났던 사람 이야기를 자랑처럼 늘어놓으며 나를 겁주곤 했다. 자신은 그만큼 인기가 많은 사람이니 조심하라는 뉘앙스였다. 그래서 "그 사람은 어땠어? 걔랑 할 때 좋았어?" 물으면, 그는 어김없이 "몰라요, 기억 안 나요."라는 식으로 답했다. 눈알을 골똘히 굴리며 생각하는 모습으로 보아 발뺌은 아닌 듯했다. 그는 가볍게 자고 나면 그날의 감정이 없던 일처럼 사라진다고 했다. 언젠가 자신의 몸이 너무 아까워서, 더 낡기 전에 많은 이들과 잤다고 고백했다. 클럽과 주점, 그리고 때로는 SNS에서 만난 사람들까지. 그 시기에는 잦고 가벼운 쾌락이 이어졌고, 그 기억은 골다공증에 걸린 듯 듬성듬성 구멍 난 채로 남아 있다고 했다.

"잊고 싶은 기억인가 봐." 내 말에 잠시 침묵이 흘렀다.

"하는 중에는 좋아서 미치는 줄 알았는데…."

비의 목소리는 낮고 느렸다.

"끝나고는 너무 우울해서 울었어요."

만나고 꽤 긴 시간이 지나서야 알게 된 사실이었다. 비의 망각 장치는 눈물이라는 것. 그리고 그 눈물의 스위치는 우울이라는 것. 슬픔과 괴로움, 그리움 같은 감정들을 모두 하나의 우울로 치부하며 살아갔다. 그래서 그가 불현듯 울 때면 나는 위로보다 그가 기억하지 않길 바라는 문장들을 내뱉었다. 이를테면 "사랑해.", "힘들어.", "그리운 사람이 있어." 같은. 그리고 "같이 살자." 같은, 결국 잊힐 발음과 좀처럼 끊기지 않는 질긴 과거를 후련하게 쏟아 냈다.

비가 오면 개굴개굴 우는 개구리처럼, 눈가에 빗물이 고이면 많은 것을 잊어버리는 사람. 얼마나 숱한 감정이 우울로 쏟아져 폭우가 내렸으면 그의 기억이 범람하고 휩쓸려 폐허가 되었을까.

*

비의 두 번째 우울은 '첫'과 특별함이었다.

1. 그는 우울한 날이면 나를 불렀다. 나와 함께 밤을 보내고 나면 잠이 모래시계처럼 미끄러지듯 쏟아진다고 했다. 모든 우울이 기울어 흘러내리는 것 같다며 수면제를 꺼내 먹듯 나를 불러 집어삼켰다.

"우울해요. 같이 있어 줘."

비와 처음 잠든 날이었다. 그는 오늘 밤만은 혼자 있고 싶지 않다며 나를 꼬드겼다. 얼마 전까지만 해도 차 안에서 그를 간질거리는 내 손길에 "조금만 더 천천히…."라며 선을 그었기에, 돌변한 그의 태도가 선뜻 이해되지 않았다. 나는 몇 번이고 거절했다. 그의 기복에 휘둘리기 싫었고, 과거의 제법 쉬운 잠자리가 기억나지 않는 우울로 종결되었다는 고백을 들은 뒤라, 당장은 말고 조금 더 지나서 그와 자고 싶었다. 그러나 비는 완강했다. 오늘은 꼭 함께 자야 한다며 한결같은 고집으로 나를 밀어붙였다. 나는 언제나 그랬듯 그의 표독스러운 요구에 굴복하기로 했다.

비는 계속 거절했으니 끝까지 참아 보라는 듯 내 구석구석을 어루만지며 나를 괴롭혔다. 아직은 안 된다고, 십 분만 더 있다가 하자고.

"못 참겠어."

그러자 그는 내 위로 몸을 포개듯 올라와 깃털처럼 손날을 세워 붓질하듯 훑으며 귓가에 속삭였다.

"조금만 더 참아 봐요. 나를 줄게."

고조되는 밤이었다. 나의 감정은 긴 절벽 끝에서 무한히 떨어지듯 붕 떠 있었고 시간은 오래 침전된 진흙처럼 밀도 있게 가라앉았다.

그와 첫 잠자리를 가지기까지는 꽤 오랜 시간이 걸렸다. 둘다 '사랑하지 않으면 잠자리를 하지 않는다'는 확고한 신념이 있었던 것은 아니었고, 서로 절제하고 있었다는 표현이 더 적절했다. 사랑에 빠지기 위한 조건을 완성하기 위한 절제. 나에게는 과거의 죄책감과 점차 쌓여 온 방탕한 삶에 대한 사죄의 시간이 필요했고, 비에게는 아마도 가벼운 관계의 종말과 이를 답습하지 않기 위한 인내가 필요했을 것이다.

첫 관계로부터 한 달 전이었다. 긴 시간에 걸쳐 마음의 울타리 안으로 들어온 비가 성적으로 끌리기 시작했다. 광이 나듯 하얗고 매끄러운 속살이 궁금했고 그 특유의 생긋한 체취에 파묻히고 싶었다. 상상은 점점 짙어져 그가 흥분에 못 이겨 미쳐 있는 듯한 모습을 연신 떠올렸다. 그의 몸을 정복하고 싶다는 생각에 이르기까지 꽤 오래 걸렸지만 욕정의 트리거가 당겨진 후론 잦은 주기로 그의 젖은 허벅지와 휘어진 허리를 떠올렸다.

존재만으로도 판타지처럼 느껴지는 그와의 잠자리는 흥미로운 일이었다. 그러나 긴장한 탓인지 첫 관계는 온전히 즐기지 못했다. 무엇보다 한쪽으로 기울어진 침대가 큰 방해가 되었다.

"좋았어?"

샌님 같아 보였다는 생각에 시무룩해진 나는 뻔한 물음을 던졌다.

이십 대 초에나 겪었을 법한 뻘쭘한 상황을 구구절절 변명하려던 나에게 비가 말했다.

"나랑 처음 하는 남자들은 다 그랬어요."

나뒹구는 속옷을 주워 입으며 익숙한 일이라는 듯 덤덤하게 읊조렸다.

"다들 긴장했어. 이런 적은 처음이라면서 사정하지 못한 애도 있었지."

"전부?"

"응."

왠지 모를 우울이 배어 있는 그의 텁텁한 말투. 다 갖춰 입지 못한 그의 속옷 사이로 벌겋게 달아오른 속살을 살며시 어루만졌다.

"아냐, 긴장 안 했어. 매트리스가 기울어진 게 익숙하지 않아서."

"정말요?"

나는 다시금 그의 평가를 재촉했다.

"응, 정말. 그래서 별로였어? 빨리 대답해."

"다 흘러내려 간 것 같아. 우울이 아래로 전부 쏟아진 것 같아."

비의 안도한다는 듯한 표정과 촉촉해진 말투. 그건 꽤 만족스러웠다는 뜻이었다.

2. 언젠가 운전 중이던 비를 조수석에서 빤히 바라보며 말했다. "이런 적 처음이에요." 종종 그를 향해 삐걱거리거나 고장 난 듯 보이는 내 행동거지를 이야기한 것이었다. 유독 비 앞에서는 본연의 주도적인 모습이 사라졌다. 그랬더니 비는 눈썹에서부터 턱끝까지 지겹다는 표정을 지었다.

"… 다른 멘트는 없어요?"

"놀리지 마요. 진심이니까."

"만난 사람마다 그러던데."

"똑같이 보지 마. 당해 주니까 재미있지?"

"나도 진심으로 하는 말이에요. 작가님한테만은 특별해지기 싫거든."

"왜?"

"특별해지면 가해자가 될 테니까."

"난 내 감정은 알아서 감내해. 당신이 피해자가 되게 만들어 줄게. 특별한 피해자."

비는 내 말에 믿음이 생겼는지 확신이 생겼는지 달리는 차의 속도를 조금 더 올리고는 수줍게 웃었다.

그는 많은 이들의 처음이었고 만난 모든 이들의 특별함이었다. 그래서 어쩔 수 없이 만남 속에서 상처를 안겨 주는 사람이 되어야 했다. 아주 지겹도록 눅눅한 일이었을 것이다. 특별함이 지속된다면, 과연 그것을 여전히 특별하다고 말할 수 있을까? 아니, 그것은 어쩌면 본질이 무뎌지는 일일지도 모른다. 이를테면 여실히 단 사과가 있다고 하자. 하지만 세상의 모든 사과가 똑같이 달다면, 그 사과를 여전히 특별하다고 부를 수 있을까? 평범한 것들이 있어야 빛나는 것이 존재한다. 언제나 처음이거나 특별함에 속해 있던 비는 그 사실에 점점 무뎌지고 주눅이 들어갔다. 끊임없이 되풀이되는 세뇌와 지긋지긋해져 버린 문장들. 언제나 피해자로 끝나는 결말에 환멸을 느꼈다. 그래서 그는 가장 보통을 꿈꾸었다. 뻔하고, 누구나 품을 법한 정도의 온도와 적정선의 감정만을 갈망했다. 현대백화점의 화려한 트리보다, 집 앞 카페의 꼬마 트리를 더 기대하는 사람. 기념일에 맞춰 공들여 준비한 선물보다, 아무 날도 아니지만 건네는 소소한 선물에 웃음을 짓는. 미사여구로 치장한 문장보다, 담백한 발음

하나에 마음이 움직이는. 그렇게 많은 이들의 특별함에 저항하듯 외려 보통의 마음을 편애하는 사람처럼 보였다.

가늠이 되지 않았다. 찬란한 것을 의미하는 '특별함'이 무채색으로 변질되기까지 얼마나 많은 이들의 처음이 되어야 했을까. 별처럼 반짝이는 삶으로 여겨지며 얼마나 많은 이들의 어둠을 견디어 내야 했을까. 끊임없는 관계 속 가해자로서 죄를 떠안고 사는 것은 얼마만큼의 우울이었을까.

*

비의 세 번째 우울은 악의와 장난이었다.

1. 그는 새벽이면 심하게 악해졌다. 그럴 때마다 스스로를 아무도 없는 시간 속에 가두고 세상과 거리를 두었다. 간혹 연락이 닿을 때면 목구멍에 손가락을 밀어 넣어 토하듯 시뻘건 속내를 모두 게워 냈다.

"영욱 씨는 편해서 이야기하는 거예요." 그 말을 시작으로 그간 겪은 환멸과 쉽게 꺼내지 못할 어두운 취향, 숨겨 두고 싶던 과거들이 쏟아졌다.

"저번에 말했던 걔 있지. 그 새끼가 다 있는 자리에서 나를 몸 파는 년 취급했다니까. 씨발…. 미안해요, 욕해서. 진짜 환멸 나.

그래도 나한테 도움은 되는 인간이라 손절할 수도 없어요."

"나, 때려 주는 거 좋아해요. 종종 폭력에 굴복하고 싶어. 작가님 다음에 때려 줘요."

"사실 얼마 전에 전 남친이 불러서 나갔어요. 미안해. 호텔 앞에 있는 술집으로 불러내 놓고 대뜸 결혼하자는 거 있지. 역해."

새벽에 대화를 나눌 때면 흑마법으로 봉인된 비밀 일기장을 펼치는 듯한 기분이었다. 그러고는 아차 싶었는지 끝에는 늘 "장난이에요." 따위의 말로 모든 걸 무마시켰다. 장난이라 치부하기엔 무거운 진심과 어두운 진실들이었지만 그것을 가벼운 농담처럼 덮어 버리는 그의 속내가 사랑스럽고 가여워서 밤새 그랬느냐며 쓰다듬어 주고 싶었다.

2. 비가 말하고 행동하는 걸 보면, 분명 선물 받은 것들과 그 마음을 소중히 여기는 것 같다가도 소름 돋을 정도로 함부로 다루기도 했다. 그럴 땐 꼭 다른 사람 같았다. 정말 서른에 죽을 생각이었나 싶다가도 본인과 주변의 삶을 지탱하는 걸 보면 책임감이 있고, 올곧은 사람임은 분명했다. 그러나 그 안에는 어딘가 돌아 있는 우울과 악의가 있었다. 그는 유난히 죽음과 관련된 것들 앞에서 벌거벗은 듯한 태도를 보였다. 종종 본인의 물건들을 두고는 "막 써도 돼." 또는 "망가뜨려도 돼."라는 말을 뱉었다. 어떤 날은 잠이 오지 않는 밤을 빌미로 나가서는

받은 선물을 짓밟고 태운 적도 있다고 비밀처럼 속삭였다. 망가뜨리고 나면 마음이 게워진다고. 소중했다가도 덧없이 사라져 버리는 것들을 보면 모든 우울이 한없이 아무 일 아니게 느껴진다고.

그는 내게 매번 안에다가 사정해도 된다고 말했다. 그러면서 자신은 분명 불임일 거라는 말을 중얼거렸다.

"불임일 거야. 분명해."

"검사는?"

"무서워서 못했어요."

"근데 어떻게 알아요."

"안 생기던데."

"그럼 전 애인들도…?"

비는 고갤 끄덕였고 말을 더했다.

"생기면 죽어 버리지, 뭐. 온몸에다 불을 질러 버릴까?"

"무슨… 소리야. 우울해, 지금?"

"아니, 말끔해. 작가님이랑 하고 나면 우울이 다 흘러내려 가."

"근데 왜?"

"있잖아, 한 번쯤은 무언갈 죽이고 싶어. 나든 내 안에 있는 것들이든."

"미친년…"

"장난이야…."

새벽에 마주친 거울처럼 왠지 모를 소름이 돋았고 입 밖으로는 거친 말이 튀어나왔다. 받은 것을 소중히 여기는 비와 받은 것을 불태워 버리는 비. 죽음이 두렵다고 흐느끼는 비와 자신과 자신 안의 것들을 죽이고 싶다고 말하는 비. 우울, 악의, 장난. 어디까지가 비의 본모습일까. 그의 몸 안엔 얼마나 많은 애정이 들어갔고 흘러내렸을까. 타인을 올곧게 사랑할 수 있을리 만무했다. 난 그런 비의 헝클어진 머리를 쓰다듬으며 욕을 한 것에 대해 미안하다며 안정시켰고, 그는 골똘히 생각에 잠겼다. 그러더니 얼마 지나지 않아 대뜸 결혼하자고 한다. 마치 아르키메데스가 욕조에서 넘친 물을 보고 유레카를 외치듯, "나랑 결혼해요!"라고. 비는 익숙해질 즈음마다 새로운 관점의 고민을 던지는 사람이었다. 말도 안 되는 상황에 나는 동공이 커진 채 인상을 찌푸렸다. 당황한 나머지 사고가 뒤엉킨 상태로 "1년만 더 있다가 정해 볼래."라고 답했다. 아무래도 비가 나에겐 감당하기 어려운 우울한 사람이라는 방어 본능이었을 것이다. 내재된 나의 본질은 여전히 결속에 대한 겁쟁이였으며 도망자일 뿐이었다.

"좋다는 사람 널렸잖아."
"그래도 결혼은 나랑 해요."

비가 단호히 말했다.

"굳이 나야?"

"욕할 때 섹시해. 그리고 다정해."

"당신이랑 내가 애인이라도 생기면?"

"결혼할 때 되면 헤어질게요. 작가님도 그때 헤어져. 그리고 결혼은 나랑 해."

"그럴까?"

우습기도 하지. 내 생에 첫 약혼이었다.

비는 잠에 예민한 사람이었다. 나는 그와 함께 잠들 때면 몇 번씩 관계를 맺는 이유 때문인진 몰라도, 유독 코골이가 심해졌다. 때문에 그는 밤마다 잠을 설치곤 했다. 약혼 다음 날 아침에도 피곤이 가시지 않은 얼굴로 나를 째려보더니 "코 고는 사람이랑은 결혼 못 하겠어."라며 쏘아붙였다. 얼굴엔 분이 가득했고 밤새 벽을 쳤는지 주먹이 붉게 물들어 있었다. 그는 새벽이면 지킬과 하이드처럼 전혀 다른 사람이 되어 있었다. 서른이 넘어 처음 맞이한 약혼이 허망하게 무너지는 순간 나는 그를 아래에서 위로 흘겨보며 말했다.

"바로 파혼이야? 젠장."

"장난이에요, 장난."

아침부터 쏘아 댄 게 미안했는지 그는 아이 같은 웃음과 어투로 나를 달래기 시작했다. 특유의 짭조름한 말투가 나의 아침을 반겼다. 퉁퉁 부은 얼굴로 천진하게 웃는 모습이 예뻤다. 잠을 이루지 못해 어둡게 내려앉은 눈 밑 그늘마저 모든 색이 뒤섞인 무지개처럼 환해 보였다. 그리고 그 모습이 사랑스럽게 느껴지는 내가 섬뜩했다. 어쩌면 수보다 더 아득하고 오염된 마음을 감당할 수 있을까. 그날 나는 도망치듯 그의 집을 나섰다. 그는 다른 남자 좀 만나고 오겠다며 장난스럽게 나를 쫓아보냈다.

나는 아직도 그의 마음속 의중을 알 수 없다. 어디부터가 진심이었고 어디까지가 장난이었는지. 어떤 장난은 진심처럼 무겁고 어떤 진심은 장난처럼 가벼웠다.

*

그의 집을 빠져나와 택시를 타고 일터로 향했다. 창문에 김이 서려 있었고 나는 그 위에 하트를 그렸다. 그러나 하트 윗부분의 골짜기 사이로 진물이 흘러내려 형태가 금세 어그러졌다. 왠지 모를 공허가 다 타 버린 굴뚝의 연기처럼 피어올랐다. "우울해." 한 문장을 보냈다. 비는 처음 목격한 내 우울의 이유를 집요하게 캐물었지만, 끝끝내 그 답을 들려주지 못했다. 아마도 그를 사랑하지 못할 것 같은 막연한 슬픔이 치밀어 올랐기 때문이랄까. 사랑에 가까워질수록 이상하리만큼 우울했고 약속이 겹겹이 쌓일수록 더 겁이 났다. 때는 겨울의 막바지였고, 곧 봄이 올 것만 같은 태도로 비가 내리고 있었다. 짧은 해와 내리는 빗줄기 탓에 오후인데도 어스름했다. 도착한 건물의 흡연 구역에는 사람이 단 한 명도 없었다. 대신 비가 들지 않는 좁은 처마 아래, 낙엽 밑 애벌레들처럼 몇몇 이들이 옹기종기 모여 담배를 피우고 있었다. 때로 안식은 반길 수 없는 불안에서 찾아온다. 사람들은 알고 있을까. 아니, 비는 알고 있을까. 비좁은 안식은 원치 않는 고립이자 우울의 징조라는 걸. 안식이란 단어의 어감과는 달리, 자유로울 때 결코 느낄 수 없는 감정이다. 그날 나는 비를 맞으며 줄담배를 태웠다. 젖는 줄도 모르고. 좁고 불편한 안식만은 끝내 피하고 싶었다. 그게 사랑인 줄도 모르고.

그와 긴밀히 엮이고부터 멀어지고 싶은 마음이 드는 내가 지긋지긋했다. 왜 늘 이 모양일까. 지금 당장 그를 눈앞에 두고 바라보고 싶었지만 한편으론 다시는 보지 못한다면 오히려 마음이 편할 것 같았다. 나와 그가 정말 닮았다면 이해해 주리라는 이기심으로 지구 반대편으로라도 도망치고 싶었다. 서로에게 비좁은 안식만은 되고 싶지 않다는 생각이 그날의 나를 지배했다. 언제부턴가 나는 그의 자유로운 애정과 슬픔, 애틋함, 우울을 동경했다. 그 자유를 빼앗는다면 과연 그를 사랑한다고 말할 수 있을까. 그때부터 비와의 관계는 나에게 숙제가 되었다. 꼭 해내고 싶으면서도 막상 눈앞에서는 늘 미루게 되는 그런 숙제.

비야, 나는 네가 무언가를 애정할 때 쓸모없어 보이는 곳까지 마음을 쏟아붓는 자유 의지를 사랑해. 그 마음까지 껴안게 된 후부터는 그 광활한 다정이 꼭 나에게만 한정되지 않기를 바라게 되었어. 그 모습이 가장 너다워. 지금 이 만남도 결국은 무언가로부터의 해방을 향한 여정일 뿐이니까. 너에게는 아직 어딘가에 옭아 매인 무언가가 느껴져. 나에게도 끊어 내지 못한 과거가 잔뜩 남아 있잖아. 이건 내가 누군가에게 건넬 수 있는 애정의 극점이 아닐까 생각했어. 연의 깊이를 인정하고 정도에 맞게 멀어지는 것. 너에게 좁은 안식보다 거대한 자유를 선물하고 싶은 것. 남은 이야기와 감정은 내가 다 감내하며 그리워하고만 싶은 것.

그에게 가진 첫 번째 우울이었다.

서신 2

어디에서 봤는데, 누군가를 사랑하면 얼굴에 뾰루지가 난대. 그래서일까. 나는 결점 없는 피부보다 자꾸 뭐가 난다며 툴툴거리던 네 얼굴이 더 좋았어. 네가 누군가를 사랑하고 있다고 생각하면 마음이 편해졌거든. 너는 무언가를 사랑해야만 살아갈 수 있는 사람이잖아. 언젠가 그 대상이 나였다는 것도 꽤 쓸 만한 일이야. 이젠 내가 아니어도 좋아. 너의 사랑은 나보다 종잡을 수 없이 광활해서 세상을 사랑하는 거잖아. 네가 끝없이 사랑하고 있다면 나도 언젠가 그 세상 안에 속하게 되겠지. 그냥 그게 좋아. 알 수 없이 아득히 넓어서 안기지 않아도 결국 안기게 되잖아. 가늠할 수 없이 깊어서 아무리 힘을 빼고 가라앉으려 해도 여전히 유영하게 되잖아.

회고 4

비는 잠자리 중에 자극적인 행위를 자주 요구했다. 그는 종종 굴복하는 것을 취미로 삼았다. 아니, 더 세게 때리라는 말속의 냉랭한 말투를 감안하면 굴복보단 명령에 가까웠달까. 어쩌면 그를 때릴 때마다 내 손바닥이 더 아팠는지도 모른다. 폭력의 정의는 무엇일까. 단지 속도와 방향의 결과일까. 어딘가로 손길이 향한다는 목표 의식이나 맞는다는 방어 의식, 거기서 파생된 감정에 기인하는 것일까. 어느 날은 갖은 자세로 수도 없이 그와 내가 포개졌다. "죄의식 갖지 말고 퍽퍽 때리라니까. 아직 티 나요." 부분 부분 벌게진 피부를 거울로 확인하곤 불만족한 표정으로 누워 비가 속닥였다. "어려서부터 맞는 게 좋아서 일부러 잘못하기도 했지." "왜 좋은데?" "뭐랄까…. 작가님이 종종 책상을 두고 불편하게 바닥에서 글 쓰는 거랑 비슷해." 말을 이었다. "작가님이 나 빤히 보면서도 보고 싶다고 순애보인 척하는 거랑 비슷해." "작가님이 내가 울 때마다 꼴 받는 말 뱉는 거랑 비슷해." "아니, 그건…." 그가 악에

받친 표정으로 나의 말을 잘랐다. "내 인생이 얼마나 더 불행해질지 기대된다고 했지? 미친. 그러면서 사랑한다고도." "난 기억 못 할 줄 알았지…." "듬성듬성 기억나요. 됐다. 없던 거야. 전부 잊어버릴래. 기억하기도 지쳤어." 난 손을 들어 올려 떨어지는 중력을 이용해 그의 치골을 타격했다. "응. 없던 거야. 그 말도, 우리도, 그리고 나눈 사랑도." 이어 말했다. "사랑이란 양치질을 딱 마친 욕실처럼 치약 냄새만 가득한 거지. 실체는 없고." 그가 더 강하게 쳐 달라는 듯 내 손을 더 높이 옮겼다. 내 손이 그의 뼈와 살에 부딪칠 때면 이상하리만큼 묵음이 되었다. 허무라는 듯. "어떤 속도와 방향으로 향했는지, 목적이 어디였는지, 저항할 이유가 있었는지조차 허공에 흩어질 거야. 결국 사랑했으리라는 가정밖에 남지 않아." 이후로 몇 번이나 손을 떨어뜨려 그가 자주 때려 달라던 곳들로 향했다. 아니, 향하게 했다. 그는 세기가 만족스러웠는지 축축한 음성을 연신 뱉는다. 그러고는 환희에 찬 표정으로 나에게 안겼다. "소크라테스 납셨네. 영욱 씨가 전부 외면했으니 허무가 되는 거지. 없다 치자 그래. 목격? 언제 말했던 그 꼴사나운 죽음처럼." 언제부턴가 그에게 손찌검을 할 때 죄책감은 사라져 있었다. 어쩌면 그는 아픔으로 세상을 이해할지도 모른다는 막연한 합리화가 더해졌달까. 더 세게 때려 달란 말은 '그만…'으로 바뀌었고, 둘의 공간은 환락의 침묵만이 공명했다. 아직도 내가 그를 때렸던 건지, 오히려 그에게 내가 맞았던 건지 가늠이 잘 되지 않는다. 우리가 향한 건 서로이긴 했는지, 애초에 우리랄 것이 존재하긴 했는지. 수없이 휘둘러 댄 건 그의 몸인지, 나의 손인지. 갖은 자세로 포개진 건 살인지 뼈인지 치골인지 폭력인지 아픔인지 마음인지조차. 사랑했으리라는 가정만 빼고 전부 다.

거울 2

"나 때문에 아프지 마요, 작가님은."

비는 둘의 사이가 조금 소원해진 것 같으면 무엇이 그토록 불안한지 아파하지 말아 달라는 부탁을 했다. 그 말은 나에게, 이 만남 끝에 기필코 아픔이 남을 거라는 예언처럼 들리기도 했다.

"내가 당신 때문에 아파하면 어떡할 건데."

"그럼 우린 다신 보지 못할 거예요."

"왜 그렇게까지 하는 거야?"

"작가님을 사랑해서요."

"그럴 땐 그냥 안아 주면 되잖아."

"작가님이 아프면 나도 아파. 그게 지쳤어. 더는 아프고 싶지 않아."

순간 비를 연민의 눈으로 바라보았다. 내 동공에 어린 동정을 눈치챘는지, 그는 내 왼쪽 가슴을 맥없이 툭툭 치며 이어 말했다.

"맞아. 불쌍하게 봐 줘. 정신병자에 온통 이기적인 사람이니까."

나는 서로의 가슴이 맞닿아 뭉개질 정도로 꽉 안으며 말했다.

"참 슬픈 일이야. 우린 사랑으로 엮여 있는 게 아니라 아픔으로 엮여 있다는 게."

그날의 대화는 맞댄 거울의 빛처럼 공명했다. 내 왼쪽 가슴이 지독하게 찔렸고 비의 오른쪽 가슴도 시큼하게 멍들었다.

*

모든 사랑이 아픔과 연결되지 않을 순 없을까. 아픔으로 끝나지 않을 순 없을까. 끝내 해결하지 못할 난제였다. 세상은 뭐 그렇게 밝고 화창하기만 한지, 사랑을 하면 분홍빛으로 물들고 봄날처럼 따뜻하다고 포장하지만, 내 사랑의 마지막은 언제나 한겨울이었고 잿빛이었다. 비단 나만의 경험은 아닐 것이다. 누군가는 폭력과 가스라이팅, 바람과 권태를 겪으며 사랑의 종말과 그에 따른 비참함을 맛본다. 또 이전에 이겨 내지 못한 트라우마로 인해 지레 겁부터 먹고 사랑을 방어하기도, 회피하기도 한다. 사랑의 종점이라 여겨지는 결혼조차 이 모든 문제를 해결해 주진 못한다. 이후 엮이는 온갖 상황들을 '사랑한다'는 이유 하나로 버텨 내기 위해서는 생각보다 많은 용기와 감내가 필요하다.

그래서인지 중도에 포기하는 이들이 수없이 생겨나는 시대이기도 하다. 사랑이라는 빛과 그 이면의 비애라는 칠흑은 아주 긴밀하게 엮여 있기 때문이다. 아니, 어쩌면 하나의 점에서 태어나 팽창하는지도 모른다. 고로 사랑은 필연적으로 희생이거나, 감내이거나, 고뇌이거나, 상처다. 안타깝게도 이미 정해진 것이며, 이 사실마저 바꿀 순 없다. 그러나 한편으론 어떤 시선으로 바라보느냐에 따라 사랑이 가진 어둠의 성질까지도 '다채롭다' 정도로 여길 수 있는 것이다. 이를테면 "나이 차이가 많이 안 나는 건 안 좋아한다."라고 말할 수도 있지만 "나이 차이가 많이 나는 걸 좋아한다."로 바꾸어 말하듯, 부정적인 것들을 다소 긍정적으로 발음할 수도 있는 노릇이다.

솔직히 말하면 내 시선은 엉망이었다. 이겨 내려 노력은 했으나 애초에 나는 어둡고 깊은 구멍이었다. 외로움과 공허가 주식이었으며 모든 면에서 결핍 덩어리였다. 언제나 관심에 목말라 있으면서도 그걸 내비칠 용기는 없었다. 능력이 출중하지 못했기에 욕구만큼 채워 낼 깜냥도 되지 못했다. 그래서 이성에게서 삐뚤게 그 결핍을 충족하곤 했다. 오늘 누군가에게 사랑받지 못하면 다음 날을 버틸 수 없는 사람이었다. 그런데도 막상 관계가 깊어지면 삶에 존재하는 시련과 감정적 감내가 두려워 등 돌리기 일쑤였다. 이 모순은 내 사랑이 가진 어둠의 속성이자 저항할 수 없는 수순이었다. 늘 관심을 갈구하면서도 반대편으론 깊은 마음을 밀쳐 내고 있었다. 필요로 인한 연대를 긍정적으로 바라보며 함께 헤쳐 나갈 수도 있었지만, 나는 집요하게 비관적으로만 직시하였다. 어쩌면 사랑이라는 거울에 비친 나를 거짓된 사람처럼 여기며 창피하게 보았던 것일 수도 있었다.

어제도, 오늘도, 내일도, 그리고 그 언제라도 나는 발가벗은 채 누워 있는 완전한 타인의 옆에서 속으로 중얼거린다.

그를 사랑하진 않아.

단지 헤어질 이유를 찾지 못했기 때문에 숨을 나누는 거야.

*

나는 수를 사랑하지 않아. 정말 사랑했다면 지옥 끝까지 찾아가 함께 살자고 했겠지. 단지 그가 필요했을 뿐이야.

나는 비를 사랑하지 않아. 아니, 사랑할 수 없어. 다만 그를 놓아줄 이유가 없었기에 아직 만나고 있을 뿐이야.

거울을 응시하며 되뇌었다.

거울은 등진 채로는 응시할 수 없다. 돌아서야만 비로소 알게 된다. 내가 오른손을 들면 거울 속의 나도 오른손을 든다는 것을.

내가 끝내 볼 수 없던 나는, 수였고 비었으며 또 다른 누군가였다.

마주 보며 안아 주는 것이 아니라 꼭 뒤돌아서야만 알 수 있었을까. 우리가 아픔이 아닌 사랑으로, 환멸이 아닌 다정으로, 어둠이 아닌 빛으로 연결되어 있었다는 것을. 왜 돌아봐야만 알 수 있었을까. 우리는 같은 손을 들고 같은 곳의 멍을 나누었으며 다르지 않은 마음을 품은 사람들이었다는 것을.

추모 2

바다는 검고 파도는 하얗게 부서졌다. 바다를 바라보며 마음이 청량해지기는커녕 먼바다에서 잡혀 온 물고기가 불쌍하기만 한 텁텁한 가을이었다. 세상에 창궐했던 역병도 누군가를 만나느라 정신이 팔린 사이 정복되었다. 아니, 정복이라기보다 공존이라는 말이 더 어울리겠다. 이제는 코로나에 걸려도 치료를 받으며 넘기는 세상이 된 지도 오래다. 그사이 나는 아주 연민하던 이를 붙잡지도 못한 채 고향으로 떠나보내기도 했고, 오래 기다려 보기도 했다. 여우 같은 이와 사랑에 빠졌다가 마지막을 고하며 도망치는 꼴이 되어 보기도 했다. 이유는 다 설명할 수 없었다. 그저 아파질 것 같았을 뿐이다. 병신같다. 나에게 서른 초반은 급진적인 시대의 변화와 격정적인 감정의 변화를 함께 견뎌야 했던 시기였다.

바다를 찾은 건 힐링과 여유를 도모하기 위해서가 아니었다. 서울에서 멀리 떨어진 지역에 일정이 있었고, 그곳에서

한 시간 남짓한 거리에 비의 고향이 있었다. 이제는 폐항이 되었다는 옛 동네를 어림잡아 찾아갔지만 정확할 리 없었고, 결국 그 근방의 항구에 들르게 되었다. 조개구이집과 횟집이 줄지어 자리한 걸 보니 이 지역 사람들도 자주 찾는 곳인 듯했다.

곧 생을 마감할 수족관의 전어와 새우들이 인공 해류를 힘껏 거슬렀다. 어쩌면 그 모습은 내 처지와 다르지 않았다. 창조주이든, 세상이든, 무언가가 만들어 놓은 인공 해류 속에서 나 또한 삶을 연명하고 있다. 그 물살을 이겨 내려 버둥거리는 사이 수족관 밖의 일들은 속절없이 변해 간다. 내가 처한 현실을 자각할 즈음이면 이미 추억이라는 이름의 씁을 거리로 전락한 채, 감정적 사망 선고를 받은 뒤다. 어쩌면 이 짧은 여행은 그 죽음을 추모하기 위한 길이었는지도 모른다.

항구 주변의 채도가 붉게 물들 때까지 매서운 해풍을 맞고 있으니 허기가 밀려왔다. 도착한 식당의 공기는 어쩐지 나를 반기지 않는 듯했다. "몇 분이세요?"라는 당연한 물음에 "혼자…요."하고 대답했다. 2인분부터 주문이 가능한 조개구이집이라 그런지 아주머니도 나도 어색한 기류 속에서 쭈뼛거렸다.

"아… 사장님, 저 2인분 주문할 건데 1인분만 주실 수 있을까요?"

너스레를 떨며 2인분 같은 1인분을 달라는 말도 아니고, 1인분 같은 2인분을 달라고 하니 분위기가 금세 부드러워졌다. 아주머니는 드시던 옥수수알이 살짝 튀어나올 만큼 짧은 헛웃음을 지으신다. 내 말이 다소 유쾌하게 들렸는지 기분이 좋아 보이셨다. 요즘은 비수기라며 2인분보다 조금 더 저렴하게 해 주시겠다는 배려를 내어 주셨다. 메뉴는 제철 전어 스페셜 조개구이 B 세트였던 것으로 기억한다.

그렇다. 해프닝이다. 그냥 그렇게 웃어넘기면 될 일이다. 아이러니한 상황이라도 유도리 있게 생각하면 된다. 수족관을 응시하며 자신의 처지를 폄하할 필요도 없다. 하얗게 부서지는 포말처럼 때로는 붉게 저무는 잎새처럼 부서지고 지는 것들을 굳이 안타까워하지 않아도 된다. 세상은 속절없이 변하고, 우리는 누군가를 사랑하며, 때로는 의도치 않은 이유로 멀어지고 잃어버리는 것. 그렇게 같은 굴레를 반복하며 오늘도 헤엄친다. 나를 괴롭히는 해류를 유영하는 과정이든, 끝내 안줏거리로 전락하는 마무리든, 우리는 세상이 정해 놓은 2인분의 식탁에서도 1인분 같은 2인분을 즐기며 유쾌하게 웃어넘기면 될 일이다. 또다시 혼자가 되었다는 건 고작 그 정도의 일이다. 짝이 난무하는 세상에서 홀수가 되어 버렸다는 건 단지 그런 것이다. 구태여 스스로를 연민할 일도, 주눅 들어 쭈뼛거릴 일도 아니다. 누군가를 추억하다 마음이 허기지면 뼈째 썰려 나온 기억을 잘근잘근 씹어 삼키면 된다. 관계에서 도망쳤다고 해서 죄인이 되는 것도 아니고, 혼자가 되었다고 해서 세상에 버려지는 것도 아니다. 다만 원래의 나로 돌아가 다시 헤엄치면 된다. 그렇게 의연하게 생각하면 될 일이다.

누군가의 폐항을 찾다 마주한 사람 냄새 풍기는 항구에서.

원

　비와 함께 있던 공간들은 기울어져 있었다. 아니, 엄연히는 기울어 있는 기억이었다.

　그의 집에 있던 더블사이즈 침대는 한쪽이 푹 꺼져 있었다. 그래서 비의 집에서 자는 날이면, 덫에 걸린 새끼 사슴처럼 푹 꺼진 매트리스의 웅덩이 속에서 쭈그려 아침을 맞곤 했다. 침대 옆에는 커다란 서랍장이 놓여 있어 공간이 분리되어 있었고, 그 덕에 몸이 튕겨 나가진 않았지만 얼굴은 늘 서랍장 뒷면을 바라보고 있었다. 거기에는 비가 열 번도 넘게 봤다는 <센과 치히로의 행방불명> 엽서가 붙어 있어서, 아침이면 센이거나 치히로거나 하는 얼굴과 인사를 주고받았다. 밤새 비뚤게 누워 있었던 탓인지 종일 등이 엇나간 듯한 이질감이 남았다. 언젠가 이대로라면 몸이 남아나지 않겠다 싶어 새 매트리스를 사자고 권했지만 그는 그 기울어진 침대만큼은 끝까지 지키려 들었다.

"하나 사 줄까요? 불편해."

"추억이에요."

"응?"

"전에 만났던 개가 힘이 좀 셌거든. 아, 또 생각난다."

나는 기울어진 침대 아래에서 비를 올려다보며 눈을 가늘게 떴다.

그는 특유의 짭조름한 미소를 지으며 오물오물거리다 말했다.

"장난이에요, 장난. 이런 데서 자는 것도 시간이 지나면 다 추억이 될 거라고요."

그러고는 내 쪽으로 함께 기울어져 내 몸 구석구석을 어루만졌다.

비는 툭하면 다른 남자 이야기를 꺼내며 나를 놀렸다. 나 아닌 이를 떠올리며 경사진 욕정을 채운다고도 생각이 들 만큼. 그날도 다른 사람을 꼬셔 명품 백을 받아 오겠다느니, 전 애인과 차 안에서 어떤 섹스를 했다느니 하는 뻔한 말들을 늘어놓았다. 질투에 무감각한 편인 나는, 그가 일부러 나의 반응을 떠보는 듯한 말을 할 때면 어떻게 대응해야 할지 망설였다. 그러다 아무 말 없이 그를 응시했고, 그는 그런 내 눈빛이 음침하고 섹시하다며 종종 질투용 장난을 쳤다. 그럴 때마다 나는 최대한 질투를 느끼는 사람처럼 비를 쩌려봐야만 했다. 그 시선의 기억은 유독 기울어진 침대 아래에서 그를 올려다보던 장면으로 남아 있었다.

*

우리의 데이트는 매번 그의 차에서부터 시작됐다. 비는 운전을 좋아해, 어디를 가든 약속 장소에서 따로 만나기보다 늘 나를 태우러 와 함께 움직였다. 나는 그가 운전할 때의 옆모습을 좋아했다. 앞모습보다 더 입체적으로 드러나는 유려한 곡선의 옆태는 운전하는 내내 나를 다시 그에게 반하게 만들었다. 미끄러지듯 얄쌍한 콧대, 아기 여우처럼 초롱초롱 찢어진 눈, 집중하느라 옹졸하게 모인 작은 입술, 어깨가 살짝 드러난 옷, 그리고 내 허벅지를 만지는 부드럽게 꺾인 손. 조수석에 앉은 나는 항상 고개를 왼쪽으로 기울여 비를 바라보았다. 30분이 지나도, 1시간이 지나도.

비는 내심 기분이 좋았는지 살랑거리는 바람결에 따라 고개를 살짝 흔들며 말했다.

"좀 있으면 내 얼굴 뚫어지겠어."

정말 내 시선으로 그가 뚫릴 수 있다면. 그대로 심장까지 관통될 수 있다면. 유성처럼 쏟아지는 이 마음이 그의 대기권에서 타들어 가지 않기를. 굉음과 함께 그대로 그의 호수에 충돌하기를.

계속 바라보고 있었더니 그가 다시 입을 열었다.

"째려보는 거 아니죠? 그렇게 예뻐요?"

"보고 싶어서요."

"보고 있잖아요."

"보고 있어도 보고 싶어요."

침묵, 존대어, 8차선대로, 보고 있어도 보고 싶다는 간지러운 고백. 오직 그만을 바라보며 텅 빈 새벽의 도시를 가를 때면 지금껏 느껴 보지 못한 어른의 연애를 하고 있다는 생각이 들었다. 수가 나를 어리게 만드는 사람이었다면 비는 여러모로 나를 늙게 만드는 사람이었다. 도시의 사랑을 꿈꾸게 했고, 미래를 기대하게 했으며, 죽음에조차 친숙하게 만들었다.

그렇게 줄곧 그를 왼편으로 응시하며 대화를 나누다 보니, 오랜 거리를 달려 도착지에 닿을 때면 어김없이 목덜미가 뻐근했다. 조수석 쿠션에 문제가 있는 건가 싶어 목베개에 기대앉아 보기도 했지만 여전히 목은 결려 있었다. 당연히 무엇을 베느냐의 문제가 아니라 왼쪽으로 고정된 내 시선 때문이었다. 하지만 그땐 이 사실을 비의 차에는 귀신이 산다 정도로만 생각하곤 했다.

*

　나에게 비와의 시간과 공간은 늘 이런 식으로 기울어져 있었다. 그 기울기 안에서 사랑을 가늠하고, 확신하고, 고장 나기를 반복했다.

　그와의 기억을 되짚어 보면 이상하리만큼 시선이 한정적이었다. 모든 대화는 내가 그를 아래에서 위로 올려다보며 나누는 대화이거나, 그의 오른쪽 뺨을 왼편에서 바라보며 나누는 대화였다. 분명 침대나 차 안에서의 대화가 아니었던 것들도, 기억은 그렇게 와전되어 있었다. 비의 예언대로 그 기울기는 나에게 단일적인 기억으로 자리 잡혀 있다. 기운 침대에서의 기억이 언젠가 추억이 될 거라는 그 말. 조수석에 앉은 나에게 있어 우리가 맞잡은 손은 서로의 한쪽 손뿐이었다는 것까지도. 수많은 방향과 방식으로 주고받던 시선과 말들은 어디로 갔을까. 짭조름한 그 특유의 미소도, 비염이 있어 들숨 날숨에 새어 나오던 쇳소리도, 장난이라며 앵기던 목소리도 모두 아래에서 올려다본 풍경이었거나, 왼편에서 들려오던 호흡이 되어 있었다.

　마음이 기운다는 것은 기억이 기운다는 뜻일까. 기억이란 대개 절대적인 시각적, 후각적, 촉각적 정보를 담고 있는 것만은 아니다. 수만 가지의 기억의 각도 속에서, 우리는 각별히 혹은 반복적으로 그러했던 지점으로부터 서서히 왜곡을 시작한다. 이를테면 '그의 짭조름한 미소'라는 표현도 그렇다. 나에게 수줍게 웃던 비가 좋았기에, 어떤 상황에서도 오밀조밀한 입술로 웃는 그가 마음속에 각인되어 그렇게 표현이 새어 나오는 것이다. 사실 비는 그 미소 말고도 오만가지의 미소를 지어 왔다. 수의 빼빼 마른 육신에서 나던 나무 향 또한 그가 가진 체취 중 내가 가장 좋아하던 부분이었다. 담배에 절어 밤을 새우던 수의 냄새조차 이제는 안기고 싶은 편백 나무 향으로 와전되어 있다.

　기울어진 마음, 기울어진 기억. 좋게 꺾여 버린 기억은 미화된 그대로 두는 편이 낫다. 언젠가 다시 만난다 해도 이미 경사진 기억 속에서 우리는 더 이상 서로를 충족시켜 주지 못할 게 분명하다. 과거로 남은 이들에 대한 추억은 이미 기억의 웅덩이에 침몰해 버린 꿈이며, 한쪽으로 고개를 돌린 채 뻣뻣이 굳어 버릴 것이다. 그렇게 돌아갈 수도 되돌릴 수도 없다는 사실을 아는지 모르는지, 비는 이별 통보에도 불구하고 몇 개월이 지난 후 다시 연락을 해 왔다. 그리고 1년이 훌쩍 넘는 시간 동안 꾸준히 나를 괴롭혔다. 굴러떨어진 나에게 다가와 구석구석을 어루만지듯, 달에 한 번꼴로 서울에 올라왔다며 자극적인 말들을 섞어 꼬드기곤 했다. 그러고는 또 보자는 건지 다신 보지 말자는 건지 모를 기이한 다정만을 떠넘기고 다른 남자를 만나러 갔다. 응해 준 나에게도 문제가 있었다. 그 만남을 기대하던 욕망 또한 돌이켜 보면 제정신은 아니었다. 시간이 지나, 우리는 서로에 대한 감정의 불꽃 하나 없이 약속이라도 한 듯 달에 한 번씩 만나고 있었다. 그 파국적인 만남은 나에게 애인이 생기면서 비로소 끝이 났다.

그와의 긴 연을 떠올리면 아직까지도 내 마음은 후회와 잘못이라는 단어 쪽으로 아득히 기울어 있다. 비 역시 그랬는지, 매번 다신 나를 보지 않을 것을 다짐하는 듯 보였다. 나는 아직도 우리가 위태로운 관계를 맺지 않았더라면, 아주 아쉽지만 후련하게 끝냈더라면 하는 상상을 하며 산다. 좀 더 대담했더라면, 그리고 욕정에 충실하지 않았더라면…. 그랬다면 우리는 조금 더 서로를 애틋하게 그리워할 수 있었을까. 청초하고 어색하며 간질거렸던 마음은 어디로 사라지고 단순히 외로움을 달래기 위한 기억으로 변질되어 버렸는지. 아름다웠던 우리는 어디로 가고 갖은 욕구만을 퍼부었던 더러운 시간으로 굳어 버렸는지. 그와의 사랑이 후회스럽다거나 행한 적 없다는 부정 따위의 뻔한 폄하는 아니다. 단지 조금 더 정갈하게 끝맺을 수 있는 이야기가 의도치 않은 각색으로 인해 오염되어 버렸다는 아쉬움이 존재할 뿐이다.

＊

그렇게 나의 기억은 바닥으로 나뒹굴고 있었다. 시간이 겹겹이 쌓일수록 사랑과 다정의 마음은 온데간데없이 추락해 갔다. 긴 어둠의 시간이 지나 아침에 눈을 뜨면 한쪽 면에 기대어 비인지 누군지 모를 이와 인사를 주고받고 있었다. 덫에 걸린 새끼 사슴처럼 숨죽여 있던 나에게 손을 내밀어 준 구원, 다름 아닌 원이었다.

"안녕."

단 두 음절을 발음할 뿐인데도 묘하게 뭉개진 발음과 멜론 향이 맴도는 머리칼들이 나를 간지럽히고 있었다.

서신 3

너를 보내고 한동안 하루도 너를 생각하지 않은 적이 없었어, 비야. 미세하게 떨리던 옹졸한 입술, 바람결에 산들거리던 솜털, 말랑한 손가락 마디마디, 허벅지 위로 얇게 비치던 가느다란 핏줄까지. 나는 너를 떠올리며 한 사람이 다른 한 사람을 그리워하는 일에 정말로 태워지고 닳게 되는 심지랄 게 있을까 의문이 들 정도였지. 어떤 날은 부슬부슬 내리는 비를 보며 네가 생각났고 어떤 날은 굉음과 함께 쏟아지는 비를 보며 네가 생각났고 어떤 날은 내리지 않는 비를 보며 네가 생각났어. 그 모든 속내를 다 전하지 못한 게 야속해. 애타는 진심을 알 수 없는 자존심에 숨기고 티 낼 수 없는 우울에 묻어 둔 채 내어 주지 못했다는 것이. 그리고 이제는 그 감정마저도 의중을 가늠할 수 없는 기억이 되어 버렸다는 것이. 그게 참 슬픈 거야. 잊어야 한다는 개념조차 잊어버렸다는 것이. 세상의 언어로는 아름다운 추억이라는 말이 우리에겐 떠올려지지 않는 감정이라는 것이. 언젠가 나누었던 사랑의 시간보다 헤어지는 시간이 더 길어지기 시작했다는 것. 또 이젠 그리움의 시간을 후회의 시간이 초월하기 시작했다는 것.

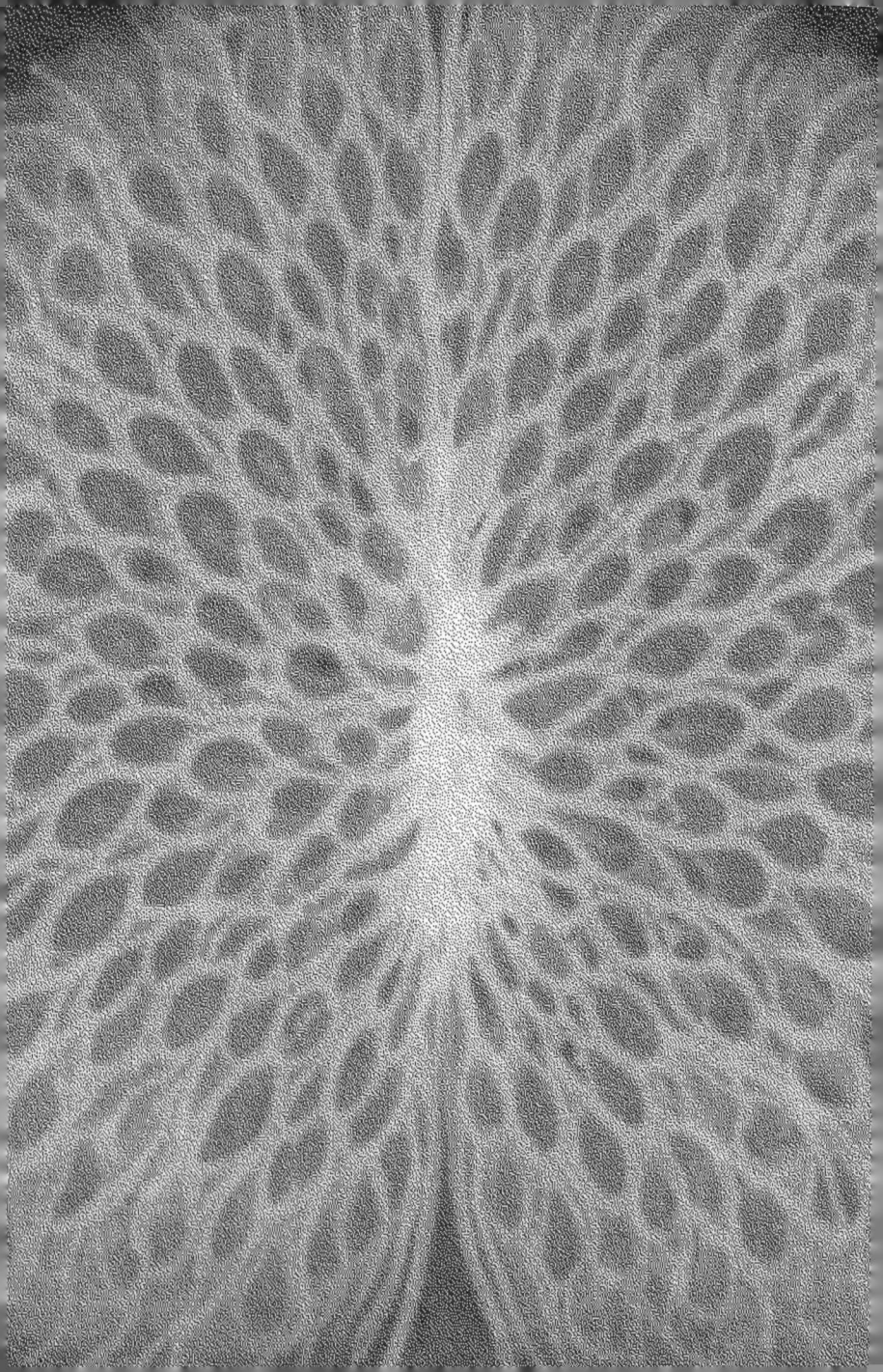

3부

**구원과 연대
그리고 원**

다짐

　수급된 적장의 대가리처럼 주렁주렁 걸린 예술품을 보러 달마다 전시장에 들른다. 아니, 들르려고 한다. 지금은 무엇이라도 빤히 바라보며 사유해야 할 때라고 자신을 속이며, 암울한 정적과 텁텁한 공기만 있는 방구석에서 어떻게든 몸을 탈출시켜 본다. 해묵은 마음을 환기시키기. 언젠가 세웠던 살기 위한 다짐이었다.

　나이가 들수록 귀찮음의 무게가 모든 행위의 결심을 짓누른다. 푹신한 침대에 누워 무력감에 압사당하는 나를 구원해 줄 목표가 필요했다. 더는 방구석의 유혹에 넘어가지 말 것이다. 그렇게 꾸역꾸역 완수하며 든 생각이 있는데, 바로 이듬해의 다짐도 '더하기'의 개념이 아닌, '않음'으로 수렴하게 하자는 거였다. 무언가를 한다고 결심하기보단 안 할 거라고 결심하자고. 아무래도 달마다 전시회를 '간다' 말하면 벌써 부담스러운 다짐도 방구석에서의 편안한 고립을 '끊어 내자' 생각하니 나름 할 만한 일이 된다. 잘 먹히는 장사처럼 느껴져, 난 이 방법을 삶에 자주 적용시키곤 했다.

삶을 살아 보니 아득바득 무언갈 해야만 할 때가 있으면, 이어진 악독한 습관과 낡은 관습을 끊어 내야 하는 시기도 있었다. 하는 김에 알코올, 니코틴, 카페인까지 끊어 볼까? 잠깐 생각했지만 역시 그건 욕심이 과하다. 물론 착실하게 독소가 누적된 이 몸을 정상 범주로 돌려놓아야겠다는 다짐은 필요했다. 이 셋 중 하나는 끊어 낼 수 있겠지. 이젠 더디어진 회복과 체력의 한계를 느끼며 몸을 망가뜨리는 악습을 끊어 내리라, 굳게 다짐해 본다. 천 개의 보양식을 먹는 것보다 한 개의 해로운 것을 먹지 않는 것이 몸에 옳은 일이다. 몸만 그럴까. 마음도 같다. 내 마음이 고인 늪처럼 썩어 문드러지지 않으려면 어떤 걸 그만두어야 할까. 가장 먼저 든 생각은 업에 관련된 것도, 도덕성에 관련된 것도 아닌 한 사람에 대한 감정이었다. 자꾸만 내 안에 우울을 심어 대는 사람이 있었다. 관심과 무관심을 적당히 오가며 나를 조련하는 사람. 내가 아파하기라도 하면 매정히 돌아섰다가도 언제 그랬냐는 듯 다가와 뭉친 이곳저곳을 풀어 주는 사람. 좋아하는 노래를 선물처럼 던져 주고는 또 나타날 때까지 듣고 있으라던. 먼 여행을 다녀와서는 여전히 해풍 같은 미소를 품으며 기다리지 않았느냐며 속삭이는 사람. 하지만 곰곰이 생각해 보면 그와의 연결을 그만두기 위해 술, 담배, 커피 끊기나 '방구석의 중독을 끊어내기'처럼 딱히 무엇을 '그러지 않기'가 떠오르지 않는 노릇이었다. 우리는 늘 갑작스럽게 만나는 것은 물론, 연락조차도 띄엄띄엄 주고받았다. 이런 불규칙의 고리 속에서 무엇을 그만두어야 그에게서 멀어질 수 있는 걸까? 그렇게 몇 번이고 고뇌한 끝에, 물음에 대한 영점을 잡을 수 있었다. 그를 병들었거나 악한 것으로 여기며 끊어 내야 한다고 생각하는 나 자신이 한탄스러웠다. 사실 그건 애먼 데다 삿대질을 하는 격이었다. 내심 그가 먼저 와서 나를 건드리기만을 기다리고 있었으니까. 그러므로 이건 중독이지만 그 주체는 나라고 생각하는 것이 옳았다. 해결하지 못한 외로움과 결핍에서 비롯된 중독이었는데, 이 우울의 이유를 바깥에서 찾으려 하는 스스로가 역겹고 비참해졌다. 그러므로 그를 향한 어떤 결심도, 끊어 내겠다는 의지도 아닌, 단 하나의 안으로 굳은 결의를 하나 추가한다. 바로 '기다리지 않기.' 가볍게 생각할 것이다. 내가 문제인 것이다. 얼마나 쉬운 일인가. 억지로 그만두지 않을 것이며 구태여 뒤돌아서지도 않을 것이다. 흐르는 대로 함께할 것이며, 스쳐 가는 대로 지나칠 것이고, 추격당한 만큼만 잡힐 것이다. 그러나 한 가지 규칙, 기다리지는 말기. 그러면 욕망도 기대도 점차 누그러질 것이다.

무엇을 어떻게 거부하기, 이렇게 또는 저렇게 멀어지기 따위로 계획하고 다짐하면 시작부터 부담스럽지만, 그저 기다리지 않을 뿐이라 생각하면 그것대로 나름 할 만한 일이 될 것이다. 그렇게 세운 여러 다짐을 포스트잇에 적어 잘 보이는 곳에 붙여 두었다. 내 욕심을 따라 점점 수가 늘어났고 방 안은 전시장이라도 된 듯했다. 그것들은 마치 수급된 적장의 대가리처럼 내가 끊어 내고야 만 전리품이 될 터였다.

싹이 다 트지 못한 봄의 초입에서, 다시 건강했던 마음으로 수렴하기 위해.

누군가를 기다리지 않기.

연대

한국말로 '안녕'은 상대를 반길 때, 헤어짐을 고할 때 동시에 쓰인다. 난 의미를 가늠할 수 없는 그 안녕이라는 말을 편애한 다. 안녕하세요. 여전히 안녕하신가요. 당신의 안녕을 바랍니다.

어쩌면 언젠가 발음한 안녕이라는 말은 이야기의 시작을 알 리는 말일 수도, 보통의 하루를 이루는 말일 수도, 아득한 회 고일 수도 있다. 그러므로 사건과 감정이라는 무수한 점들 사 이에서 안녕이란, 무궁무진한 가능성을 의미하는 단어라 생각 한다.

"날 사랑한다는 거야? 그 말이 맞아? '안녕을 바랍니다'라는 마지막 말은, 곧 떠날 거 같은 말이야. 그래서 슬퍼, 오빠."

엉성한 발음으로 편지를 읽던 원은 왠지 모르게 슬프다는 말을 뱉고는 골똘히 활자를 응시했다. 눈에는 작은 구형의 방 울이 맺혀 있었다. 그 뒤로 그는 얼마간 더 그 내용을 읽고 중 얼거리기를 반복하다, 픽 쓰러지듯 잠들었다. 입술은 편지를 마저 읽고 있는지 자면서도 오물거리고 있었다. 난 다 흐르지 못한 그의 눈물을 닦아 주고 잠든 볼에 입을 맞췄다. 원은 그 직관적인 접촉에 반응하듯 어떤 꿈을 꾸는지 무언가를 안으려 팔을 아등바등 움직였다. 난 그의 다정한 표정과 몸짓을 구경하다 집필을 시작했다. 우리가 함께 있든 떨어져 있든 늘 지켜 온 루틴이었다. 그는 밤이 되면 일찍 잠들고 새벽같이 깨는 사람이었다. 그의 세상이 꿈으로 뒤덮이면 나는 글을 짓는다. 내가 늦은 새벽과 아침 사이 잠들면 곧 그가 하루를 시작한다. 때문에 우리가 함께 있을 때면 내가 아직 잠든 방 안에서 원은 그림자처럼 집을 나섰다. 그리고 내가 하루를 시작할 무렵이면 맞춰 둔 알람처럼 정확하게 퇴근을 알리는 전화가 걸려 왔다. 이렇듯 우리는 매일이라는 일정한 선로 위에서 이어 달리기라도 하듯 바통을 주고받으며 서로의 안녕을 말했다.

어제는 둘만 아는 기념일이었고, 나는 오래전에 써 놨지만 아무에게도 전하지 못했던 '안녕을 바랍니다'라는 문장으로 끝나는 편지를 원에게 건넸다. 이 글의 탄생으로 거슬러 올라가 보면 수가 있었다. 아니, 어쩌면 더 오래전 누군가에게 전하려던 마음일 수도 있다. 단지 그 대상이 수였던 것이다. 하지만 결국 수에게 건네지 못했다. 이후엔 비에게로 향했지만 끝내 그에게도 전하지 못했다. 이유는 명료했다. 그 편지는 '이것이 우리의 마지막일 수도 있다'라는 상상으로 쓰인 것이기 때문이다. 이걸 전하는 순간이 우리의 끝일 수 있다. 이중적인 마음이 잔뜩 묻어 있는 글이었기에 때 묻지 않은 사람에게 닿아야 했다. 세상을 빛으로 바라볼 줄 아는 사람에게. 언뜻 보면 사랑한다는 뜻이기도, 두렵다는 말이기도, 또 마지막 안녕이라 할 수도 있는 양가적인 내용이었기에. 필요했다. 사랑과 비극을 동시에 꿈꾸는 얄팍한 이 심경을 결핍이나 우울로 치부하지 않을 사람이. 어느 자국보다도 짓눌러 적은 '안녕을 바란다'는 문장을 시작의 의미로 해석해 줄 사람이.

어스름 진 저녁이 되어서야 잠에서 깼다. 윈은 평소와는 다르게 퇴근 연락이 없었다. 작업을 마친 탁상 위에는 그가 남긴 쪽지가 접혀 있었다. 두려운 마음이 스쳤지만, 뒤집어 보니 아주 작은 하트 모양이 그려져 있었다. 고작 하트 하나. 잉크로 덧댄 조그만 하트가 뭐라고 내게 그 쪽지를 펼칠 용기를 심어 주었다.

[우리말은 오빠만큼이나 이상하고 알 수 없어. 어젠 그 편지를 보고 슬펐거든. 오빠가 떠날 거 같아서. 근데 오늘 아침에 보니까 오빠는 여전히 내 옆에서 자고 있었던 거야. 늘 그럴 것 같은 사람처럼. 마지막 말은 매일 하는 안녕처럼 반가울 거란 의미라고 믿을게요. 사랑해.]

아, 내 의중을 단번에 알아챈다. 문학을 좋아해서일까. 적은 문맥도 깔끔했다. 사랑스러워. 똑똑한 아기 동물 같다. 나는 그와 사랑에 빠지고야 말 것이다. 사랑에 빠지지 않을 이유가 그에게는 없었기 때문이다.

＊

이 편지는 나의 뒤틀린 행위라고 치부하기엔 꽤 오래된 인간의 본성에 가깝다. 연대랄까. 어떤 사실은 당시엔 통용되기 어려워서 시대적 연쇄를 거듭하여 도달하기도 한다. 이를테면 '지동설'이 있다. '지구는 세상의 중심이다.'라고 주장하는 천동설은 고대의 교리를 기반으로 둔 진리였다. 그러나 천동설이 틀릴 수도 있다는 상상으로 시작해 수 세기를 거듭하여 지동설의 이념은 연과 대를 이었고, 그 의지는 지식과 연구를 통해 '지구는 태양 주위를 돈다.'라는 사실을 인류에게 공표했다. 코페르니쿠스의 지동설이란 그런 것이다. 그가 공표하는 대역에 섰지만 별처럼 많은 이들의 저항과 연대로서 빛을 발하게 된 것.

한 사람이 바꾼 게 아니다. 연대가 승리한 것이다.

진리는 변하지 않는다. 뒤틀려 바라보거나, 올바로 해석한 시대가 존재할 뿐이다.

우주적으로 본다면 개미보다 덧없을 나의 존재에게 원의 쪽지는 연대의 승리를 의미했다. 내 안의 본질적인 사랑은 내 세상의 진리로서 변하지 않는다. 수와 숨을 나누고 비의 뺨을 어루만질 때도. 어쩌면 오래전의 전우애가 피어오르는 가난한 시절 누군가와의 만남에서도. 내 사랑은 다정보다는 결함에 가까웠다. 결합이 두려웠고 안락이 버거웠다. 가늠할 수 없는 수상한 마음이 중심축에 있었다. 이게 고작 내 세상의 사랑이다. 하지만, 어쩌면, 그럼에도 말이다. 그 마음 또한 사랑 주위를 도는 마음이라 용기를 심어 줄 구원이 존재하지 않을까? 아득한 시간을 지나 충돌할 항성과 행성처럼 결국 사랑으로 결속될 것이다. 귀화할 것이다. 연과 대를 거듭하는 악독하고 비루한 인연 속에서 그렇게, 공표해 줄 이가 나타나지 않을까?

내 편지는 내 안의 사랑이 틀린 것 같다는 의심인 동시에 다른 형태의 사랑이지 않을까 되묻는 긍정이었다. 대를 이은 나의 이념이 틀리지 않았다는 듯, 원은 나의 '안녕'을 끝이 아닌 시작의 '안녕'으로 해석해 주었고 나를 여전히 사랑하기로 결심해 주었다. 그건 이해가 아닌 결심이었다. 그게 내가 원을 곁에 두는 이유였다. 내 사랑을 틀리지 않게 해 주는 것. 좀 다를 뿐이라 사근사근 속삭여 주는 것. 그의 결심은 엇나간 적이 없다. 신대륙으로 향한 모험가의 걸음이 되게끔 해 주는 것. 환희의 세상으로 이끄는 주인공의 이야기가 되도록 나를 꾸며 주는 것.

그날, 나는 만나 보는 게 어떻겠느냐는 말을 건넸다. 음, 사 귀자는 말은 유치하지. 연애할까? 이 말은 너무 뻣뻣해. 그러 니, 우리 만날까? 아니, 바보야⋯. 지금 말고. 언제나 만나자고 약속하자는 거지. 내일도, 일 년 후도, 이왕이면 십 년 후에도.

합의에 이르기까지 꽤 오랜 시간이 걸린 결속이었다. 내일 출 근도 바쁠 텐데, 원은 요가를 마치자마자 당장 내 집으로 달려 온다고 했다. 오늘이 1일이라며 구멍이 뚫린 자극적인 슬립을 챙겨 오겠단다. 섹시해 보이고 싶어 하는 그가 귀엽다. 신났네, 아주 신났어. 아, 연애⋯. 연애라는 이름으로 누군가와 결속되는 건 거의 6년 만이었다. 그러고 보니 원과 알게 된 지도 꽤 오래 되었구나. 이제 네가 내 애인이야. 나는 네 사람이고. 안녕, 안녕. 이 안녕은 무엇일까. 유구히 쌓인 과거를 향한 간곡한 안녕이기 를. 그리고 이제 막 도착한 이에게 건네는 반가운 안녕이기를.

*

안녕하세요. 안녕하신가요. 안녕을 바랍니다. 하나 묻고 싶 습니다. 사랑을 하고 계신가요? 아, 누군갈 사랑하고 있냐는 물음은 아닙니다. 좀 더 안으로 굽어진 의문입니다. 사랑이 있 냐는 물음입니다. 당신의 세상엔 사랑이 있으신가요?

예견컨대 사랑은 빛과 같아서 그 시대의 절대적인 속도와 질량을 지닌 채로 여기어집니다. 바꿀 수 없는 개념이라 단정됩니다. 언젠가 뱉었던 표현, 느껴 봤던 상황, 데자뷔 같은 헤어짐. 지루한 예견 속에 적응한 사람들은 사랑이냐 아니냐를 이분법적으로 판단하겠지요. 그래서 언젠가의 사랑은 옳았음에도 틀릴 수 있습니다. 이 말은, 틀렸음에도 옳을 수 있다는 긍정의 말이기도 합니다. 절대적인 속도와 질량이더라도 눈 감은 이에게는 아직 도착하지 않은 빛일 수 있고, 응시하는 이에게는 아름다운 별빛이 되기도 하듯이요. 구름에 가려진 달빛을 감흥 없이 지나치는 이가 있는 반면, 은은히 번지는 달빛이라고 나긋이 감탄하며 바라보는 이가 있습니다. 단지 우린 그 동공에 도착하기 위해 꾸준히 사랑으로의 여정을 지속하겠지요. 진실과 사랑은 언제나 대를 이어 가는 성질을 지녔기에, 끝내 도달할 것입니다.

결국 내 안의 사랑이란 지속적 연대에 대한 귀속적인 발견인 셈이기에 이 끊임없는 연과 대 속에서 가히 사랑이라는 이름으로 너와 나의 결핍이 가닿았기를. 기어이 찬란하지 못하더라도 아름답게 도달되기를. 연속되는 만남의 폄하 속에서 지치지 않고 내 안의 사랑을 잃지 않기를. 또 어제의 안타까운 안녕이 반가운 오늘의 안녕으로 세습되기를.

운명 2

어느 가을엔 하늘이 유독 높아 테라스에서 한참을 멍하니 고개를 들고 있었다. 어디부터가 하늘일까. 어쩌면 나는 이미 하늘에서 하늘을 바라보고 있는 건가. 상념이 이어지는 가운데 곧이어 저 멀리서 유성우가 떨어졌다. 하나를 시작으로 족히 열 개쯤 되는 광휘가 공중에서 사위어 갔다. 스산해지는 바람결에 방 안으로 들어와 인터넷을 검색해 보니 오늘 밤 운이 좋으면 유성우를 볼 수 있다는 지난 기사가 눈에 들어왔다. 이렇고 저런 소원을 빌었다는 댓글을 심심치 않게 볼 수 있었다. 운이 좋았네. 바라지도, 기다리지도 않고 유성우를 목격했다니.

이렇듯 우연이란 날이 좋아 하늘을 올려다보다가 아름다운 별똥별을 마주하는 일에 지나지 않는다. 그 이상도 그 이하도 아니다. 우연이라는 사실만 제외하면 기다리며 유성우를 본 사람과 나는 똑같은 '유성우를 본 사람'일 뿐이다. '소원이 이루어졌는지'의 결과와는 상관없는, 그저 하나의 시공간적 장치일 뿐이다.

원을 만난 건 그 가을날 유성우를 본 것처럼 우연에 가까운 일이었다. 하필이면 날이 좋아서, 하필이면 저녁에, 하필이면 고개를 들었고, 하필이면 유성우가 떨어졌던 그 찰나처럼.

첫 만남은 당시 내가 SNS에 자주 올리던 카페에서였다. 하필이면 날이 좋았고, 하필이면 쓸 원고가 있어, 하필이면 그 카페로 걸음을 향했다. 집 근처이면서도 인적이 드물어 작업하기에 알맞은 카페였다. 그곳에서 원이 나를 알아보았다. "작가님 아니세요?" 손등으로 입을 가리며 수줍게 다가왔다. 하필이면 그날, 그렇게 내 호수에 원이라는 유성이 떨어졌다.

첫 번째 만남에서는 수가 곁에 있었기에 유성처럼 쏟아지던 원의 관심을 거절했다. 그리고 몇 바퀴의 계절이 지나 우리는 다시 그곳에서 마주쳤다. 쭈뼛쭈뼛 앉아 있던 그에게 이번에는 내가 먼저 다가가 인사를 건넸다. 그때는 비와의 기울어진 만남으로 한참을 앓고 있던 시기였고 유난히 한파가 매섭던 혹한의 겨울이었다.

거듭된 우연으로 인해 나는 생각도 하지 못했던 '운명'을 상상했다. 하필이면 인적이 드문 동네 카페에서, 그것도 가게 오픈 직후인 대낮에 두 번씩이나 마주치는 일. 그렇게 겹겹이 우연이 쌓이는 것 말고 또 어떻게 운명을 설명할 수 있을까. 어디부터가 운명인 것일까. 어쩌면 나는 운명 속에서 운명을 바라보는 것일까. 단지 우연의 우연이 거듭되기만 하면 운명이라 불릴 만한 인과가 되는 걸까.

*

언젠가 원의 인생 영화라는 <어바웃 타임>을 함께 보며 운명이란 주제를 안주 삼아 와인을 마시고 있었다. 영화 속 주인공처럼 인간은 운명의 족쇄에 묶여 세상을 여행하는 것일까. 누군가의 옷장에 숨어 시간을 거슬러 간다 해도, 원과 나는 마주칠 수밖에 없었을까.

난 잠시나마 그를 '운명'으로 상상했던 지난겨울에 대해 고백했다. 그러자 원은 수줍은 입꼬리로 되레 고백했다.

"일부러 찾아간 거야. 오빠 한 번 마주치려고."

"근데 왜 우연히 본 것처럼 했어."

"창피하니까 그랬지."

"내가 안 오면 어떡하려고."

"사실 몇 번이나 들렀는지 셀 수 없어. 그래도 언젠간 올 거 같았어. 꼭 가는 곳만 가는 사람 같았거든."

나의 눈은 유성우를 우연히 목격했던 날처럼 반짝였다. 운명일 수도 있겠다는 얄팍한 의심이 그의 계획으로 만들어진 순간이었다니. 그 모습은 마치 영화 속 주인공이 시간을 거슬러 한 장면을 바꾸려 애쓰는 모습과도 같았다. 난 '속았다'라고 생각하기보다는 조금 더 가늠할 수 없는 감정을 느꼈다. 모든 운명은 사실, 우연이냐 아니냐가 중요하지 않다는, 일종의 덧없음이랄까.

*

원은 지극히 평범한 범주에 속한 여성이었다. 매끈한 피부에, 말랐지만 요가로 다져진 유연한 몸매와 마음. 수필을 자주 읽는 20대. 감성적인 카페를 좋아하는 취향. 밤에 잠들고 아침에 일어나는 규칙적인 일상. 행복한 가정을 꿈꾸는 건강한 정신. 어눌한 발음 사이로 삐져나오는 애교. 가방에 달린 클로버 키링.

자신에게 필요한 갈망과 믿음에 대한 괴팍하리만큼의 광기만 뺀다면 말이다.

그는 오늘 먹고 싶은 건 어떻게든 입안에 넣어야 했고, 가지고 싶은 건 어떻게든 방 안에 두어야 했다. 해야 하는 건 어떤 수단을 써서라도 포기하지 못하는 집착이 자꾸만 내 눈에 띄었다. 그 광기가 부담스럽지 않을 순 없었다. 노골적으로 드러나는 호불호 앞에서 내 의견은 접어 둘 때가 많았다. 그럴 때면 그가 '조르기'를 시작했다며 한숨을 내쉬곤 했지만, 난 내심 그 모습을 본능에 충실한 아기 동물처럼 귀여워하기도 했고, 때론 든든해하기도 했다. 원이 갖길 원하는 가장 우선적인 대상은 '나'였으므로, 언제까지고 내 손을 놓지 않을 것만 같았다. 그의 갈망은 언제부턴가 '나와의 연애'가 되었고, 어떻게든 나를 꼬셔야만 직성이 풀렸던 것이다. 교제를 조르며 초롱초롱한 눈빛으로 애원하던 원을 떠올리면 미안한 일이었지만, 못 잊은 이가 있다며 고개를 왼쪽에서 오른쪽으로 저었다. 그것도 여러 번. "조금만, 조금만 더 천천히…"

속으로는 그의 마음도 나를 사랑해서라기보다 그저 가지지 못한 것에서 비롯된 비극이라 여겼다. 열망과 결핍의 표출일 뿐이라며 스스로에게 중얼중얼 되뇌었다.

원에게도 나에게도 안타까운 일이었다. 실낱같은 마음과 그리움이 얽힌 채로 뻘건 선지처럼 굳어 버린 내 삶이. 그러나 내심 기대를 품게 되는 거였다. 어쩌면 원이라면 이 지긋지긋한 방랑에서 나를 구원해 줄 수도 있겠다는 기대. 외면하고 도피하게 되는 삶의 한 문턱에서 수문장이라도 된 듯 버티고 서서 나를 갈망해 주지 않을까. 누군가에게 찰나의 운명을 상상하게 할 수 있는 사람이라면. 그러니까, 안중에도 없던 운명이란 단어를 실존하게 꾸리는 사람이라면. 우연으로 볼 법한 유성우를 자신의 뜻대로 보고 싶어 밤하늘에 대고 매일같이 조르는 사람이라면. 두 번이고 세 번이고 마주치고 싶어 인적이 드문 카페에서 누군갈 하염없이 기다릴 줄 아는 사람이라면.

*

하나만 더 묻고 싶습니다. 운명을 믿으시나요? 무언가를 '정말로 믿느냐'는 신념에 관한 물음은 아닙니다. 좀 더 현실성 있는 의문입니다. 운명적 존재에 대하여 상상을 펼치게 했던 이름이 과연 존재하느냐는 물음입니다.

실은 어제 지하철 옆자리에 나란히 앉았던 이도, 오늘 빵집에서 나와 같은 빵을 고른 이도 겹겹이 쌓인 우연에 의해 마주쳤지만, 그걸 운명이라 생각하진 않습니다. 이렇듯 운명이란 인과와 시공간의 영역보다 아득히 좁은, 한 사람의 감정에서 탄생하는 이념입니다. 우린 그 이념에 우연이라는 낭만 한 꼬집을 더할 뿐이지요. 이는 운명에 대한 자유 의지가 있다는 증거입니다. 실로 삶의 끝자락까지 함께해야만 운명은 아닐 수 있습니다. 기이한 우연의 겹으로 만나야만 운명은 아닐 수 있습니다. 이토록 환희에 가득 찬 일이 또 있을까요. 오늘 잠시 마주쳤거나 고작 하루를 함께했거나 길어 봐야 일 년을 함께한 이가 나의 운명일 수도 있다니요. 그리고 나는 그 운명을 아주 태연히 지나칠 수도 있다니요. 운명이란 신이 창조해 낸 거대한 흐름이 아닌, 고작 한 인간이 만든 일말의 감정일 수도 있다니요.

인간이 가진 욕망은 끝이 없어서 존재하지 않는 것들조차 언어로 만들어 놓았을지 모르는 일입니다. 이를테면 영원, 운명, 사랑, 희망 같은 것들 말입니다. 만약 세상의 모든 단어가 허황된 것들을 기반으로 만들어졌다고 하더라도, 나는 거창하지 않은 운명을 믿어 보려 합니다.

바라거나 머무르지 않아도 마주치게 되는 것. 우연이란 전제를 거스르며 단언할 수 있는 것. 시간과 공간적 사고를 아득히 뛰어넘는 것. 그러므로 우린 기운 두 선이 언젠가 한 점에서 만나듯 조금 기운 기울기로 나아가 운명을 껴안을 수 있는 노릇입니다. 너와 내가 아주 칼같이 평행을 이루지는 않기에 내 세상 안의 구원이 존재하게 되는 것. 그러고도 맹렬히 지나칠 수 있는 것. 무릇 운명이었노라 칭하게 되는 것.

그래서 묻습니다. 운명을 믿으시나요?

이해 2

계절이 바뀌고 한동안 뜸했던 비로부터 연락이 왔다. 서울에 왔으니 만나자는 꼬드김이었다. 술에 잔뜩 취한 그는 대뜸 안기더니 오래전 결혼을 약속했던 것에 대해 이야기하기 시작했다. 그 약속이 아직 유효한 거냐며. 분명 뇌도 마음도 꼬인 상태였을 것이다. 느끼기론, 서울에 일이 생겨 지낼 곳이 필요한 모양이었다. 서울 집을 정리한 그였기에 몸과 마음을 잠시 위탁할 곳이 필요했던 거겠지.

대뜸 결혼이라는 말을 입에 올리다니. 비참했다. 감정을 쏟아 내고 싶었지만 하필이면 내 마음도 종잡을 수 없는 상태였다. 저항하지 못한 채 개처럼 질질 끌려다니는 내가 한없이 초라했다. 창피함을 무릅쓰고 그대로 뱉었다. 네 앞에만 서면 초라해진다고. 벙찐 표정으로 내 말을 곱씹다 이유를 묻는 그에게, 다시 한번 감정이 앞선 문장이 튀어나왔다. 당신이 이 지경으로 만들었어. 그는 곧장 짧조름한 미소와 함께 뭉친 마음이곳저곳을 풀어 주려 아양을 떤다. "장난이야, 장난. 영욱 씨, 그런 거 아니에요. 오해예요, 오해." 여우 같은 년. 그렇게 속으로 되뇌며, 나는 무서운 선생님 앞에 서서 말도 제대로 못 하는 어린아이처럼 숨만 거칠게 헐떡이고 있었다. 멀어지고 가까워지고 욕하고 쓰다듬기를 몇 바퀴나 지나고 나니 초라함의 그늘이 거두어졌다. 마음 준 이를 조련할 줄 아는 그의 아양에 굴복해 버린 것이다. 아니, 굴복해 준 것이다. 원에게 미안한 일이었다. 내가 비의 앞에서는 이토록 초라한 사람이라는 게. 원을 초라하게 만드는 가해자가 누군가의 앞에서는 비루한 사람이 된다는 것이. 복잡한 심경과 얽힌 관계가 숨 쉬는 일조차 어렵게 만들었다. 장난과 오해. 그날의 만남은 유난히 질척거리는 감각으로 다가와 내 영혼을 더럽혔다.

오해라니. 넌 모른다. 그건 오해가 아니었다는 걸. 네 마음을 너무 잘 이해했기 때문이었다는 걸. 내가 초라해지는 이유는 너를 이해하려 하지 않고도 이해에 가까워졌기 때문이라는 걸.

*

그날의 찝찝함은 찌든 담배 냄새처럼 한동안 내 얼굴에 배어 있었다. 하루는 원을 만났는데, 그가 표정이 왜 그렇게 언짢으냐 물어 왔다. 한참을 아무 일도 아니라 설명했지만 똑바로 원을 응시하지 못했다. 원이 내 외투에 폭 안겨 킁킁거린다. "슬퍼, 냄새가." 곧이어 똘망똘망한 눈으로 나를 올려다본다. 자신이 풀어줄 수 있는 문제라 확신한 것이다. 이건 내가 이길 수 없는 싸움이다. 원은 해결하고 싶은 건 어떻게든 해결하려 할 것이다.

"…있잖아. 걔가 불러서 나갔어."

나는 자신 없는 어투로 답했다.

그러자 영롱했던 원의 표정은 땅에 꺼질 것처럼 구겨져 울상이 되었다.

"취해서 결혼하자는 거 있지. 꺼지라고 했어." 미안하다는 말은 삼키고, 다른 말을 뱉었다.

난 언젠가 비가 나에게 했던 말과 행동을 원에게 하고 있었다.

원은 시간이 지나 내 말에 조금 안도한 듯 일그러졌던 표정을 천천히 풀며 속삭였다.

"이해해."

다시, 차분해진 목소리로 그가 이어 말했다.

"보러 가도 이해해. 우리가 사귀는 것도 아니고."

"정말 이해해?"

"좋아하잖아. 부르는데 어떻게 안 나가. 그런 오빠는 가여워서 내가 못 참아."

"뭘 좋아해. 조그만 게 뭘 안다고. 이해하지 마. 아니, 이해한 다고 하지 마. 가볍게 뱉지 마."

"오빠는 나 속이지나 마. 감추지 마. 숨기면 없는 일이라고 생각하지 마. 이해할게. 대신 솔직하게 말해 줘야 해. 그럼 다 이해할게. 정말, 다."

이후로도 원은 내가 두어 번 비를 만나야 할 때마다 이해한 다는 말을 조곤조곤 읊조렸다.

"이해해, 이해해…. 정말, 다 이해해."

그는 이해를 발음하며 안아 주겠다는 뜻인 양 나에게 다가 와 폭 안겼다. 아니, 안았다.

작은 손을 부들부들 떨며 날갯죽지에 걸친 셔츠를 움켜쥐었 고, 그때마다 슬픈 냄새가 난다고 거듭 말했다. 그 냄새라도 없 애려는 듯, 원이 쓰는 멜론 향 샴푸 냄새가 내 옷깃에 물들 때 까지, 그는 오랜 시간 나를 붙들었다.

*

원의 이해는 정말 이해한다는 말이 아니었다. 그건 이해하겠 다는 의지를 조금 더 초월한 무언가였다.

보통 이해를 거치고 나면 정복할 수 있는 단계에 이른다. 조립식을 이해하면 분해할 수 있게 된다. 성분을 이해하면 만들 수 있다. 속도와 방향을 이해하면 미래를 어느 정도 예측할 수 있다. 방정식을 이해하면 수많은 수식을 풀 수 있다. 이해라는 영역은 그런 것이다. 조종과 지배의 필수 단계일 뿐이다. 사람의, 마음의, 사랑의 단계에서는 쓸모없는 속성에 불과하다. 한데 우리는 왜 그것에 그토록 집착하며 살아왔을까.

수와 비를 향한 욕구는 단지 조종과 지배, 정복이었을까. 언젠가의 수와 내가 서로를 이해하지 못했던 이유는, 서로를 이해만 하려 애쓰고 정작 안아 주려 하지는 않았기 때문이었음을. 반면 비가 이해되었던 이유는, 욕정이든 무엇의 수단으로든 나를 필요로 한다는 걸 알고 있었기 때문이었음을. 그러니 나는 수와 비, 두 사람을 모두 '이해'의 관점으로만 바라보고 있었던 셈이다. 진정한 이해란 사실 수용에 가까운 것이었을 텐데….

한 사람이 가진 역사와 그때그때의 시절, 감정, 행동들, 그러니까 한 사람의 세계는 결코 이해로 범접할 수 없는 영역이다. 한 사람을 사랑한다는 것은 그 사람의 세계를 사랑하는 것이다. 그리고 진실한 사랑은 그 사람의 세계를 이해하는 것이 아니라 그 사람의 세계를 수용하는 것이다.

단언컨대 원은 나를 이해하지 않았다. 아니, 이해하지 못했다. 그렇기에 단지 수용했을 뿐이다. 그러므로 포용했던 것이고 포옹했던 것이다. 그러나 동시에 분명해지는 사실도 있다. 그는 이해를 간절히 추구하고 있었다는 것.

단순히 무언가를 이해하겠다는 의지를 조금 더 초월한 이해를.

자기 자신에 대한 이해가 필요했던 것이었다.

"이해해. 나는 비겁하고 초라하고 파렴치한 당신을 사랑하는, 나를 다 이해해. 이해할게."

회고 5

딱딱한 복숭아를 한입 베어 문다. 강아지가 사과를 먹는 듯 사각거리는 소리가 밀접해 들렸다. 원은 내가 작업을 할 때면, 바로 옆에 딱 붙어 앉아서 제철 과일을 먹으며 일기를 적곤 했다. 어눌한 말투와는 다르게 글은 야무지게 쓰는 사람이었다. "봐도 돼?" "안 돼. 절대." "보고 싶어. 너의 오늘은 어떤 맛일까." "복숭아 맛이야." 그가 답했다. "딱딱해. 오빠처럼." 중의적인 표현으로 분위기를 고조시키며 내 허벅지를 매만진다. "조그만 게 뭘 안다고…" 난 그의 가녀린 허리춤을 단번에 휘감았다. 그는 꽃봉오리가 움츠리듯 몸을 배배 꼬았다. 얇게 걸친 슬립이 한 몸이라도 된 듯 착 달라붙었다. "물렁한 건 싫지?" 그의 목덜미에 입술을 가져가서는 속삭였다. 그는 항복이라도 한 듯 목을 젖혀 늘어뜨렸고 슬립은 그의 움직임에 따라 살랑거렸다. 그가 풀린 발음으로 답했다. "응…. 그건 지난 거니까, 제철이." "왜 자꾸 제철 과일에 집착하는 건데?" "당연히… 지금이 맛있으니까." 헐떡이는 숨결 사이로 조르던 팔을 풀고 그의 인중을 앙 삼켰다. "귀엽네. 복숭아 맛이야." 그는 자신을 과일 취급하지 말라며 앙탈을 부렸다. "얼른 끝내 줘. 집중해서." 집필을 마치고는 함께 잠들자는 조름을 더한다. 그러고는 한동안 글을 쓰는 내 모습을 빤히 본다. "그러다 뚫어지겠어." 말을 하니 대답이 없다. 그새 졸음이 왔는지 꾸벅꾸벅 졸고 있었고, 손은 펜을 붙들고 있었다. 나는 다이어리에 쓰인 문장을 슬쩍 훔쳐보았다. '그의 웃음이 제철인 계절이에요.'라고 적혀 있었다. 아무럼 제철이었다. 네가 오늘 삼켜 낸 건 딱딱한 복숭아가 아니라 물렁한 진심이었다는 게. 네가 항복한 건 육신이 아니라 빼곡한 정신이었다는 게. 네가 빤히 바라보던 건 내 얼굴이 아니라 숨겨진 다정이었다는 게. 네가 조르던 건 잠이 아니라 함께 눕힌 꿈이었다는 게. 네가 놓지 못한 건 펜이 아니라 둘만의 시간이었다는 게. 네가 쓰던 건 오늘의 일기가 아니라 작자 미상의 시였다는 게.

방향

　나침반 하나 없이 내몰린 세상에서 '향한다'라는 말은 실로 귀하다. 어딘가로, 누군가에게로, 다정에게로, 행복에게로. 길을 잃는다든가 하는 건 중요하지 않다. 그럼에도 향해 나아간다는 건 무엇'답게' 살아간다는 걸 뜻한다. 그것만으로 충분히 옳은 쪽으로 기운 삶이라는 걸 믿는다. 야생 동물은 인간에게 없는 본능을 유전자에 지니고 있다. 마음속에 나침반이라도 있는 듯 귀향길 수백수천 킬로미터를 이동한다. 알을 낳고, 새끼를 품고, 마침내 죽음을 맞이한다. 그것이 그들의 본능이다. 그렇다면 인간이 가진 본능은 무엇일까. 바로 방황의 유전이다. 우린 태초부터 부랑자였고, 쉼터를 찾기 위해 대륙 간을 방랑하던 걸음을 기억하고 있다. 빛을 따라, 물을 찾아, 지평선을 향하여, 고지대를 쫓고 저지대를 거닌다. 인간의 본연이란 애초에 그런 것이다. 지구 곳곳을 유랑하던 끝에 뜻과 사상이 같은 이들이 뭉쳤다. 종교가 생겼고, 부락이 형성되었으며, 문명이 발달하여 국가가 탄생했다. 방황은 그렇게 결속의 지반이 되고 성장의 퇴비가 된다. 그러니 방황하지 않는 자들은 옳은 길을 택한 것이 아니라 더 자라지 않는 고목처럼 남는다. 배는 항구에 있을 때 가장 안전하다지만 그게 배가 만들어진 이유는 아니라고 그랬다. 그러니 어딘가로 향해야 한다. 망망대해를 항해해야 한다. 발걸음의 자유, 안락함이라는 속박에서의 해방. 길을 잃더라도, 그릇된 방향인 것 같아도 향할 것이다. 잘못되리라. 그러므로, 깨닫고 결속될 것이다. 어딘가로, 누군가에게로, 다정에게로, 행복에게로. 사랑에게로.

구원

한때 악몽이 습관처럼 계속되었다. 비유적 표현이 아니다. 그때의 난 눈만 감으면 내가 가진 가장 추한 것들과 우울한 것들을 뱉어 대는 사람이었다. 꿀 꿈이 없을 때면 잠꼬대라도 했다. 기억나지 않는 악의 속에서 목적지 없는 욕이나 출처를 알 수 없는 저주를 쏟아 냈다. 천장을 보고 누워 있을 때는 오물에 달라붙은 파리처럼 손을 비비며 살려 달라고 했고, 엎드려 잠들 때는 바퀴에 밟힌 동물 사체처럼 악취를 품은 채 없애 달라고 애원했다. 푹신한 이불에 둘러어서는 귀신 들린 사람처럼 잊으면 안 될 무언가를 검지로 적어 내기도 했다.

원과 처음 잔 날에도 악몽을 꿨다. 그는 소스라치게 놀랐고, 간신히 잠이 든 나를 깨우진 못했다. 코골이와 욕설이 난무하는 인격을 잠재우려 종일 내 머리칼을 쓰다듬었단다. 하루는 그렇게 나를 쓰다듬는 익숙한 손길에 잠에서 깼다. 깨고 나서는 원을 바라보았다. 내가 흘린 땀으로 이불에는 지도가 그려져 있었다. 그는 대뜸 작은 가슴으로 내 이마를 꾹 눌러 안았다. 밤 샌 사람에게서 나는 익숙한 향과 적당한 유분기가 파우더처럼 내 악의를 흡수했다. 가장 물렁한 부분으로 나를 감싸 주고 싶 었다고 했다. 모유를 먹이는 어미의 심정이었을까.

가슴이 작은 편이라 그렇게 물렁하지는 않은데. 그렇다면 엉 덩이로 안아 줘야 하는 게 아닐까. 실없는 생각에 피식 웃음이 새어 나왔다. 원은 그저 내가 웃으니 좋아했다. 입 밖으로 꺼냈 으면 분명 삐졌을 말이었다.

"왜 자꾸 잘못했다고 빌어, 오빠? 가여워."

"죽였어. 많이."

"응? 뭘를?"

"사람…."

(원은 잘 속는 편이라, 나는 이런 방식으로 그를 자주 놀렸다)

"왜 말 안 했어…."

"죄책감이지. 도망쳐서 한국으로 귀화했어. 사실 인도 사람이 야. 나마스테. 갠지스강…."

"뭐야… 말을 했어야지. 어쩐지 좀 진하더라, 이목구비가."

"장난이야, 장난. 바보야? 에휴. 왜 이런 거에 속아."

원은 안도하는 눈망울과 특유의 으깨진 발음으로 말했다.

"뭐야, 놀랐잖아…."

"근데 내가 진짜 살인마였으면 어떻게 하려고 했어?"

그는 콩콩 뛰는 심장을 달래고는 살짝 떨리는 목소리로 답했다.

"도망가야지."

"어디로?"

"오빠 손 잡고 도망갈 거야. 아무도 없는 곳으로. 나밖에 죽이지 않아도 되는 곳으로."

확신에 찬 눈망울. 고요 속 진심의 떨림. 함께 도망가자는 말.

아, 오늘 악몽은… 꾸길 잘했다.

기억 3

원과 떠난 첫 여행은 제주도였다. 제주는 내가 매년 가는 곳이었다. 해외로 떠나는 건 준비해야 할 것들이 꼭 숙제처럼 다가왔고, 언어의 장벽까지 더해져 늘 부담스러웠다. 그래서 언제나 내 일탈의 목적지는 그 섬이었다.

난 가끔 원의 인중에서 귤 냄새가 난다며 그의 입술을 앙하고 먹는 시늉을 했다. 원의 고향은 제주였다. 고향에 온 그에게 있어 이 여행은 '여행을 왔다'라는 느낌보다는 '왔던 곳을 또 왔다'의 기분일 거라 짐작했다. 우리는 애월에 머물기로 했다. 에메랄드빛 바다와 감성적인 것들이 전부 원의 취향이었기에 그에게 이곳보다 좋은 곳은 없었다.

몇 년 전 이맘때도 제주에 있었다. 그땐 수와 함께였다. 하필이면 그때도 애월에 머물렀다. 때문에 원과 거니는 곳들은 대부분 추억이 겹쳐 있는 장소들이었다. 애월 근처의 괜찮은 곳들은 거기서 거기라, 원과 여행하는 내내 수와 오가던 곳들을 꽤 많이 지나치게 됐다. 첫날 들른 새별오름, 둘째 날 들른 전시관, 셋째 날 들른 카페, 피날레로 탑승 수속 전에 향한 이호테우 해변까지도. 전부 수와의 흔적이 남은 곳이었다.

하늘이 금방이라도 울음을 터뜨릴 것처럼 흐린, 아주 늦은 봄과 초여름 사이의 어느 날이었다.

"이호테우는 슬플 거야."

수는 나긋한 말투로 속닥였다. 그리고 말을 이었다.

"공항에서 가깝잖아. 방금 온 것들과 이제 갈 것들을 자주 맞이하겠지. 우리가 떠나도 계속 누군갈 맞이하고 떠나보낼 거야. 언제가 되어도 나 잊지 말고 살아. 나도 이호테우처럼 무수한 방문과 떠나보냄 속에서 널 잊지 않고 살게."

모래알이라도 씹은 듯 입이 텁텁했고, 하늘보다 더 흐린 바다를 마주하고 있었다.

*

원은 여행 내내 내가 또 다른 기억에 잠겨 있다는 걸 아는지 모르는지 둘의 첫 여행이라며 아이처럼 들떠 있었다. 내 상념은 그립다거나 돌아가고 싶다는 차원의 회상은 아니었다. 단지 수가 뱉었던 말과 지었던 행동의 의중이 사뭇 이해되는 데서 비롯된 회고였고, 뒤늦은 깨달음에서 오는 수에 대한 추모였다.

원은 제주에서의 기억이 나보다 몇십 배는 더 많았을 테지만,

새로운 장소를 탐험하는 사람처럼 연신 눈을 반짝였다. 민들레 홀씨처럼 붕 떠 있는 그의 표정이 그렇게도 사랑스러웠다.

오래전에 왔던 곳인데 더 예뻐진 것 같다는 말, 함께 오니 전혀 다른 분위기 같다는 말이 내 마음을 쿡쿡 찔렀다. 사실 나에게 그곳은 이미 가 본 곳이었고 먼지처럼 추억이 쌓인 장소였으며 비슷한 분위기와 채도가 머무는 곳이었다. 햇살과 바람, 나눈 대화, 했던 일, 먹은 음식, 찍은 사진, 말없이 잡던 손, 동공에 비친 해 질 녘까지도 모두 이미 해 본 것들, 이미 가져 본 순간들이었는데.

*

짧은 여행의 피날레는 역시나 이호테우였다. 탑승 수속까지 남은 시간을 때우기 위해 이호테우 해변 길을 따라 쭉 걸었다. 짧은 보폭으로 내 옆을 쫄래쫄래 따라오며 콧노래를 흘리는 원에게 말했다.

"이호테우는 슬플 거야. 슬프겠지?"

나는 말을 이었다.

"공항이랑 가장 가깝잖아. 방금 온 이들과 이제 갈 이들을 자주 맞이하겠지. 다시 온다고 해도 우릴 기억이나 할까."

"그런 생각은 못 해 봤어. 그렇게 많이 왔던 곳인데도."

나는 아무 대꾸 없이 다시 걸었다. 원이 오랜 정적을 깼다.

"여행 내내 어떤 생각에 잠겨 있는 것 같아, 오빠는. 숨기는 거 있지?"

나는 원의 손을 꼬옥 붙잡았다.

"나 원래 좋으면 말 없어지잖아."

그는 잡고 있던 손을 슬쩍 떼며 말했다.

"이 길에 핀 꽃은 아카시아꽃이래."

섬섬옥수 같은 손을 허공에 휘휘 저으며 말을 이었다.

"이호테우 숲길이 아카시아로 유명해. 근데 이렇게 많이 핀 건 나도 처음 봐."

그는 떨어지는 꽃잎을 붙잡으려 애쓰더니,

"잡았다."

하고는 꽃잎 한 가닥을 내 손에 쥐어 주었다. 그러고는 아까 떼어 냈던 내 손을 다시 그의 손으로 포개며 이어 말했다.

"숨겨 둔 마음 혹은 새로운 시작이야, 꽃말은."

*

나에게 제주는 기억의 무덤이었다. 그러나 이것은 비단 나에게만 국한된 사연은 아니다. 이 여행길은 숱한 이들에게 있어 기억의 공동묘지다. 언젠가의, 누군가와의 추억이 고이 잠든, 그리고 악독하거나 아름다운 과거에 대한 이별이 깃든. 누군가에게 제주는 켜켜이 쌓인 과거의 지층일 테고, 또 누군가에게는 익숙함 속에서 처음 피어나는 푸르름일 것이다.

난 이 덧없는 땅 위에서 원을 방금 온 이처럼 반기기도, 수를 이제 갈 이처럼 떠나보내기도 했다. 이호테우처럼. 아득히 펼쳐진 수평선을 바라보며 허공에 손을 휘휘 저었다. 내가 잡은 건 곧 버려질 숨겨 둔 마음이었을 수도, 오래 간직하게 될 새로운 시작이었을 수도 있다. 그날의 풍경은 '안녕'이라는 말이 품은 뜻처럼, 무한한 의미로 다가왔다.

이호테우는 슬플 거야. 누군가를 반기면서 동시에 떠나보내는 일은 파도와 같아. 모래알을 훔치듯 끌어안고 다시 뭍으로 옮겨 놓지. 철썩이며 이는 소리는 분명 탄식일 거야. 그 괴리 속에서 새로운 땅이 만들어지기도 하지. 그리고 그 지반 위에 다시 싹이 트고 생명이 피어나는 거야.

방금 온 이와 이제 갈 이에게.

고향으로의 여행, 애월, 가늠할 수 없는 회고, 그리고 새로운 시작.

제주, 이호테우, 아카시아, 그리고 숨겨 둔 마음.

다정 2

우리는 긴긴밤 불면과의 사투 끝에 간신히 잠들었는데 밖에서는 새가 유난히 시끄럽게 지저귀고 있었다. 보통을 넘어선 지저귐이었다. 문을 긁는 강아지의 발톱 소리처럼 너무도 가까웠다. 씨발. 표독스러운 발음과 함께 수가 벌떡 일어났다. 나의 인내심도 수를 따라 문밖으로 향한다. 연박으로 잡았던 독채 펜션의 현관문을 열자, 아침은 섬광탄이라도 던지듯 찡한 볕을 투척했다. 그리고 머지않아 종을 알 수 없는 작은 새 한 마리가 주저앉아 있음을 깨달았다. 겁이 많아 손으로는 잡을 수 없었고, 대신 운동화 안에 조심스레 넣어 숙소 안으로 데리고 들어왔다.

수는 분한 마음이 그새 가라앉았는지 작은 새를 불쌍히 여겼다.

"제주라 그런가. 가여운 새가 여기… 다쳤네."

도저히 인과가 맞지 않는 문장을 뱉는다. 잠이 덜 깬 모양이었다.

"제주라서 새가 많은가 보다. 그래서 더 높은 확률로 다친 새를 본 거다. 맞지?"

"응. 오빠 찰떡같이 알아들어서 좋아. 작가라 그런가?"

"음… 이 새 어떡하지?"

"아침을 깨운 건 괘씸한데 가여워."

수는 자연스럽게 새 관련 영상들을 찾아본다. 아주 괘씸하다 중얼거리고 있지만 연민하는 마음이 몇 뼘은 더 커 보였다. 수의 진단으로는 어딜 다친 것 같진 않았고, 더위에 허덕이는 것 같다고 했다.

우리는 한 주 남짓 제주에 머물며 이곳저곳을 돌아다녔지만 그날만큼은 밖으로 나가지 않고 새를 돌봤다. 마치 육아라도 하듯. 수는 물과 먹을 만한 것들을 하나하나 골라 먹이며 애지중지 살폈다. 새 이름은 '괘새'라고 지었는데, '괘씸한 새'를 줄인 말이라고 했다. 괴팍한 이름과는 달리 사랑스러운 눈빛을 쏘아 댄다. 그는 종종 악담을 퍼부으면서도 그 여린 새를 여실히 보살폈다. 자기 몸으로 낳은 자식처럼.

날이 조금 식은 오후가 되자, 괘새는 회복을 마쳤고 한순간에 홀연히 날아가 버렸다. 푸드덕 소리 하나 없이.

"배은망덕한 괘새끼. 또 주저앉아 현관 앞에서 지저귀기만

해라. 아니, 또 무더위에 허덕거려라. 하필이면 문 앞에 와서…"

수는 그렇게 고향으로 떠난 패새를 걱정하고 원망하기를 반복했다.

그날 밤 패새에게 주고 남은 눅눅한 옥수수 과자를 먹으며 맥주를 들이켰다. 수는 내일이면 돌아올 패새를 대비하겠다며 새 관련 나무위키를 보고 있었고 난 패새가 다시 올 일은 없다는 걸 알면서도 그의 소원에 맞장구를 쳤다. "응. 내일 패새를 기다리자."

우린 패새 덕에 전날 밀린 잠을 보충하려 일찍 누웠다. 그리고 내가 깼을 땐 언제부터인지 모를 오래된 뒷모습이 보였다. 현관을 서성이며 물이 담긴 작은 종지를 바라보는 수의 뒷모습이. 그는 나를 보더니 좀처럼 보여 주지 않던 울상을 지었다.

"왜 그래? 언제부터 있었어?"
"오빠… 꿈에서 패새가 먹혀 죽었어."

*

채 삼켜 내지 못한 묵직한 식감의 말이 입안에서 맴돈다. 난 그가 남긴 육질의 기억을 질겅이다 이내 뱉어 냈다.

언젠가 날아온 가엾고도 괘씸한 새처럼, 나에겐 아주 우연의 우연으로 안착한 사람이 생겼어. 수야. 사랑하는 사람과 결혼한 거면 좋겠다. 그래서 평범한 가정을 꾸린 거였으면 좋겠다. 네 애를 꼭 키웠으면 좋겠어. 자꾸 숨기려 들지만, 너는 누구보다 다정이 한없이 새어 나오는 사람이니까. 네가 생각하는 것보다 훨씬 기댈 만한 사람이 너니까. 실은 나의 세상보다도 아득히 높고, 어머니의 품처럼 넓고 깊은 사람이니까. 너에게 이 말을 건넸다면 너는 분명 소름이 돋는다며 한쪽 눈을 부르르 떨었겠지만.

나는 무수한 말들을 애써 삼키다가 토해 내고 다시 주워 담는 나를 거울처럼 응시했다.

네 마음은 썩고 고인 연못이 아니라, 수면 아래 고래처럼 다정함을 내뿜어 무지개를 만들어 내는 분수야. 넓고 깊은 바다 안에서 자꾸 삼키고 뿜어내지. 모래를 집어삼키고 다시 뭍으로 옮기는 파도야. 자꾸 손을 내밀지. 깊고 길게 항해하는 향유고래야. 아득한 심해로부터 헤엄쳐 나와 쨍한 볕을 맞이할 테니. 난 믿어. 어둠에 삼켜지지 않을 거라고. 너의 속내는 분명 빨주노초파남보일 거라고.

231

서신 4

누군가를 잃었다면

그리고 떠나보냈다면

그건 분명 서로에게 운명의 인연이 있기 때문입니다.

비밀

"그랜드 하얏트 호텔이에요. 을왕리 가서 조개구이 먹어요."

그랜드 하얏트 호텔과 조개구이. 제법 이질적인 조합이었다. 허황됨 속에 알알이 박혀 있는 아날로그적 취향. 비와 어울리는 문장이라는 생각이 들었다. 비에게로 향하는 길이었다. 뭐랄까, 제주에 다녀온 후로 원과의 사이는 오래된 연인처럼 안정되어 있었다. 이대로라면 우린 보통의 연애를 할 수 있을 것이다. 그런 와중에 이 사실을 굳이 알릴 필요가 있을까. 원은 평생 모르는 게 나을 거야. 비에겐 어떤 말부터 해야 하지. 도로를 달리는 내내 죄책감과 자기합리화가 교차한다. 택시 안은 멀미로 가득했다. 자신의 차에 태워 을왕리로 가겠다는 그의 고집 때문에 난 그가 있는 호텔로 목적지를 찍었다. 하필 호텔로 향하는 내 모습이 유독 비참해 보였고, 그 장면이 유리창에 거울처럼 비쳤다.

비는 조개구이를 좋아하는 사람이었다. 고향에서 특별한

날이면 외식으로 먹던 기억과 구워삶아 먹는 것을 좋아하는
취향이 곁들어 있었다. 그래서 그는 특별한 날이면 나에게 조
개구이를 먹자고 자주 권하곤 했다.

비는 대뜸 소주 한 병을 주문했다. 무언가 할 말이 있는지
아니면 긴장한 탓인지 침을 꼴깍 삼키는 소리를 냈고, 그 소리
는 타닥거리는 연탄불을 뚫고 속살을 내비쳤다. 우리는 한참
을 어색하게 조개를 먹었다. 별다른 말 없이. 그는 주문한 소주
뚜껑을 따지 않은 채 정적을 깨려는 듯 말을 던졌다.

"살려 달라고 입을 벌리는 것 같아."

나는 부글부글 끓으며 입을 벌리는 조개를 보고 답했다.

"포기한 거야. 살려면 속살을 보여 주면 안 되지."

"그렇게 이유 따지지 말고요. 딱 보면 꺼내 달라 하는 거 같
잖아. 작가 맞아요?"

"그래서, 운전은?"

내가 먼저 입을 열었다. 주문한 술에 관하여.

"난 호텔 가서 마실래. 영욱 씨 먼저 먹으려고."

"… 생각 없어요."

"오늘 같이 있어요. 술 없이 잘 못 자잖아."

"그랜드 하얏트 호텔이라 싫어."

"응?"

"거긴 담배 피우려면 오래 걸릴 거 같아."

"그러지 말고 같이 있어요."

"그러게 왜 가지도 않는 호텔을 잡았어. 담배 피우는 데 오래 걸리는…. 싫어."

"나 우울해. 하고 싶어. 고집부리지 마요, 제발."

"거기 담배… 오래 걸려. 싫어."

조개는 살려 달라 입을 벌리는 걸까 체념하듯 속살을 내어 주는 걸까. 모쪼록 나는 관계에 대한 안녕을 고하고 곧바로 돌아올 생각이었다. 그래도 얼굴은 보고 마지막을 장식하고 싶었다. 단지 그게 맘대로 안 되었던 것이다. 그래서 시간이 질질 끌린 거였다. 놓고 내린 말이 남아 있을까 싶어 한참을 머뭇거렸을 뿐이다.

어떤 고집이 있었는지 알 수 없었다. 어떤 말이 있었는지 기억이 잘 나지 않았다. 어떤 진심이 짓누르는지 입이 너무 무거웠다. 다만 모종의 강박에 몰두한 사람처럼 담배 피우는 데 오래 걸려서 안 된다는 말만을 되풀이했다. 좋아했다는 말이 아니라. 누군갈 좋아하게 되었다는 말이 아니라. 그는 끝까지 같이 자자 말했고, 난 끝끝내 거절하다 서로 분을 못 이겨 헤어졌다. 그의 등을 향해 들릴 듯 말 듯한 목소리로 말했다. "잘 살아."

우리에게 딱 어울리는 결말이었다. 누군가의 악당이었을 두 사람은 서로를 기만하고 토라진 채로 영영 헤어진다. 영원히. 다시는 볼 수 없다. 늙어서 마주친다 해도 알아보지 못할 것이다. 그렇게 죽게 될 것이다. 의중을 알 수도 이유를 가늠할 수도 없었다. 왜 대뜸 나를 호텔로 불렀을까. 왜 같이 있자고 했을까. 뜬금없이 잡은 고급 호텔, 특별한 날에나 먹는 음식, 여러모로 달랐던 긴장감, 잘 마시지도 않던 소주와 유치한 핑계, 마지막까지 감춘 진실.

관자, 치즈, 그리고 초장. 그가 조개구이집에서 유일하게 양보하던 가리비구이처럼 제법 이질적인 것들이 한데 섞여 부글부글 끓고 있었다.

그 누구도 살려 달라며 속살을 내보이진 않아. 상처가 될 걸 알기에 다 보여 주지도 알려 주지도 못하는 거야. 끝끝내 숨긴 마음, 구워삶아져 먹혀 버리는 것은 발악이 아니라 포기야. 우린 진주를 품을 자격을 잃었지. 네 말대로 우린 닮아 있으니 왜 그렇게 끝나야만 했는지도 알고 있을 거야. 오늘이 끝이어야 했다는 걸 당신도 분명 알고 있었을 거야. 어떤 관계는 진실을 감춘 채 멍이 들어야만 돌아설 수 있다는 것도, 당신은 이미 알고 있었을 거야.

서신 5

사랑과 가장 닮아 있는 단어는 무엇일까. 애정, 연모, 사모, 애착, 박애, 편애? 아니, 그건 그다지 다를 게 없는 말들이잖아. 내 말은, 전혀 아닌 의미인데 자꾸 사랑인 것처럼 속여 발음되는 것 말이지. 사람 또는 삶? 그 둘도 아닌 거 같아. 난 종종 생각해. 그 어떤 것보다도 '살아'라는 말이 가장 '사랑'과 닮아 있다고. 그러니 '같이 살자'는 말은 분명 사랑의 모국일 거야. 재미있는 놀이 하나 할까. 사랑이라는 단어에서 길처럼 굽은 발음 하나를 앞으로 빼는 거야. 사ㄹ아, 살아. 그러므로 '살아'가 되지. 사랑의 뒷부분에서 자꾸 뭉개지는 어감을 좀 더 단정 지을 수 있지. 결단이라도 한 듯 강세가 있는 말이야. 살아. 같이, 라는 꿈은 이미 버린 지 오래야. 내가 있든 없든, 누가 옆에 있건 살아. 이왕이면 잘. 이왕이면 행복하게.

사연

　비와 초라한 마무리를 짓고는 길게 이어진 길을 목적 없이 걸었다. 두 시간은 훌쩍 넘는 시간을 처음 걷는 길 위에서. 쌀쌀맞은 바람 탓인지 근처 편의점에서 들이켠 소주 덕인지 볼이 벌겋다. 밤거리를 무작정 걷다 보니 지구 반대편에 가까워졌는지 여명이 밝아 오기 시작했다. 참, 원에게 거짓을 말하게 될까 봐 핸드폰을 꺼 두었다. 어쩌면 이 상황에 대한 지독한 회피였다. 다시 전원을 켜자 원의 부재중 전화가 짐처럼 쌓여 있었다. 집에 도착했을 땐 원이 투룸 빌라 현관 앞에서 패딩을 꽁꽁 여민 채 졸고 있었다. 현관에 주저앉은 목마른 새처럼. 다가가 머리칼을 쓰다듬으며 그를 깨웠다. 꿈속에서도 내내 울고 있었는지, 잠에서 깨어나며 울상을 짓는다. 난 그를 꼬옥 안았다. 동튼 아침, 공명하는 현관 복도, 지저귀는 새소리, 눈물이 흐르다 멈춰 촉촉해진 볼, 사부작거리는 패딩 소리.

　"술 냄새…. 핸드폰은 왜 꺼놨어."

238

원은 우는 의성어를 멈추고, 비로소 사람의 말처럼 들리는 발음을 꺼냈다.

"왜 밖에 있었어. 현관 비밀번호 알려 줬잖아."

"무서웠어. 오빠랑 누가 자고 있을까 봐."

"내가 그런 사람으로 보여?"

"내가 오빠 여자 친구도 아니고. 방해일 수도 있잖아."

"비밀번호를 알려 줬다는 건 언제든 들어와도 된다는 뜻이야. 언제든."

둘은 이제 막 시작된 아침, 냉기 서린 빌라 복도에서 삼십 분 남짓 속닥이며 대화를 주고받았다. 언젠가 바람을 피웠던 원의 애인 이야기였다. 몰래 집에 들어가 이벤트를 준비했는데 다른 이와 함께 들어왔다는 아침 드라마에서나 볼 법한 사연이었고, 그 기억이 트라우마로 남아 현관문을 두고 서성이다 잠든 것이었다. 과거의 아픈 기억을 입 밖으로 꺼내며 아랫입술을 부르르 떠는 그가 가여워, 괜찮다며 끌어안았다. 밤을 새운 사람에게서 나는 향기. 제사상에서 태운 향처럼 무겁고도 나긋한 살냄새. 귓불과 목덜미 사이 보드라운 살결을 긁으며 킁킁거리니 자신은 동물이 아니라며 동물 취급하지 말라는 애교를 부린다. 마음이 한결 가벼워졌나 보다. 그마저도 뭉개진 발음 탓에 '동무 취급' 정도로 들렸는데 나는 공허한

복도에서 작게 공명하던 그 발음을 아직도 종종 그리워한다.

들어가서는 해명의 시간을 가져야 했다. 종일 핸드폰을 꺼둔 이유. 원체 잘 나가지 않는 내가 외출한 이유. 술 냄새와 아침이 되어서야 돌아온 이유. 향수 냄새가 짙게 나는 이유. 누가 봐도 일탈을 즐기고 온 이의 행태였다. 난 한심하게도 "그건 오해야.", "좀만 더 기다려 줘. 어디 안 갈게.", "나 때문에 상처받지 마. 그럴 가치 없는 사람이야." 따위의 말들만 뱉었다. 전부 상황을 설명하기보단 동정을 일으키거나 회유하기 위한 언어였다. 그는 분명 풀릴 거다. 굳이 솔직하지 않아도 굳게 믿어 줄거다. 나를 버리지 않을 거다. 조금만 더, 상황과 과거가 정리되면 그와 하나가 될 수 있을 것이다. 그 순간, 비가 나에게 했던 말을 그대로 원에게 하고 있는 나 자신이 가련하게 느껴졌다.

"작가님은 나와 닮게 될 거예요." 언젠가 들은 그 말이 초상화가 되어, 나는 지체 없이 그 형상을 닮아 가고 있었다.

"그건 오해예요.", "조금만 더 천천히.", "작가님은 나 때문에 아프지 마요."

이미 다 소화했던 그의 문장을 내 입 밖으로 토해 내 보니 알겠다. 그것들은 죄다 설명할 수 없는 사연에서 흘러나온 말들이었다. 다 이야기할 수 없는 비루함과 까마득한 우울에서 나오는, 애정하는 이를 향한 무책임한 언어였다.

검은 사정. 하얀 속내. 회색의 말. 거짓보다 더 거짓 같은 이야기. 신기였을까. 어쩌면 비는 실로 나를 보며 자신을 보았던 것일까. 그도 그랬을까. 말하지 못하는 복잡한 사정이 있었을까. 그래서 염치없는 말들을 읊조릴 수밖에 없었을까. 조개처럼, 살기 위해 모든 사연을 앙다물고 있는 것이었을까. 원처럼, 현관문 안의 진실을 마주하기 두려워 웅크려 앉은 것이었을까. 어쩌면 나는 수처럼, 다 씹어 내지 못한 결핍을 뱉고 다시 주워 담으려 노력하는 꼴이었을까.

진절머리가 났다. 그럼에도 한편으로는 원이 내 옆에서 새근새근 잠든 이 순간이 아득한 초원에서 뒹구는 기분이었다. 밤을 꼬박 지새운 새벽, 우린 같은 시간에 누웠지만 난 뜬눈으로 또 다른 아침을 맞았다. 옆에 잠든 이는 꿈에서 어떤 놀이를 하는지 걸음마를 하는 아이처럼 꾸물꾸물 다가와 안기려 든다. 이대로 시간이 멈추었으면 좋겠다. 아니, 시간이라는 개념이 죽었으면 좋겠다. 이보다 환한 세상은 죽음밖에 없겠지. 더는 그와 나의 시차가 없어지면 싶었다. 이 애틋한 마음이 연착되지 않기를. 시간이 그와 내 세상 안에서 이만 사라져 버리기를.

사연은 길고 역했으며 속마음은 차마 삼킬 수 없이 화사했다.

구원 2

누추한 하루와 저렴한 일상을 꿈꾼다. 우중충하게 어스름이 지는 저녁, 보일러를 외출로 돌려놓은 바닥에 마주 앉아 있다. 얼마나 오래 두었는지 다 녹아 보리차 같은 채도를 띠는 아이스아메리카노. 구석엔 버섯 모양의 무드등 하나. 프레임이 없어 바닥에 착 붙은 매트리스와 쿠팡에서 산 것처럼 보이는 회색 차렵이불. 널브러진 옷가지와 편의점에서 산 1L짜리 생수병 서너 개. 언제 꺼냈을지 모를 말라비틀어진 물티슈. 먼지가 쌓여 회색이 되어 버린 공유기. 핫플레이스와 벽을 쌓은 두 사람. 상아색으로 갈변한 냉장고, 언제부터 있었는지 모를 배달 음식. 환기를 미루고 미뤄 텁텁해진 공기, 둘의 온기와 호흡으로 데워지는 방 안. 뽀송하지 않아 뽀득거리며 부딪치는 살결. 이내 미끄러지듯 포개지는 둘. 저녁잠을 자고는 잠옷 그대로 잠바 하나만 챙겨 나선 산책. 예정 없이 마주친 무인 아이스크림 가게에서 나눠 먹는 쌍쌍바. 돌아오는 길에 편의점에서 산 이름 모를 와인. 이건 바디감이 네 칸이래. 몰라, 그냥 단 거 사자.

오프너를 쓸 줄 몰라 낑낑대는 사이, 너는 볼 영화를 찾지. 와인 잔은 없으니 종이컵으로 대신할까 묻는 나에게, 너는 언젠가 본 영화지만 다시 보고 싶다고 말해. 난 둘 다 처음 본 걸 보자 답했지만, 꼭 그걸 보자는 너의 고집에 내 의견을 한풀 꺾어. 우린 잘 마시지도 못하는 와인에 취해 다음 날이면 영화 내용을 기억하지 못하곤 하지. 아, 이거야. 내일도 다음 주도 다음 달도 오늘만 같이 누추하고 덧없어라. 너도 같은 생각인지 나를 보며 히죽 웃어. 이것이 내가 꿈꾸는 가장 이상적인 하루야. 저렴한 소원이야. 사람들은 이걸 사랑이라 부르고.

회고 6

"잘 잤어? 악몽 안 꾸더라. 오늘은." 원은 도치법을 자주 썼다. 난 유독 그의 발음과 문장을 좋아했다. 물렁한 과육처럼 짓이겨진 그러나 분명한 중력을 지닌 음절. 난 그를 동물처럼 여기며 매만지곤 했는데, 어떤 때는 사슴이었고 또 어떤 때는 토끼였다. 그러나 도치법을 쓰는 모습에 착안하여 새끼 고슴도치 취급을 가장 많이 하곤 했다. '도치'라는 글자들이 겹친다는 이유에서였다. 나는 그의 헝클어진 머리칼을 낱낱이 쓰다듬었다. 고슴도치라고 생각하며. 꼭 동물 취급하는 것에만 눈치가 빨랐던 원은 앙탈을 부렸다. "동물 취급이잖아." 정말이지 어떻게 안 것일까. 아침에 눈을 뜨자마자 씻지도 않아 농익은 그의 속살 이곳저곳을 벌려 내고 킁킁거렸다. "꼬순내. 잘 숙성되었군." "이거 아닌 거 같애. 오빠." "동물 취급이 그렇게 싫어?" "응. 나 차가운 사람이야. 사회에서는." "그게 좋아. 나에게만 누그러지는 거니까." 발음이 어그러지는 탓에 신용카드를 물고 발음을 연습했다는, 차분해 보이고 싶어서 도치법을

244

쓰기 시작했다는 그 노력이 무색하게 나는 그의 단점과 애씀을 편애했다. 어쩌면 그 도치법이 세상을 향해 바늘을 세운 것만 같아서, 주인에게 가시를 누그러뜨리는 고슴도치의 습성처럼 어그러진 발음은 내 앞에서만 적용되는 것 같아서. "원래 안 그래. 오빠한테만…." "알아. 근데 항상 마지막에 오빠를 붙여?" "그게 제일 하고 싶은 말이니까." "그렇게 나를 하고 싶어?" 나는 중의적인 표현을 섞어 말하고는 그의 속살을 이곳저곳 수색했다. 그는 이내 나뒹구는 손짓에 굴복하듯 팔과 다리를 펼쳐 몸을 맡겼다. "오늘은 안에다 해 줘. 오빠." 대답이 없자, 원은 조르기를 시작했다. "응? 내가 낳아 줄게. 오빠를." 언제부터였을까. 섬뜩했던 건지도 모른다. 나를 낳고 싶다는 그의 욕망에 버무려진 나 자신이. 너무 앞서버린, 그래서 그의 등 뒤에서나 발음되는 내 존재가. 두 명이 될 수도 있는, 그의 똘망한 두 눈에 비친 내 자아가. 그를 새끼 동물처럼 귀여워하는 동시에 욕정을 푸는 수단으로도 여겨 매만지는 내 육신이. 나를 낳을 생각을 가지고 살아온 것만 같은 광기 어린 그의 모성이.

시차

"우린 지구 반대편에 있어." 언젠가 원이 말했다. 난 그 말의 의미를 물었고, 그는 우리의 밤낮이 서로 반대라 엇갈린 시간 속에서 연애하는 것 같다고 말했다. 일어나고 잠드는 사이사이마다 인사를 주고받는 행위가 꼭 지구 반대편에서 편지를 주고받는 것 같다고. 그가 잠에서 깨면 내가 보내 둔 굿모닝 문자를 받고, 내가 잠에서 깨면 그가 남겨 둔 안부를 읽는다. 우린 이처럼 손 뻗으면 닿을 거리에서 열두 시간 정도의 시차를 두고 하루를 보냈다. 난 지금 은근히 불만을 표출하는 거냐며 그의 목과 귀 사이의 야들야들한 살결을 쓰다듬었고, 그는 동물 취급하지 말라는 애교를 부린다. 어쩐지 행복했다. 반복되는 행동과 애교 속에서 느껴지는 그 안락한 감각이. 어떤 인사와 대화가 열두 시간이나 뒤늦게 닿아도 이미 남부럽지 않게 충만한 그와의 일상만은 지켜 내고 싶었다.

*

　겨울이다. 희다. 그사이 인사말은 나무가 잎사귀를 벗어
내듯 "감기 조심하세요."로 바뀌었다. 어딜 가나 꼬마전구를 짐
처럼 짊어진 트리들이 저마다 자태를 뽐냈다. 캐럴은 언제까지
고 메아리칠 것처럼 울렸다. 난 이 밝고 들뜬 음정이 싫증 날
것을 대비해 가을이 연상되는 조용한 클래식을 틀었다. 거리에
는 커플들의 데이트가 한창이었다. 머지않아 사람들로 가득 차
겠지. 겨울은 낭만과 로맨스의 계절이라지만 나에겐 그저 넘치
는 인파가 버거울 뿐이었다. 차라리 집에 틀어박혀 너덜너덜한
누빔을 입고 편육이나 먹으며 단편 영화를 보면 될 일이다. 나
는 보통의 삶과는 시차가 있는 생을 살아왔다. 밤낮이 뒤바뀐
하루가 대부분이었고, 계절 또한 몇 겹씩 뒤틀려 있었다. 봄에
는 뜻 모를 우울감에 방 안을 더욱 어둡게 해 두었으며, 여름에
는 종일 에어컨을 틀어 놓고는 두꺼운 차렵 이불을 덮었다. 겨
울이 오면 사랑이 자욱한 곳을 피해 오직 1인분의 온기만 존재
하는 집으로 숨어들었다. 반대라는 개념이 겹겹이 쌓이다 보
니 이젠 얼마만큼의 반대인지조차 가늠하기 어려워졌다. 누군
가의 아침이 나에겐 암전이었고 나의 기상은 누군가의 마무
리가 되었다. 허겁지겁 잠에서 깨어나면 풍경은 늘 어둠에 잠
겨 있었고 쌓인 연락에 채무자처럼 쫓기며 사는 기분이었다.

어떤 이의 낭만은 나에게 버거움으로 와닿았고 어떤 이의 관심은 숨어들고 싶은 혹한이 되었다. 이런 방식의 하루는 틀렸다며 질책하기 바쁜 자해의 삶을 살아왔다.

이런 나에게 원의 말은 잘 드는 안정제 같았다. 시차일 뿐이라고. 지구 반대편에 있다고 생각하면 될 일이다. 그러니 그건 단지 차이라 칭할 수 있는 노릇이다. 틀린 게 아니다. 조금 늦거나 이른 것이다. 사뭇 다르게 살 뿐이다. 밟은 땅의 차이가 있을 뿐이다. 열두 칸 남짓한 간격의 시침일 뿐이다. 열두 바퀴를 도는 분침일 뿐이다. 칠백이십 바퀴를 도는 초침일 뿐이다. 그 정도다. 정말 틀린 것은 세상의 잣대도, 늦거나 이른 시간도, 반대로 도는 계절도 아니었음을. 오직 편협한 자기 폄하만이 유일한 틀림이었음을.

*

크리스마스이브엔 원이 요가를 마치고 늦은 밤에 만나 근사한 와인바에서 크리스마스를 맞이하는 것을 목표로 했다. 이브에도 아침이 되고서야 잠이 든 나는 저녁쯤으로 알람을 맞춰 놓았다. 그러나 알람 대신 도어락 번호를 누르는 소리가 울려 퍼졌고, 나는 화들짝 놀라 잠에서 깼다. 창밖은 이미 어두웠고 푹 잔 느낌까지 더해져 영락없이 늦잠을 잤나 싶었다. 한쪽

눈을 찡그린 채 현관 센서등 아래를 바라보니, 코와 볼이 빨개
진 원이 다이소에서 산 것 같은 사슴 머리띠를 쓰고 서 있었다.
꿈인가…? 무대의 하이라이트를 장식하듯 등장한 원은 꼭 극
중 루돌프 역을 맡은 사람 같았다. 한 손에는 포트와인을, 다른
한 손에는 눈송이를 연상시키는 생크림 케이크를 들고 있었다.

"나 못 일어난 거야? 미안…. 몇 시야, 지금."

잘못한 표정으로 그에게 물었다.

"오빠, 아니야. 괜찮아. 내가 일찍 온 거야. 빨리 보고 싶었어."

그해 크리스마스에는 함박눈이 내렸다. 밖에서 보기로 했
던 약속과는 다르게 되었지만, 따뜻한 방 안에서 맞이하는 크
리스마스였다. 이는 분명 나의 취향과 그의 취향 간의 시차에
서 원이 한 뼘 양보해 준 것이었다. 예약해 두었던 와인바는 일
찍이 취소했다고 했다. 함께하는 첫 성탄을 나에게 가장 편한
기억으로 남게 해 주고 싶었다고. 그나저나 그가 사 온 와인과
케이크는 둘 다 달아서 페어링이 엉망이었다. 조합은 고려하지
않고 좋아하는 것들로 골라 온 것이 꼭 막무가내인 성격이 반
영된 것 같았다. 나는 사슴 꼴로 등장한 원에게서 착안해 오늘
의 조합을 '루돌프 정식'이라 앙증맞게 이름 붙였다.

루돌프 정식과 함께한 크리스마스. 창밖으로 유성우가 느릿
느릿 떨어진다. 적당한 취기가 오르고 분위기가 무르익자, 원은

의중이 분명한 고백을 한다. "많이 사랑해, 오빠." 그러고는 사랑한다는 말을 갈구하는 눈빛을 함박눈 못지않게 내려보낸다. "왜 답이 없어. 오빠는?" 부담스러웠다. 눈 꽉 감고 확 뱉어 버리면 될 일이 참 힘들다. 사랑이라는 두 음절이 뭐라고 나에겐 과중하다. "사랑이 뭔데?" 역으로 물었다. 그는 "아끼는 거지. 좋아하는 거고. 많이." 명료히 답한다. 난 감정에 대해 더 파고들어 물었다. "그러니까, 누군가에게 편함이란 소파에 기대는 걸 수도 있지만, 또 다른 누군가에게는 바닥에 앉는 게 더 편할 수도 있잖아." "응, 그치." "이렇듯 상대적일 수 있으니까, 네 사랑의 정의가 궁금해. 그 기준에서 아주 엇나가지만 않으면 나도 너의 언어로 사랑을 하고 있는 거니까." 그는 내 말에 완전히 공감하지는 못했지만, 사랑한다는 말을 듣기 위해 골똘히 궁리한다. "음…. 맛있는 거 먹으면 제일 먼저 생각나, 오빠가. 아침에 일어나서도 제일 먼저 생각나고. 또…." "알았어. 먼저였어. '맨 앞'이 네게 있어 사랑인 거야." "응, 맞아. 그래서 오빤? 나 사랑해?" 원은 사랑의 정의 따윈 와인과 케이크의 페어링만큼도 관심이 없는 눈치였다. 지금 이 순간, 밖엔 눈이 내리고 있고 재즈가 흐르는 오붓한 시간 안에서 사랑한다는 말을 듣고 싶을 뿐이다.

탁상 위 미니 가습기는 모래시계라도 된 듯 눈금이 줄어들고 있다. 그 근처에 원의 머리칼 두어 가닥이 놓여 있었다. 자연

갈색에 멜론 향 샴푸 냄새가 가닥가닥 밴. "여기 또 머리카락 보인다." 원은 모근이 유달리 약한 편이라 그가 머문 날이면 내 집은 사방에 머리카락이 흩어져 있었다. 그도 그 사실을 아는지 내가 연초를 태우러 나간 사이 바닥을 쓸어 둥지처럼 모으곤 했다. "말 돌리지 말고, 오빠." 아차차. 둘 사이에 해결할 게 있었지. '나도 사랑해.'라는 문장을 둘러싼 줄다리기는 어느새 한 시간을 훌쩍 넘겼고, 원은 지쳤는지 꾸벅꾸벅 졸고 있다. 크음. 헛기침으로 무언가 말하려는 신호를 보냈다. 그는 졸린 고개를 곧추세우고 귀를 쫑긋했다. "네 머리카락을 치우는 게 즐거워." 실망한 원은 사랑한다는 말을 듣고 싶다며 다시 조르기를 시작했다. "말고…. 듣고 싶어, 얼른." "방금 했잖아." "했어?" "응. 방금 했잖아." "나 졸았어?" 그는 울상이 되어 처음인데 졸다가 못 들었다며 작은 주먹으로 바닥을 통통 친다. "아냐, 깨어 있을 때 했어. 곰곰이 생각해 봐. 일단 자자. 오늘은 같이." 원은 사랑한다는 말을 조르기에도 지쳤는지, 취기를 이겨 내지 못하겠는지, 침대로 가서 이불을 돌돌 말고는 동면에 드는 동물처럼 픽 쓰러져 잠이 들었다. 난 그의 옆에 누워 새근거리는 호흡을 캐럴 삼아 창밖에 내리는 함박눈이 되어 스르륵 잠들었다.

원은 평소보다 늦게 꿈을 꾸었음에도 몸의 리듬에 맞춰 아침에 눈을 떴다. 나는 널브러진 머리칼을 치우느라 연신 부스럭대는 그의 움직임에 평소보다 일찍 깨고 말았다. 졸린 눈을 비비며 그를 바라보니, 아주 오랜만에 만난 친구처럼 사연이 가득 쌓인 얼굴로 내게 할 말이 있다고 한다. 난 잠든 새 쌓인 메시지를 확인할 때처럼, 알기도 전에 잔뜩 겁부터 났다. 분명 서운하다는 말이겠지. 어쩌면 시간을 가지자는 말일까. 아니, 헤어지자는 말일 수도 있다. 어쩌면 꺼지라는 말일지도 모른다.

원은 급작스레 광기 어린 표정으로 얼굴을 바짝 들이밀었다. 난 자다 일어나 입냄새가 날 거라며 뒤로 물러섰지만 그는 따끈하게 데워진 얇은 입술을 내 입술에 착륙시켰다.

사랑, 사랑. 분명 사랑한다는 말을 들은 것 같다고 했다. 걱정과는 달리 내 마음을 알게 되었다는 아주 다정한 어감과 내용이었다. 머리칼을 치우는 게 즐겁다는 내 말을 곱씹다 보니 뭉클해졌다고. 내가 자는 동안 머리칼을 치워 보니 생각보다 훨씬 고된 일이었다고. 욕실에도, 거울 밑에도, 그리고 탁상 밑에도 머리칼이 이렇게 많을 줄이야…. 매번 오빠가 다 치웠던 거야? 그러곤 덧붙여서 말했다.

"그래서 알게 됐어. 내가 오는 게 좋은 거지? 그래서 힘든 줄도 모르고 머리칼을 줍는 게 즐거운 거지? 오빠의 사랑은 나처럼 앞선 게 아니라 뒤늦은 거였어."

성탄이다. 희다. 사랑한다는 안부는 나무가 잎사귀를 벗어

내듯 "난 당신의 머리칼을 치우는 것이 즐겁습니다."로 바뀌었다. 내 마음이 지구 반 바퀴를 돌아 열두 시간이 채 되지 않는 시차를 두고 그에게 가닿은 것이다. 나른한 오후 2시, 온갖 틈을 비집고 들어오는 빛, 시트러스 향이 솔솔 나는 드립 커피를 챙겨 와 내리기 시작하는 그. 우린 같은 공간에서 이 안락하고도 다정한 시차를 누린다. 그 덕에 원의 크리스마스는 분명 이제 막 시작인 셈이다. "메리 크리스마스." 어제 미처 건네지 못한 말을 그에게 조금 늦게 전한다. 나를 보며 그는 "해피 크리스마스."라고 말하고는 히죽 웃는다. 이건, 눈이 와서 세상이 희어진 게 아니겠지. 속으로 되뇌었다.

사랑한다는 건 뭘까, 조금 더 뒤늦게 발현되고 발견되는 마음이다. 적어도 나에게는. 누군가의 언어로 사랑이 '앞선' 것이라면, 나의 사랑은 '늦은' 것이다. 그를 알게 된 후로 나는 그것이 틀렸다고 생각하지 않는다. 나의 삶도, 마음도, 우울도, 결핍도, 사랑도 전부 어그러진 것이 아니다. 적어도 이 세상 어딘가에는, 그것들을 맞게 만들어 주는 사람이 한 명쯤은 있으니까. 12시간 차이가 나는 곳에. 아니, 어쩌면 지구 한 바퀴 하고도 12시간 차이가 나는 곳에. 아니, 어쩌면 지구 10바퀴 하고 12시간… 아니, 100바퀴 하고도 12시간 차이가 나는 곳에.

서신 6

내 세상은 악독해. 환멸이 가득하고 날마다 느는 마음의 염
증은 깊어. 누군가와 다정히 잠드는 일은 힘에 겨운 일이지. 그
흔적을 감추는 것은 지치는 일이고. 가난하고 좁아. 네모 두 칸
짜리 이 공간이 겨우 내 세상이야. 이 좁은 곳을 지구보다 넓은
듯 구석구석 탐험했는지 너의 머리카락은 좁은 틈새까지 메우
고 있고 하수구에 얽혀 있어. 지금도 내 발바닥에 눌려 있기도
해. 너는 치우지 않아도 괜찮아. 나만 가지고 싶은 취미니까. 네
가 떠나고 나면 난 즐겁게 머리칼을 줍지. 가끔 향을 맡기도 해.
가끔은 버리기 아까워 그냥 두기도 하는 걸 아니. 이게 요즘 내
일상의 오락이야. 네 흔적을 발견하는 것. 떨어져 나간 네 세포
들을 수집하는 것. 때론 모른 척하는 것 때론 음미하는 것. 이
게 어떻게 사랑이 아닐 수 있니. 아무렴, 자주 와. 비밀번호도
알려 줬잖아. 시도 때도 없이 와. 마음 같아선 꽉 같이 살자 말
해 볼까. 나에게 할 일을 만들어 줘. 내 좁은 세상을 자꾸 그립
게만 꾸려 줘. 네가 없어 혼자 남겨진 시간조차 공허에 두지 마.

네 세포가 다 뽑혀 사라지더라도 나를 즐겁게 해 줘. 마음이 수명을 다하기 전에 뭐라도 자꾸 남기고 가. 내가 이 좁은 세상에서 더는 방황하지 못하도록. 필요해. 지금, 어제, 아니 어쩌면 태어나기 전부터. 너를 경험하지 못한 시간에서부터 나는 네가 필요했을지도 모르는 일이야. 단지 조금 뒤늦게 깨닫게 된 거야. 내 사랑은 언제나 다 지난 후에 알게 되는 거였거든.

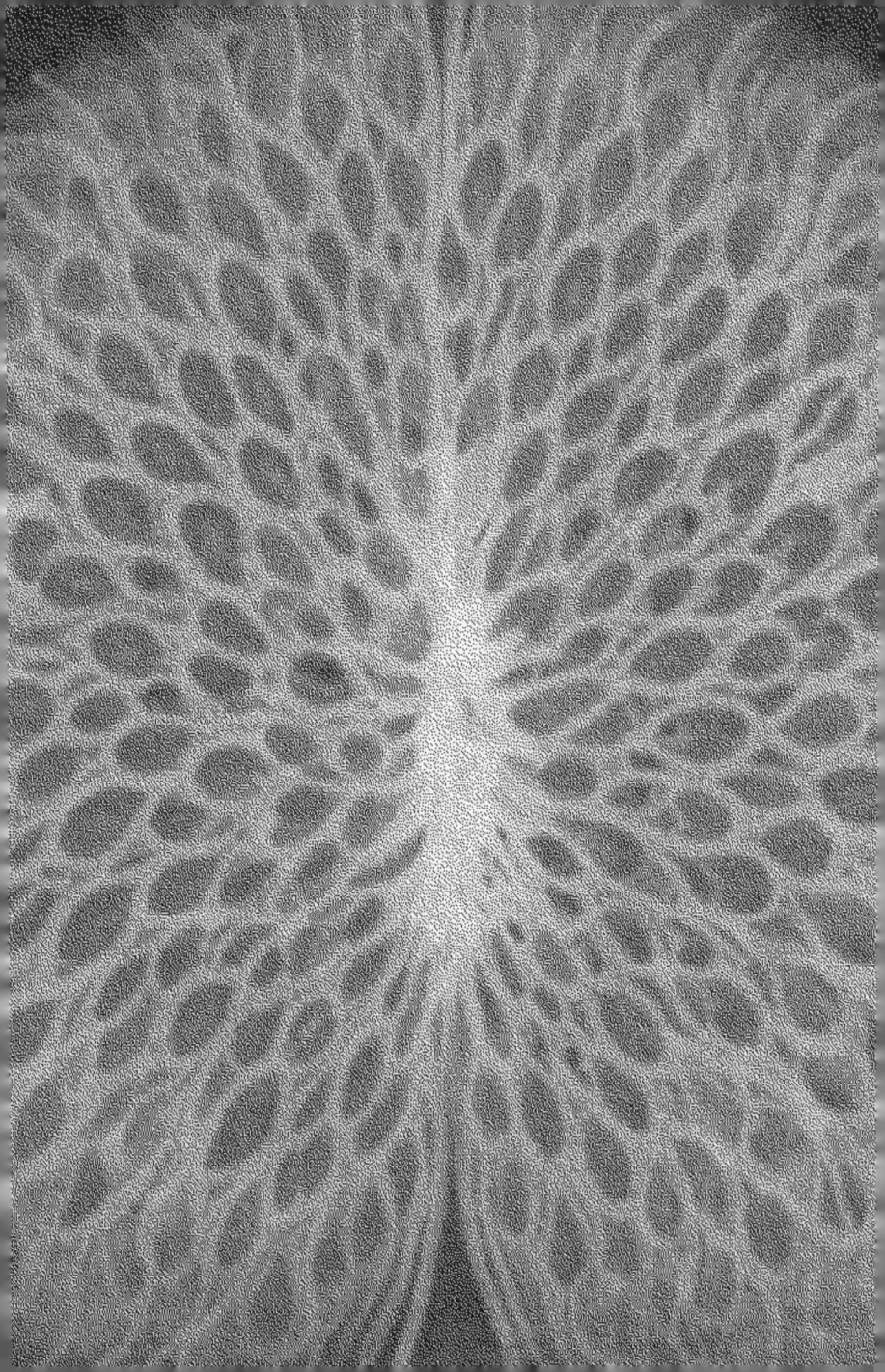

4부

**가난과 회고
그리고 나**

가난

어린 시절엔 상가에 살았다. 반지하였다. 집안 사정이 넉넉지 못해서 상가에 방 한 칸을 얻어 지낸 게, 내 학창 시절 기억의 전부다. 석면으로 둘러싸인 밀실이었다. 온수가 나오지 않아 매번 냄비에 물을 끓여 더러운 몸을 씻었다. 그땐 그게 가난이라는 걸 몰랐다.

상가 2층에는 교회가 있었다. 그 교회에 다닌 지 얼마 지나지 않아 또래 친구들을 사는 곳에 초대했다. 이후로 난 알게 모르게 집단에서 외면을 당했다. 말을 걸려고 해도 그놈의 '마나'가 무엇인지 알 수 없었다. "나 마나 몇이다!" "정말? 난 몇 마나인데…. 부럽다." ('마나'는 당시 디아블로2에서 가장 인기 있던 직업인 소서리스의 핵심 능력치였다) 서로 경쟁하듯 자랑하고 키득거리는 음성 사이로는 도무지 낄 틈이 보이지 않았다. "만화…. 몇? 그게 뭐지…." 뒤에서 나에 대해 말하는 것이 고작 '상가에 사는 애', '컴퓨터가 없는 애'였을 때, 난 우리 집이 가난한 애들보다 더 가난한 편이라는 걸 알게 되었다.

집안의 부족함을 알게 된 후로는 컴퓨터를 가지고 싶다는 꿈도 꾸지 못했고, 프로스펙스 운동화를 신고 싶다는 칭얼거림도 꺼내지 못했다. 얻으려는 노력보단 회피하려는 성향이 강해졌다. 주둥이로 전해지는 가난에 대한 더러운 소문을 씻어 낼 방안이 없었다. 냄비에서 펄펄 끓는 물을 저들에게 부어 버리고 싶었다. 끝내 '교회에 가기 싫다'는 말을 꺼냈을 때, 아버지는 매를 드셨다. 어머니는 그를 작은 몸으로 막아서시고는 나를 방으로 데려갔다. 멍든 허벅지에 안티푸라민을 발라 주시는 따듯하고 섬세한 손길을 느끼고 있자니 속에서부터 분노가 냄비 물처럼 들끓었다. "집에 들이는 게 아니었어. 제길… 컴퓨터만 있었다면." 좀처럼 상황과 감정을 잘 뱉지 않던 어린아이의 한탄과 욕망을 마주한 어머니는 머지않아 컴퓨터를 사 주겠다고 약속하셨다.

부모님은 겉옷도, 과일도, 당장 필요했던 식탁조차 사지 않고 돈을 모아 나와 누나를 위해 컴퓨터를 사 주었다. 그리고 서너 번의 계절이 흘렀을 무렵, 내 이야기를 이미 알고 계셨다는 듯 당시 꽤 가격이 나갔던 디아블로2 시디까지 선물로 건네주셨다.

*

유독 장마가 길고 거셌던 2000년대 초반, 사는 상가 지하엔 누렇게 썩은 물이 범람하고 있었다. 서걱서걱 소리를 내며 쓰레받기로 물을 퍼내는 아버지와 나를 작은 손으로 연신 긁으며 깨우는 어머니. 영화 <기생충>에서나 나올 법한 역한 장면이었다. 새벽 공기는 찝찝하다 못해 찐득거렸고, 말이 잘 들리지 않을 정도로 빗소리는 드셌다. 누런 물 위로는 바퀴벌레와 쥐며느리가 동동 떠다닌다. 아차, 컴퓨터. 난 컴퓨터가 있는 곳으로 향했다. 컴퓨터용 책상도 없이 바닥에 놓여 있던 터라 본체는 이미 반쯤 잠겨 있었다. 온 가족이 힘을 합쳐 물을 퍼내는 와중에도 내 신경은 온통 컴퓨터에 가 있었다. 그 어떤 것이 잠기더라도 컴퓨터만은 안 되는 거였다. 그건 컴퓨터를 걱정해서가 아니었다. 유일한 오락을 잃는다는 상실감 때문도 아니었다. 컴퓨터 없는 애가 되는 게, 다시 가난한 애로 전락하게 될 게 두려웠다. 관계와 소문, 갈망과 결핍이 곤충 사체처럼 둥둥 떠다니는 지저분한 걱정이었다.

애석하게도 그날 컴퓨터는 고장 났다. 이후로 한 2년간 다시 게임을 할 수 없었고, 중학생이 돼서야 새 컴퓨터를 가질 수 있었다. 나는 이 사실을 숨기기 위해 매일 게임을 하는 척, 캐릭터를 키우는 척을 해야 했다. 게임 가이드북을 교과서 대신 외워 가며 그들의 틈에 당당히 서기를 꾀했다. 몇 년 동안 내가 키운 건 캐릭터가 아니라, 캐릭터를 키우는 나였다. 세상이라는 게임 속에서 나는 가난과 소문이라는 환난에 저항하기 위해 거짓이 필요했다.

*

내 삶은, 아니, 내 가난은 그리고 결여는 늘 이런 식으로 흘렀다. 가난인지도 모른 채 비루한 마음으로 누군가를 초대했고, 그 가난을 이유로 책망과 비난을 받기 일쑤였다. 그러고는 원망과 비탄을 애써 외면하기 바빴다. 운 좋게 채워진 결핍은 생각지 못한 악운으로 인해 망가졌고, 난 이미 메워진 삶을 유지하기 위해 거짓과 위선의 날들을 보내야만 했다. 그게 참 싫었다. 시작은 다정한 초대였지만, 끝에 가서는 얄팍한 사람이 되어야만 한다는 게. 허황을 일삼아야만 내가 유지되는 삶이라는 게. 기만을 통해서야 그나마 설 수 있는 이 말로가 참으로 애석했다. 어렵고 익숙지 않은 가난이란 그런 것이었다.

구피

구피라는 물고기는 태어나자마자 부모에게 먹힌다. 출산 직후 영양을 보충하려는 부모는 갓 태어난 새끼를 삼키려 들고, 새끼에게 자신을 낳아 준 존재는 곧 천적이 된다. 그로부터 살아남기 위해 새끼는 본능적으로 부모가 없는 방향으로 헤엄을 친다.

그러니까 이를테면 사랑으로 인해 탄생한 나는, 잡아먹힐까 두려운 것이었다. 깊고도 아득한 구멍에 적게나마 소유한 일말의 것들까지 매몰될까. 한 번 사랑하면 끝없는 우울과 파란으로 물드는 내 삶이 섬뜩했다. 그 천적으로부터 살아남기 위해 본능적으로 불미스러운 삶을 택했을지도 모르는 일이다.

사랑을 좀 마음 놓고 하고 싶었다. 떳떳한 다정을 주고받고 싶었다. 그래서 어느 날은 수를 사랑하고 싶었고, 그다음 날은 비를 사랑하고 싶었다. 그리고 이틀 후엔 원을 사랑하고 싶었다. 글피가 되었을 땐 난 여전히 공허에 삼켜지고 말았다. 역한 주둥아리 속으로 추락하여 잘근잘근 씹히는 새끼 물고기에 불과했다. 나를 있게 했던 모든 것들로부터 으스러지는 사람이 되어야 했다.

가난 2

동수가 아홉 개는 족히 넘어 보이는 아파트에만 있는 놀이터가 부러웠다. 명절을 맞아 잘 산다고 입김이 꽤 부는 친척 집에 갔을 땐 방 안에 진열된 미니카들을 트로피처럼 바라보며 동경의 눈빛으로 쏘아봤다. 거지가 동냥하듯 혹시 하나쯤은 주지 않을까 싶어, 정말 부럽고 멋지다며 괜히 아양을 떨기도 했다. 그러나 미니카를 선물 받는 일은 끝내 없었고, 종일 알랑거린 사람이 된 꼴에 신경질만 났다. 수치심과 불편을 안고는 아파트 안의 지구만큼이나 넓어 보이는 놀이터로 향했다. 그곳엔 이곳 주민인지, 추석이라 놀러 온 건지 모를 애들로 가득했다. 흠. 미니카를 받지 못한 이 속상함을 어떻게 풀까, 멍하니 고민하다 최대한 이 아파트에 사는 애처럼 보이고자 노력했다. 뱅뱅이도, 그네도, 시소도 너무 타고 싶었지만 욕구를 감춘다. 왜냐면 난⋯. 여기 사는 애니까. 매일 와서 진즉 질려 버렸을 테니까. 그런 무감각한 시선으로 나 자신까지 철저히 속이고 나니, 아파트 주민인 애들과 놀러 온 애들이 명백히 구분된다.

"내가 밀어 줄까? 이거 같이 타자!"하고 여유를 부리며 먼저 손을 내미는 애들이 여기 사는 애들이다. "음…. 난 별로."라는 뉘앙스로 쪼그려 앉아 구경만 하거나, 소심해서 쭈뼛쭈뼛 서 있다가 끌려가는 애들이 분명 놀러 온 애들이다.

난 스스로 이 공간 속에서 헛돌고 있다는 민망함을 품은 채 쭈뼛거리며, 아이들이 노는 풍경을 구경했다. 그 순간, 놀이터의 가장 깊숙한 구석에서 무언갈 심고 있는 아이가 눈에 들어왔다. 가까이 가서 보니 다 죽은 나뭇가지를 땅에 꽂고 있었고, 너무 열중한 탓에 내가 다가온 줄도 모르는 눈치였다. 궁금해진 나는 아예 닿을 만큼 바짝 옆으로 다가갔다. 그제야 나를 인식했는지, 아이는 "왜?" 한마디를 던지곤 다시 할 일을 했다. 나는 "응?"하고 반응했다가, 곧 "왜 이러고 있어?"하고 물었다. 아이는 큰 아파트엔 처음 와 본다고 답했다. 그러고는 이어 말했다.

"이렇게 큰 아파트에 나무가 너무 없어. 나무가. 내가 사는 곳은 시골이어서 나무가 숲처럼 많거든."

난 물었다. "나무가 많으면 좋은 거야?"

그 애가 답했다.

"여기에 나무가 많아지면 나도 여기 살 수 있는 거잖아."

"같이할까?"

"그래! 너도 여기 살고 싶어?"

"아니…. 난 여기 살고 싶진 않아."

"그럼 왜?"

난 답했다.

"여길 산으로 만들고 싶어. 나도 시골에서 왔거든. 거긴 갈비찜도 자주 못 먹고, 미니카도 없어. 젠장, 여기가 시골처럼 나무밖에 없어지면 좋겠어."

*

서른이 훌쩍 넘은 지금까지도 종종 그 애를 떠올린다. 단 하루, 같은 목표를 품었지만 나와는 전혀 다른 꿈을 꾸었던 아이를. 동갑이었고, 이름은 민규였다. 찬 바람을 맞으며 몇 시간이나 나무때기를 놀이터에 심어 댔으니 전우애 같은 게 생겼달까. 언젠가 꼭 다시 만나고 싶다. 아니지, 실은 민규를 만나고 싶은 건 아니다. 그는 이제 나와 함께 나무를 심지 않을 것이다. 난 죽은 나무라도, 다른 꿈을 가지고 있더라도 함께 심어주던 그때 그 애를 만나고 싶은 것이다.

민규야, 아니 민규 씨. 그래서 그 꿈은 이루셨는지요. 지금은 아홉 동은 훌쩍 넘어서 놀이터가 있는 아파트에 살고 계신지요.

난 여전히 가난에 삽니다. 뿌리 없는 삶은 허무만을 심어요. 우리가 그때 숲과 산이 되기를 바라며 묻어 두었던 가지처럼 도저히 자랄 수 없는 무언가를. 그저 결핍만이 알 수 없는 악의로 자라요. 세상이 나와 동등하게 가난해지기를 아직도 바라요.

그래서 종종 그때 그 애처럼 이 허황을 함께 심어 줄 이가 필요해집니다.

서로 다른 꿈을 꾸더라도 묵묵히 함께할 이가 필요해집니다.

조화

식물로 방을 꾸미고 싶지만, 물을 주는 주기과 양을 맞추지 못하는 버릇 때문에 늘 식물을 죽이는 사람이었다. 외마디 비명도 지르지 못해 밀실에서 죽어 간 잎새를 잘게 부숴 토분土盆 속에 묻어 버렸다. 조금의 양분이라도 되기를 바라는 심정으로.

마음은 과하거나 부족하면 시드는 것이며, 반드시 때를 맞춰야만 했다. 내 안의 세상에서 주렁주렁 자라던 이들도 그렇게 개화하지 못하고 스러졌다. 난 이미 저문 것들을 아름답게 피우고자 추억이란 토분에 묻는다. 허무였다. 거둘 수 없는 과오가 되었노라.

이제는 방을 푸르게 만들고 싶어질 때마다 조화를 산다. 그게 마음 편한 길이다. 아무리 만져도 때 타지 않고, 관심을 주지 않아도 내내, 그리고 끝내 아름답다. 욕심을 부릴 필요도 없고, 귀찮게 흙을 갈아 줄 일도 없다. 가짜. 가짜라는 사실만 모른 척하면 된다. 나만 그렇게 생각하면 모든 것은 아름다운 일이 된다. 나만 그렇게 외면하고 살면 죽는 이도 죽인 이도 없는 평화만 남는다. 나만 그렇게 사랑을 방관하고 살면 상처받을 이도 준 이도 없는 한 폭의 명화로 기억된다.

가난 3

난 이따금 공부하는 척 교과서를 펼쳐 놓고 아버지의 낡은 폴더폰을 훔쳐 '주주클럽'이라는 게임을 했다. 당시 핸드폰을 사면 기본으로 깔려 있던 게임이었다. '테트리스'나 '뿌요뿌요'처럼 퍼즐을 푸는 방식으로, 주어진 시간 안에 동물을 세 개 이상 병렬, 일렬로 맞춰 스테이지를 깨 나가는 식이었다. 동물들을 움직이기 위해 이동 버튼을 누를 때마다, 나는 스타크래프트나 디아블로, 네오다크세이버 같은 컴퓨터 게임을 하는 것처럼 엉뚱한 말들을 내뱉었다. "드라군 출동!", "파이어 볼!", "강한 일격!" 따위의. 하고 싶은 게임 속의 말들을 흉내 내며 컴퓨터 앞에 앉아 있다는 기분을 조금이라도 느껴 보려는 몸부림이었다. (이를테면 산길에서 포대에 앉아 눈썰매를 타며, 고급 리조트에서 스키를 타는 기분을 느끼는 것과 비슷하다) 일종의 나 자신을 속이는 놀이였다.

그날도 일을 마치고 약주를 하시던 아버지의 핸드폰을 몰래

들고 방으로 들어왔다. 여느 날처럼 주주클럽을 하며 컴퓨터 게임을 즐기는 흉내를 냈다. 방음이 제대로 되지 않는 벽 너머로 내 목소리가 아버지의 귀로 향했다. 이내 쿵, 쿵, 쿵. 험한 발소리가 들렸고, 아버지는 문을 열자마자 내 뺨을 후려치셨다. 핸드폰을 숨긴 채 책을 읽는 척하던 순간 고개가 휙 돌아갔다. 알코올에 찌들어서인지 분노에 차서인지, 아버지의 얼굴은 보통 빨간 것보다 더 붉어 달군 쇳물과 같았다. 그러고는 한 몇 분을 과호흡 환자처럼 헐떡이셨다. 뺨은 뒤늦게 아프기 시작했고, 난 이게 정말 맞을 짓이었는가를 수도 없이 곱씹었다. 멍하니 쳐다보고 있자 아버지의 얼굴이 아웃포커싱 되며 작아지는 착시가 일었다. 아니, 그의 세상이 작아졌다. 그날 난 무언갈 빤히 응시하면 대상이 작아진다는 것을 처음 깨달았다. 아버지는 끝내 내 눈을 피하며 무릎을 꿇는 듯 무너지셨다. 그 무릎 위로는 겹겹한 분노와 자괴가 쌓인 얼굴을 묻으며 엎드리셨다.

마침 어머니가 일을 마치고 집에 돌아오셨다. 벌겋게 달아오른 내 뺨을 본 어머니는 내 얼굴을 감싸 쥐고 큰소리로 아버지를 나무랐다. 그리고 그를 방 밖으로 내보냈다. 누나는 근처에서 마이마이로 동방신기 앨범을 들으며 공부를 하고 있었다.

아버지는 작은 상가 2층에서 소수 정예 영어 학원을 운영하셨다. 우린 그곳을 방 두 칸으로 나누어 살았다. 내 뺨을 힘껏 때리셨던 날, 단 두 명뿐이던 수업에서 두 학원생이 동시에

퇴원했다는 사실을 알게 되었다. 그리고 누나는 그 빈 곳에서 묵묵히 학업에 열중했다. 어쩌면 우리 가족은 이 인분만큼의 식사를 잃은 것이다. 두 뼘 남짓한 화목이 줄어든 것이다. 두 명만큼의 가난이 더해졌다는 것이고, 두 평 남짓한 여유가 좁아진 것이다. 아버지는 불안에 짓눌린 와중에 신나게 게임을 하던 내가 미웠던 거고, 어머니는 둘의 입장을 잘 알기에 억장이 무너졌을 것이다. 어릴 때부터 유독 어른 같았던 누나는 두 명분의 공허를 채우기 위해 눈과 귀를 닫은 채 부단히 노력했던 것이다.

그날 아침, 아버지는 늘 그랬듯 상가를 청소하고 돌릴 전단지를 준비하셨다. 어머니는 도시락을 싸며 출근할 채비를 했다. 나와 누나는 가방에 교과서를 넣고 실내화 가방을 챙겼다. 등굣길에 누나가 나를 멈춰 세우고 물었다. "어제 맞았어?"라고. '맞는다'라. 그렇지. 난 어제 맞았다. 달에 한 번꼴로 맞을 일이 있었던 나에겐, 이미 이번 달 몫을 치렀다는 사실이 오히려 안심이 됐다. 한 달 동안은 아무리 잘못해도 나를 때리시지는 않을 것이다. 거기다 뺨 한 대면 남는 장사였다. 그 밖에는…. 딱히 할 말이 없었다. "응. 잘못해서."

난 잘못했어. 자꾸 컴퓨터 게임을 하는 척하는 건 가난해서 그래. 자꾸 매를 맞는 것도 가난해서 그래. 자꾸 멍이 드는 건 가난해서 그래. 사랑하는 이의 뺨을 때리는 것도 가난해서 그래. 가난한 건 잘못이야. 누구를 탓할 수도, 비난할 수도 없어. 가난이 문제야.

아버지의, 어머니의, 누나의, 나의 결핍과 궁핍이 한데 모여 병렬로, 일렬로 맞추어졌다. 우리 가족은 스테이지를 깨 나가듯, 어제의 일을 오늘을 위한 해프닝쯤으로 여기며 분주히 아침을 맞이했다.

내 역할이 가장 쉽다. 나만 아무렇지 않게 웃어넘기면 끝날 일이다. 주주클럽을 하며 컴퓨터 게임을 하는 흉내를 내었듯, 이번에도 나를 속이면 될 일이다. 마음은 눅눅하고 곰팡이가 슬어 있지만, 잘못했다고 빌면 될 일이다. "학교 다녀오겠습니다!" 하며 씩씩하게 굴면 되는 것이다. 그렇게 난 고작 아버지의 핸드폰을 훔쳐 게임을 하다 뺨을 맞는 자식 1의 역이면 충분했다. 악역도, 선역도, 주인공도 골치 아픈 일이다.

가난에 대한 인정이 가장 쉬웠고 익숙했다. 미숙한 환상이, 환희가, 꿈이 날 살게 하진 않는다. 단지 오늘, 한 달 주기적으로 멍들고 괜찮아지면 만족했다. 쉽고 익숙한 가난이란 그런 것이었다.

등분

그런즉 믿음, 소망, 사랑 이 세 가지는 항상 있을 것인데 그중 제일은 사랑이라.

-고린도전서 13장 13절-

믿음 소망 사랑. 우리 집의 오래된 가훈이었다. 고린도전서 13장 13절은 특히 아버지가 자주 읊어 주시던 구절이었다. 내가 아는 성서 안에서의 핵심은 '사랑'이다. 성서는 믿음을 강요하기보다 사랑을 강조한다. 사랑이 믿음과 소망을 포함하고 지탱하며 완성하기 때문이다. 믿음이 사랑으로 작동하지 않으면 교만한 확신이 되고, 소망이 사랑으로 흘러가지 않으면 자기 구원에만 매달리는 이기적인 기대에 머물게 된다는 뜻이 담겨 있다.

*

우리 식구가 이등분이 나던 날, 나는 육체적으로 두 몫의 아들이 되었음을 뜻했다. 곁을 모시는 어머니와 고향으로 떠난 아버지, 두 명분의 인생을 살피는 사람이 되었다. 다행히도 정신적으론 어느 편에도 서지 않는 하나의 아들로서 남았다.

둘의 유구했던 결속이 깨지기로 합의된 날, 나는 다소 무감각했다. 그것은 어머니와 아버지의 또 다른 인생으로의 향함이었으며, 나는 그들이 겪어 온 과거와 과오를 전부 이해할 수는 없으리라는 항복이었다. 어머니는 나에게 말했다. "모든 걸 참고 살 정도로 사랑하지 않는단다." 단지 둘에겐 사랑이 부족했던 것일까. 언젠가 서로에게 딱 맞게 변할 것이라는 믿음도, 사랑으로 맺어진 자식이라는 소망도 그들을 삼십, 사십 년 접착시킬 순 없던 것일까. 사랑. 사랑이 없다는 이유로 잘못 쌓은 지붕처럼 붕괴된 것이었을까.

모태 신앙으로 태어난 나는 이십 년 넘게 교회를 빠지지 않고 다녔다. 또래 친구들이라면 모두가 기대했을 수학여행도 한 번을 못 갔는데, 금전적인 사정과 주일이 끼어 있다는 이유에서였다. 아버지가 결혼 전에 결의했던 단 하나의 법칙, '우리 가족은 주일마다 교회에 간다'는 약속을 어머니는 단 한 번도 어긴 적이 없었고, 우리 가족 또한 크게 거스른 적은 없었다.

난 우리 가족이 갈라진 이유가 신앙과 이어진 정치적 성향의 문제라고 본다. 신앙 연구에 골몰하던 아버지는 생업을 놓은 지 오래였고 생활의 많은 부분을 나와 누나에게 의지하셨다.

그사이 집안의 가장은 바뀌었고 그의 말과 행동은 점차 권위를 잃어 갔다. 어머니와 누나, 그리고 아버지의 대립은 그때부터 시작되었다. 어느 날 무언가를 깨달은 아버지는 더 이상 교회에 가지 말자고 하셨다. 한국 교회 대부분이 진리 추구보단 영리 수단으로 전락했다는 이유에서였다. 그로부터 균열은 더 비대해졌고 극단적인 분열로 번졌다. 자신이 정해 온 이 소규모 집단의 오랜 법률을 뒤바꾸려는 아버지, 삼십 년이 넘는 세월 약속을 지켜 온 어머니, 보수적이며 때론 폭력을 행하던 아버지에 대한 반항을 키워 온 누나의 사상이 한데 얽혀 전쟁을 벌였다.

난 의견을 감추었다. 그 논쟁은 종교이며 사상이며 과거이며 약속이라는 실체 없는 관념일 뿐이다. 지금 보이는 것만이 진실이다. 사람의 감정과 과거는 끝내 온전히 이해할 수 없고 모든 부분이 다르므로, 나는 이 전쟁에서 완벽한 타인이 되고 싶었다. 내게 보이는 진실을 따르면 될 뿐이다. 만약 지금 내가 의견을 낸다면 어느 한쪽으로 힘이 기울 것이 자명했다. 진실 없이 편향된 힘은 누군가에게는 편법이 되고, 다른 누군가에게는 상처가 된다. 내 말과 뜻은 죄로, 혹은 선으로서 기억될 것이다. 그게 불편했다. 가난을 힘 합쳐 타개해 왔고, 의지하며 엉엉 울었으며, 때론 증오하면서도 갖은 시련을 앞다투어 해결해 주던 사람들이었는데. 네 편 내 편 할 일 없는 하나라는 개념이었는데. 그게 등분되어 내가 누구의 편에 서야 함이. 내 존재가 사뭇 다른 색과 무게를 가진 두 사람이 되어야 한다면, 그것만큼 망가지고 폄하적인 생은 없을 거라는 확신이 내 안엔 존재했다.

*

햇살이 여러 갈래로 나뉜 이른 봄날의 대낮, 카페에서 오랜 작업을 하던 중 눈치가 보여 샌드위치를 주문했다. 'sandwich 2 pieces'라는 메뉴였다. 형태를 보니 하나의 샌드위치를 반으로 가른, 삼각형 모양의 두 조각이었다. "뭐야. 결국 하나잖아…." 속으로 읊조렸다. 의아했다. 하나의 샌드위치를 이등분한다면 그건 두 개의 샌드위치가 되는 걸까, 아니면 여전히 하나인 것인가. 가족은 이등분이 되면 두 개의 가족이 되는 걸까, 하나의 결속으로 기억되는 것인가. <믿음 소망 사랑> 이 단어는 각기 다른 세 단어로 보아야 하는 걸까, 아니면 하나의 관념으로 인식해야 하는 것인가.

이 세상이 정말 하나님으로부터 창조되었다면, 그가 "빛이 있으라." 말하여서 빛이 생겨났다면, 이란 뜻은 아니다. 신이라는 존재가 우리를 이렇게 살아가게끔 설계하였다면, 조정하였다면, 그리고 하필이면 성서가 그가 남긴 유일한 말이자 계명이라면… 나에겐 참 고달픈 일이다. 마음속에 사랑이 너무도 없다. 불구덩이에 떨어질 것이다. 원체 사랑이 부족해 사람을 연민으로만 바라보며 살아왔다. 사랑이 없어 삼십 년 넘게 하나였던 공동체가 커터칼로 반 자르듯 갈라졌는데도 슬프다는 감정을 느끼지 못했다.

그럼에도 일말의 '믿음'이 있다면 우린 여전히 하나라는 것이다. 법적인, 육체적인 분열이 일어났음에도 하나다. 또 얄팍한 '소망'이 있다면, 언젠간 우리 가족이 한자리에 모여 식사를 하게 될 날이 오고야 말 거라는 것이다. 국화꽃이 놓인 밀실에서, 일회용 그릇에 담긴 육개장을 먹는 자리일지라도 분명 언젠가는 다시 모여 무언가를 함께 씹으며 담소를 나누게 될 거라고.

진정 하나였던 것들과 겹겹이 포개진 마음에 대하여, 샌드위치처럼 반으로 등분된다 하여도 그것은 결국 하나의 샌드위치가 잘린 것일 뿐, 결코 두 개가 되었다고는 생각하지 않는다. 나에게 이 말은 '사랑'으로 인해 분단된 것들을 오히려 더 사랑할 수 있다는 역설이었고, 믿음과 소망과 사랑 중 하나라도 품고 있다면 구원에 가까워질 수 있으리라는 대항이었다. 신의 말씀에 대한. 부족한 연민이었다. 자기 자신에 대한.

부디 반으로 갈려 헤어진 누군가도, 분단된 가족도, 구분된 단어들도 전부 하나라는 운명을 가지고 마무리되기를. 영영 다시 이어지지 못할지라도, 다르게 읽히더라도, 하나라는 이름 아래 씹히고 먹혀 소화되기를. 신은 분명 나의 인생과 우리 가족의 운명을 그렇게 설계하셨기를.

*

영욱아, 네가 커서 지켜야 할 건 아빠가 아니라 엄마야. 잊지 말렴. 왜요? 아빤 강하니까요? 아빤 강하지. 근데 강해서 그런 게 아니야. 아빠와 영욱인 사랑으로 맺어진 거지만, 넌 원래 엄마였단다. 둘은 원래 뱃속에서부터 하나였어. 하나님의 축복이지. 기억하고 살렴. 엄마가 너였고 네가 엄마였다는 걸. 둘로 나뉘었지만 하나였다는 걸.

문제

문제란 구시대적인 발상이다.

조선 시대로 거슬러 올라가 본다. 과거 조상들은 수염을 기르고 머리에 상투를 틀었다. 이는 혈통을 중시하던 양반가에서 부모에게서 물려받은 몸을 훼손하지 않는다는 예의이자 효의 상징이었고, 나아가 인격의 귀천을 논하는 핵심적인 풍습이었다. 그러나 시대의 흐름과 함께 그 문화는 사라졌고, 현시대의 사람들은 언제 사라졌는지도 모를 그 전래적 행위에 아무런 위화감도 느끼지 않는다. 이데올로기의 개편이 거듭되며 이제는 사극에서나 볼 수 있게 된 그 풍습들은, 지금에 와서는 더 이상 '문제'가 아니게 되었다. 다만 유교 사상을 진리로 삼았던 시대에서 수염과 상투 문화가 점차 사라질 즘에는, 관리들은 오동나무와 황양목으로 지은 누각에 둘러앉아 "요즘 유생들은⋯." 하며, 마치 해결해야 할 문제라도 되는 듯 옳고 그름을 논했을지도 모른다. 오래도록 당연하게 여겨져 온 순리를 거스르는 일은 사사로운 이유일지라도 '반항'이자 '문제'로 취급되었기 때문이다.

근대에 이르러 거론되는 문제들, 이를테면 '출산율'과 '취업률' 또한 이와 흡사한 흐름을 밟게 될 것이다. 시대와 이념이 진화를 거듭하며, 언젠가는 '인력'이 에너지로서의 가치를 잃는 순간이 도래할지도 모른다. 어쩌면 그때쯤에는 출산율 저하가 오히려 지구 환경을 보호하는 가장 완벽한 수단으로 취급받을 수도 있다. '취업'이란 행위 또한 극소수의 인원만이 떠안아야 할 책임이 될 가능성도 있다. 대부분의 노동은 기계와 인공지능이 대체하고, 인류는 관리와 조정에 필요한 최소한의 인력만 투입되거나 1인 소득 체계를 이어 가게 될 것이다. 이는 지금도 코앞에서부터 윤곽을 나타내는 현상이기도 하다. 자본주의를 바탕으로 둔 이 시대에서 '출산율·취업률 감소'라는 현상이 비대해질 즘, 의원들은 철근 콘크리트와 강화 유리로 둘러싼 회의실에 앉아 "요즘 것들은…." 하며 이 중대사를 해결하려 들지도 모른다. 이전에는 그렇지 않았기 때문이고, 전과 다른 흐름은 곧 사회를 향한 반항이기 때문이다. 그 이유가 무엇이든, 그러한 선택 자체가 '문제'로 취급되기 때문이다.

그런 관점에서 보면 이 사회의, 구성원들의, 우리 가족의, 그리고 나의 문제 역시 머지않아 문제가 아니게 되어 버릴 것이다.

무릇 시대마다 등장하는 골칫거리는 어느샌가 "진짜 그걸 걱정했어?"라는 말과 함께 변변찮은 것으로 치부되기 마련이다. 물론 그렇다고 해서 당장의 고민과 번민이 전부 쓸모없다는 결과주의적인 이야기를 하는 것은 아니다. 그런 토로와 염려가 쌓여야만 세상은 시대에 맞게 발전하고, 서서히 진화할 수 있으니까.

이 방정식을 한 사람의 생에 대입해 본다면, 지금 겪는 골치 아픈 일들은 문제라기보다 진화와 발전을 위한 당연한 과정이라는 하나의 '해'로 귀결된다. 이 단순한 공식을 기억하는 것만으로 가로막은 장애물에 대하여 관대해지고 시련에 대하여 대담해질 수 있게 된다.

난 업보와 윤리, 도덕적인 것들, 나아가 사랑과 관계까지도 몽땅 한데 모아 합리화할 것이다. 신물 나는 문제들에 관하여 잘못 흘러가고 있다며 염려를 키우고 있다면, 부정적 사고 사이에서 해법을 찾으려 버둥대고 있다면, 일말의 죄책감마저 잊지 않고 있다면, 실로 그것은 그렇게 큰 문제가 아닐 것이다. 언젠가는 기대와 관념, 신념, 그리고 사람이 변화와 흐름을 지속하며 무엇이든 자연스레 "정말 그걸 걱정했어?" 할 만큼 반드시 잊힌 구시대적 산물이 되어 줄 테니까.

역설이다. 문제라 인식하는 순간 그것이 문제가 아닌 게 된다는 게. 순리대로 묻히거나 해결될 역사가 될 것이라는 게. 어찌 됐든 결국, 어제와 오늘 꾼 악몽처럼 무엇이었는지도 기억나지 않아 헛웃음이나 짓게 될 상념으로 남을 것이다.

멸종

150년이 지나면 지구 온난화로 인류가 멸종할 거란 소식 들었어? 내가 어렸을 땐 담수와 석유가 곧 고갈된다는 이야기가 교과서에 실려 있었어. 아, 2013년엔 소행성 충돌로 지구가 망할 거란 예언도 있었고.

지겹도록 무지하기도 했지.

만년설이 녹고 있다는 사실은 모른 채 애먼 멸망을 걱정해 왔으니. 유빙은 다 녹게 될지도 몰라. 머지않아 우린 땅 위에 설 곳을 잃겠지. 우리는 멸종 앞에 있어. 곧 전부 고갈될 거야. 지문은 닳아 없어지고 세포는 재생을 멈추겠지. 시력을 잃게 될 거야. 관절은 굳어 버릴 거야. 시체에 가까워질 거야. 영영 바다에 흩뿌려지겠지. 어쩌면 이토록 당연한 수순을 거스르려, 끝없이 끝을 염려해 온 건지도 몰라. 맞아, '영원'이라는 허상이 만들어진 이유야. 영원이라는 말의 실체는 영원이란 말밖에 없어.

그럼에도 한낱 인간으로 태어나 영원한 온실을 꿈꾸면 난 어쩌지. 가난한 마음이 한없이 솟아나는 건 왜지. 한참이 지난 약속과 거듭된 소원이 자꾸 존재하면 난 언제 멸종할 수 있지.

다 썩은 유기물은 알 수 없는 이유로 계속 발견되고, 만년설은 만년을 다 채우지 못하고 금방 녹아 버려. 왜 끝이 가깝다 염려하는데도 자꾸 솟아나고, 억겁의 시간이라 안심하는데도 그 끝이 보이는 걸까. 무지했지. 멸망은 전쟁 후에나 생기는 거고, 영원이란 멸망 속의 염원으로부터 탄생하는 이유겠지. 그러니 영원을 꿈꾸는 건, 내가 폐허라는 증거야. 그 사실이 나를 자꾸 뒷걸음치게 만들어. 용기를 내서 영원을 말하려는데, 그 꿈이 녹아내려. 그러니 우린 멸종에 있어야 해.

중독

'한 번 마음을 주면 모든 걸 퍼 주는 MBTI 유형'이라는 게시물을 봤다. 내 MBTI 유형은 꽤 상위권에 올라 있었다. MBTI 따윈 사회가 정해 놓은 범주에도 속하지 못하는 저렴한 놀이다. 공짜로 볼 수 있는 타로점과 같이 하나 얻어걸리기를 바라고 좋아하며 놀리는 일종의 충족 행위라 생각한다. 물론 이 파렴치한 놀이가 아니꼬운 건 아니다. 오히려 즐겁다.

내 MBTI 유형에 따르면 나는 이렇게 정의된다. 연애하면 상대를 골치 아프게 하는 유형. 외모를 우선시하는 유형. 연락이 잘 안되는 유형. 그 몇 문장을 보고 마음 심연에 있던 얄팍한 우월감이 충족됐다. 반전으로, 마음만 주면 다 퍼 주는 순애보로도 얼마든지 포장할 수 있을 것 같았으니까. (그런데 마음을 주면서 모든 걸 안 주는 사람이 있을까?)

본인이 채점한 유형을 맹신하며, 얻어걸린 문장에서 결핍을 충족할 때 느끼는 만족이야말로 헐벗은 행복이다. 이 가벼운 놀이 안으로 나를 더 쑤셔 넣어 볼까. 조금 더 엇나간 말과 행동을 하며, 상처를 주는 거야. 응, 난 원래 나사가 빠져 있어. 잇팁이니까. 사회 부적응자가 되는 거야. 귀찮은 연락쯤 씹으면 뭐 어때, 난 본래 그런 유형이다. 그러나 내 마음을 줄 사람만 나타난다면 다 내어 줄 수 있지. 이유는 단출하다. 난 잇팁이니까 그런 것이다.

정말이지 빼놓을 수 없는 유흥이다. 누군가를 만난다. 상대가 내 MBTI를 묻는다. 바로 이거지 싫어, 우물쭈물하며 내 유형을 말한다. 관심 없는 척하는 게 더 재미있다. "오래전에 해서 바뀌었을지도 몰라요. 뭐였지. ISTP…?" 그럼 그는 "정말인간 ISTP 같아요…"라며 맞장구를 쳐준다. "그럼 당신은?" 난 반응해 준다. "전 엔티제예요." 난 검색한다. "어쩜, 당신도 ENTJ 맞는 거 같아. 대문자 엔'트'제!" 일부러 좀 틀리게 말해 줘야 완성되는 연극이다.

이 시대의 사람들은 세상이 건설해 놓은 '유형'이라는 틀 안에서 나를 평가하고, 상대를 가늠하며 쾌락을 느낀다. 스스로를 재단하고, 그 안에서의 절충과 폄하에 질질 끌려다니며 좀먹은 욕구를 해소한다. 이전에는 별자리나 혈액형, 타로 같은 것들이 이 놀이의 범주로 유행했다. 혹자는 이를 보고 "사회가 정해 놓은 틀에…"라며 왈가왈부 지적하고, MBTI 문화에 열중하는 이들을 골 빈 것처럼 여기며 혀를 끌끌 찬다. 그러면서 정작 당신은 담배를 빨고 술에 찌들고 카페인에 의지하며 섹스를 끊지 못하지. 고매한 척하지 마. 당신만 생각이라는 걸 하니? 우린 단지 중독이 필요한 거야. 그리고 인격을 일종의 이야기로 만들어 종속시키는 것, 서로를 예상하고 예정시키는 것, 어떤 이념에 대해 그럴듯한 교집합을 찾는 것. 그런 것들이 고도로 진화하면 연애가 되고, 고도로 밀착하면 사랑이 되며, 고도로 접착되면 영혼의 결속이 돼. 그러니 이건 중독 중에서도 가장 무해하고 다정한 결핍이며 애틋한 욕망이기도 한 거야. 저 혼자 뭐 그리 조잡하고 복잡하게 살아. 낙낙하게 좀 여겨봐. 덕분에 나는 한 사람에게 모든 걸 퍼다 바칠 수도 있는 다정한 사람이 되었잖아. 당신도 상사에게 멍청하다 욕먹어 가면서도 일 잘하는 유형이라는 우월감에 못 이기고는 취업 못 한 친구를 개무시했잖아, 속으로.

무화

사랑에 죽고 사는 이들이 한심했다. 결핍이 뭐라고, 외로움이 어떻기에 그렇게도 쉴 틈 없이 마음을 동냥할까. 아니, 속마음은 사실 한심하게 보려 노력했을지도 모른다. 어쩌면 그게 참 부러웠는지도 모르겠다. 꽃처럼 피어날 수 있는 결핍이. 뽐낼 수 있는 고독이.

나의 초라한 젊음 속에서 성숙한 사람이란 그런 것이었다. 자신의 이득에 집중한다는 명분으로 기필코 사랑을 숨겨 버리는 것.

감정을 나누는 일, 없는 시간을 만들어 누군가에게 향하는 일, 핸드폰을 붙들고 희희낙락거리는 일. 그 모든 것은 고사목처럼 자랄 수 없는 마음이라 여겼다.

하지만 이 짧은 생을 되돌아보니 삶을 풍성하게 성장시킨 건 누군가와 지독한 결핍과 외로움을 나눌 때였음을, 깨닫게 된다.

사랑이 가진 힘은 기적에 비할 법하다고.

*

얼마 전, 이십 대 때 합숙을 하며 함께 일했던 동생 목에게서 전화가 왔다. 어제 그의 꿈에 내가 나왔고, 술을 한잔하고 나니 내 목소리와 말투가 문득 그리웠단다. 나이테처럼 해 단위로 묵직하게 쌓인 공백에서 오는 반가움, 오랜만이었다.

목은 사랑 없인 살지 못하는 사람이었다. 그땐 그렇게나 다른 가치관을 서로에게 대입시키며 자주 부딪히고 서운해하곤 했다. 지금의 그는 궂은일을 마다하지 않고 차근차근 돈을 모으고 있다고 했다.

"형, 저 꿈이 생겼어요. 귀농해서 무화과 농장을 하고 싶어요. 마음 맞는 사람들이랑 몇 년째 시드를 모으고 있어요."

꿈. 그랬구나. 꿈이 생겼구나, 목아.

그는 이십 대 초에 연이 닿아, 이제 막 시작하던 출판사에서 몇 년간 고생해 준 귀인이었다. 그땐 열망 가득한 삶처럼 자라났지만 꿈이 없었어 너는. 뭐랄까, 자신감도 있고 똑 부러졌지만, 중요한 게, 그래, 방향이라는 게 없었어. 내가 볼 땐 말이지. 나이 차이가 꽤 나서였을까. 그때의 너는 사랑에 눈이 먼 애처럼 보였어. 형은 작가이니까 상담 좀 해 달라며 연애 고민이나 말할 때면, 난 그게 한심해서 한숨을 먼저 쉬었지. 그때마다

네 표정은 덩치에 어울리지 않게 시무룩했고. 난 네가 크리스마스에 어떤 꽃을 사야 할까 고민할 때 있잖아, 주저앉아 바닥에 물을 주고 있었어. 피어 보려고 말이지. 삶이 시든 거 같아서 말이지. 이 업과 얽힌 책임을 종잡을 수 없어서 말이지.

"목아, 축하한다. 넌 똑똑한 사람이니까 뭐든 될 거야."

"형은요? 출판사 잘되고 있죠? 제가 계속 형이랑 일했으면 어땠을까요."

"잘되게 만들려고 노력하지. 여전히 아득바득."

"그땐 형이 미웠는데, 이제 그때의 형 나이쯤 되니까 이해도 되는 것 같고 그래요…. 연애는요?"

"못하지. 여전해. 우리가 계속 같이 일했어도 난 네게 여전히 미운 사람일 거야."

"그럼 제가 안테나 좀 돌려 볼까요? 형은 하라고 부추기지 않으면 연애 안 하잖아요."

"희목아, 나도 꿈이 생겼어. 예전엔 사랑 노래 부르는 사람이 한심해 보였거든? 이제는 그런 한심한 사람이 되고 싶어."

"여전하진, 않고…. 좀 바뀌셨네요."

"곁에 있는 사람이 내 인생을 바꾼다는 걸 이제야 알았어. 너무 늦게 알았지. 늦바람이 무섭다고들 하니까, 이왕이면 사랑에 환장한 사람이 되고 싶어. 그게 내 꿈이야. 그걸 위해 시드를 모으고 있다 치자. 아직은 가난해."

"역시 작가처럼 말씀하시네요. 형은 먼저 말 안 할 인물이니까, 제가 알아서 찾아볼게요."

가까이 있을 때는 그렇게 서로를 비난하고 기만했는데, 오래 떨어져 지내고 나니 속에서부터 응원만이 가득했다. 누군가와 이토록 솔직한 대화를 나누는 게 참 오랜만이었다. 아니, 대화 자체가 오랜만이었다. 그날, 다 큰 남자 둘의 근황으로 채운 건 한 시간의 대화였을까. 아니, 그건 한 시간의 회고였을 수도 있다. 한 시간의 사과였을 수도 있다. 감히 그를 비난했던 미성숙의 과거와 마음껏 티 내지 못한 사랑의 욕망에 대한 불효를.

없을 무無 꽃 화花 열매 과果. 꽃을 피우지 않는다는 그 이름. 실은 그게 꽃인 줄도 모르고 오해를 품었던 거지. 꿈이 하나 생겼다, 목아. 내가 그 농장에 놀러 가도 되겠니. 지금껏 너를 한심하게 바라보았지만, 다 용서하고 선뜻 초대해 주겠니.

그도 안에서부터 부단히 꽃을 피워 내 온 거였다. 내가 이제야 안 거지. 모든 꿈은 하나로 엮여 있다는 것을. 모든 욕망은 본래 하나의 땅에서 시작됐다는 것을. 그 세상 안에서 사랑으로, 열망으로, 노력으로 얽히고설킨 붉은 욕망을. 실낱같은 꿈을. 이제야 본 거지. 그리고 모든 이의 꿈은, 무화과처럼 각각

숨어서 핀다는 것을. 이제야 깨닫게 된 거지.

생각의 가지 사이로 부끄러움이 굵어 피어났다.

미안할 일이다. 그를 한심하게 본 게 미안한 게 아니라, 한심한 건 어쩌면 자신이었다는 게. 사과할 일이다. 그처럼 여실한 결핍과 사랑을 자랑해 본 적 없다는 게. 내 안에 얽힌 붉은 욕망을 한 번 뽐내지 못 해 봤다는 게, 한심한 줄도 모르고 십 년 넘게 당당히 감추어 왔다는 게. 그 위선으로 누군갈 독선적으로 비난해 왔다는 게. 동냥하듯 구걸하며 살아온 건 사실 나였다는 게. 보다 나에게 고개 숙여야 할 일이다.

"그래서 넌, 결혼하자는 말이 부담스럽진 않니? 꽃을 선물 받으면 누가 키워야 하니? 같이 자기 싫을 땐 어떻게 해야 하니?"

목은 서툰 내 모습에 안도의 한숨을 쉬었고, 난 그에게 처음으로 결핍 가득한 사랑을 이야기해 주었다.

종종 그의 무화과 농장에 놀러 가는 상상을 한다. 곁엔 사랑하는 이가 있고, 목은 그 옆에서 축하해 주는 덧없는 장면을. 꽃이 피지 않는 과일 농장이라니. 너무 근사한 꿈이잖아, 희목아. 넌 언제 그렇게 멋스러운 사람이 되었니. 언제부터 화사한 꿈을 피우게 되었니. 실은 이미 덕지덕지 피어 있었던 걸, 나만 몰랐던 거니.

무화 2

언젠가의 일이었다.

비는 홀랑 벗어 둔 내 흰색 순면 티를 킁킁거리더니 무화과 향이 난다고 했다.

"아, 무화과 향…. 좋아. 나 가질래요, 이 티셔츠."

유독 무화과를 좋아하던 그였기에 기분이 붕 떴다. 하필 내 몸에서 그가 좋아하는 향이 난다니. 가지고 싶은 향이라니.

한번은 내 생일에 비가 무화과 케이크를 준비해 주었다. 그 날 나는 처음으로 무화과를 맛보았다. 과일이라기엔 이질적으로 으스러지는 식감, 쿰쿰한 향과 맹한 달큼함이 공존하는 과육. 첫인상은 별로였다. 실은 입에 대기 전부터 썩 마음에 들진 않았다. 단면은 그의 속내처럼 악의가 가득해 보였다. 시뻘건 실로 엮인 꺼림칙한 생김새 덕에, 무화과를 피해 케이크 부분만 골라 먹는 나에게 그는 그렇게 별로냐 물었다. 나는 말했다.

"과일이 아삭거리지 않잖아. 물러 터졌어." 그러자 그는 무화과는 과일이 아니라고 했다. "꽃이에요. 꽃이 피지 않아서 무화과래. 겉으로는 열매처럼 보이지만, 꽃이 안으로 핀 거예요. 기괴하게 숨어 버린 거지. 작가님이랑 비슷해."

"내가 저래?"

"응. 작가님은 다 숨기고 살잖아. 왜 사랑한다고 한 번을 안 해? 난 네가 무화과나무가 됐으면 좋겠어. 무화과나무 밑에서 목매달아 죽었으면 좋겠어."

"그럼 난 무화과가 돼서 당신에게 먹히겠네. 케이크 윗부분에 동강동강 잘려서 네 목구멍에 쑤셔 박히겠지."

비는 어떤 부분에서 환멸이 일었는지 갑작스레 죽음을 언급했고, 난 우리만 아는 어두운 언어로 농담을 건네며 케이크를 절반이나 해치웠다.

그가 서울로 올 일이 없어 우리는 한동안 보지 못했고, 난 남은 케이크를 어떻게 처리할지 고민하고 있었다. 와중에 그가 내 옷을 가지고 가서는 킁킁 맡으며 자신의 몸을 어루만질 거라 상상하니 은근히 달아올랐다. 그가 맡을 향이 궁금해져, 케이크에서 무화과만 빼내 코끝에 가져다 댔다. 과육은 숙성이 되었는지 전보다 향이 더 짙어져 있다. 원목의 묵직한 텁텁함과 먼지가 쌓인 듯한 진한 모과 향이 겹쳐 흐른다. 왜 그립지.

어쩐지 사랑의 향 같았다. 포개어야만 나는 향. 도피를 꿈꾸게 하는 향. 한 입 먹어 볼까? 아냐, 오래돼서 탈이 날 수도 있어. 곧 조금만 더 지나면 그가 보자고 할 텐데, 아프면 안 되겠지.

*

또 언젠가의 일이었다.

집 계약이 만료되어 갈 무렵, 새로운 곳으로의 이사를 앞두고 틈틈이 물건을 정리하고 있었다. 보이지 않던 모서리에는 먼지와 머리칼이 함께 구형으로 얽혀 있었다. 내 머리칼보다 월등히 길었다. 내 것은 아니었다. 누군가의, 또 누군가의, 또 누군가의 것이다. 이 사람 저 사람의 이어짐과 상실이 텁텁하게 엉겨 구석으로 숨어든 것이다.

내 좁은 집에는 판도라의 상자가 은밀히 숨어 있다. 애정하는 이들과 주고받은, 아주 겹겹이 쌓인 편지와 쪽지들이 들어 있는 상자. 성인이 되고부터 꾸준히 수집하다 보니 꽤 묵직해졌다. 테이블보로 밑까지 덮은 테이블 아래, 먼지와 한 몸이 된 무선 공유기 밑에 상자라기보다는 받침에 가까운 형태의 커다란 검은 박스. 그 안에 과거의 모든 다정이 수감되어 있다.

판도라의 상자도 정리해 두어야겠다는 생각에 박스를 열었다.

집히는 대로 편지를 읽어 내려가던 중, 나와 어울리는 향이라며 서두를 여는 서툰 쪽지 하나가 눈에 띄었다. 무화과 향이란다. 그땐 무화과? 선악과 같은 건가, 하고 지나쳤던 이름이었는데 이제 와 알고 나니 사뭇 다르게 보인다. 지금으로부터 채 4년 도 되지 않았을 때 수에게서 선물 받은 것이었다. 화장대 위에 는 다 쓴 대용량 보디로션이 있었는데, 그 쪽지와 짝을 이루는 것이었다. 오랫동안 썼던 것으로 기억한다. 평소엔 잘 바르지도 않으면서 누군가와 함께 있을 때만 담배 냄새를 숨기기 위해 바르던 로션이었다. 비가 내 몸에서, 순면 티에서 난다며 좋아 했던 건 수가 남긴 향이었다. 그가 집으로까지 가져가 킁킁거 리던 것은 수의 마음이었다.

이젠 더 나올 재간이 없어 종유석처럼 굳어 버린 유분이 주 둥이에 묻어 있다. 이사 때가 다가와서야 버리게 되다니. 이젠 버리는 것도 잊어버린 잃은 과거에 대하여. 흐르지 못해 허옇 게 굳어 버린 어느 향수鄕愁에 대하여.

*

다시, 언젠가의 일이었다.

"무화과는 열매가 아니래." 내가 말했다.

"응?" 원은 그 사실에는 별 관심이 없다는 듯, 그저 맛있는 무화과를 냠냠 먹으며 추임새를 더했다.

무화과, 무화과…. 그것을 생각하면 처음 접했던 내 생일, 으스러지던 식감과 별로였던 생김새가 떠오르곤 했다. 순면 티, 케이크. 우드와 모과 향. 무화과는 열매가 아니라 꽃이라는 말. 무화과가 되어 달라던 그 말. 나와 비슷하다는, 그리고 나의 채취를 수집하던 그의 가늠할 수 없는 욕구까지도.

이사 준비를 하며 편지를 인식하고 나서는 그 기억들과 오래된 수의 마음까지 겹쳐 떠올랐다. 무화과 향 로션이, 선물을 건네며 새침하던 표정이, 나와 어울릴 것 같다는 문장이. 그리고 허옇게 말라비틀어진 유분이, 익숙한 향, 사랑의 향. 포개짐의 형태와 도피의 향이.

상념에 빠진 사이, 여전히 열중해 씹고 있는 그의 볼이 귀여워 콕 누르곤 말을 이었다.

"없을 무, 꽃 화. 나무에 꽃이 피지 않는다는 착각이지. 이 과육은 꽃이 안으로 핀 형태야. 우린 만개한 꽃을 짓이겨 먹는 거고."

원은 새로운 사실을 깨달은 듯 눈이 휘둥그레졌다.

"오빠 같아. 오빠 안엔 온갖 다정이 피어 있잖아. 겉으론 없는 거 같아도, 속에 꽉 차 있잖아."

원이 그렇게 놀란 눈을 한 이유는 무화과에 대한 또 다른 사실 때문이 아니었다. 단지 나와 닮아 있다는 사실 때문이었다.

"다정일까?"

원은 무화과가 잔뜩 올라간 크레이프 케이크를 다시 오물거리다 삼키고는, 확신에 찬 눈빛으로 답했다.

"응."

"그 다정이 사실 내 것이 아니면?"

"오빠가 가지고 있잖아. 그럼 오빠 거 아니야?"

"음. 누군가에게서, 또 누군가에게서 선물 받아 쌓인 지층 같은 거라면?"

"싫어. 아니, 좋아. 아니, 싫어."

원이 먹던 포크를 내려놓고 나에게 폭 안겼다.

"이해할게."

"응. 어쩌면 네가 겉으로 보는 난 내가 아닐지도 몰라."

"그럼 오빤 무화과 해. 오늘부터 무화과야. 사람 무화과."

비의 소원은 이루어졌다. 난 무화과가 되어 버렸다. 그가 정의한 대로 자라났다. 반쯤 썰린 채 플레이팅되어 많은 이들의 뻘건 구멍으로 삼켜져 버릴.

언젠가의 생일에 받은 건 무화과 케이크도, 무화과 향 보디로션도 아니었다. 원과 함께 먹었던 무화과 크레이프 케이크마저도. 그것은 어쩌면 나를 선물 받은 일이었을지도 모른다. 나를 덕지덕지 발랐던 일이었을지도 모른다. 기억의 지층으로 형성된 나를 꿀꺽 집어삼킨 일이었는지도 모른다.

붉은 실처럼 온갖 기억이 얽히고설켜 내가 무엇이었는지 단정 지을 수 없다.

이 시대의 사람들은 모두가 무화과지. 모두가 꽃이 피지 않는 무화과가 된 거지. 실은 안에서부터 나를 피워 내고 있었는지도 모르고. 붉은 욕망과 관계의 실이 엉켜 내 추잡스러운 단면이 완성되는 거지. 우리는 지금의 내가 되기까지 얼마나 많은 나를 삼켜야 했나. 아니, 나와 엮인 것들을 삼켜야 했나. 나를 오해해야 했나. 저들을 오해해야 했나. 과연 얽히고설킨 과거의 기억들이 나를 있게 했나. 아니면 나를 잊게 했나.

어제

'언젠가의 일이었다.'를 첫 문장으로 삼아 쓴 글이 꽤 있다. 언젠가도 '언젠가의 일이었다.'로 서문을 열며 타자를 두드린다. 타다닥 소리와 함께 언젠가의 일들이 중력을 이기지 못해 다 익은 열매처럼 후두두 추락한다. 난 그것을 주워 게걸스럽게 삼키며 설익은 마음을 세상에 남기고 있다.

언젠가, 언젠가…. 아니, 어젠가?

실은 쓰인 모든 글이 언젠가의 일이었다로 시작하는지도 모르겠다. 단지 쓰는 와중에 첫 문장이 삭제된다. 이유는 명확하지 않다. 아마 언젠가의 일이었지만, 직전에 일어난 일인지도 모른다. 언젠가의 일이라기엔 바로 어제 일 같다. 아니, 오늘의 일인지도 모르겠다. 어쩌면 내일의 일일 수도 있는 것이다.

언젠가 사랑했던 이는 엊그제 사랑하던 이와 같은 마음에서였다. 언젠가 헤어진 이도 분명 어제 헤어진 이와 같은 이유에서였다. 언제가 뱉은 말은 바로 오늘 뱉은 말과 같은 의미였다.

언젠가 품은 살결은 이제 내일 품을 살결과 같은 질감이었다.

요즘 곁에 두고 아끼는 이는 내가 글을 쓰는 사이 곤히 잠들어 있다. 그가 꿈을 꾸면 난 원고 안의 세상을 꾸린다. 그가 잠에서 깰 때면 나의 세상은 잠들어 있다. 약 10시간 정도의 시차다. 이 하루 또한 '언젠가의 일이었다.'로 치부하며 쓰게 될 날이 오겠지. 아, 분명 비슷한 사람이 있었다. 연착된 언젠가의 일이 생생하다. 이름은 원이었고, 그는 내 세상과 12시간 남짓 시차가 있는 사람이었어. 새끼 동물처럼 아양스레 순했어. 목소리를 녹음해 두고 싶을 만큼 발음이 엉성했지. 난 구원 속에 있는 듯했어. 그는 내 아이를 낳고 싶다 했지. 난 그의 소원에서 도망치는 꿈을 꿔. 분명 언젠가 그랬지. 아니, 어젠가. 어제였을 수도 있어. 아니, 오늘일 수도 있지. 아니, 그건 내일일 수도 있어.

사랑했던 이들의 기억이 언젠가로 시작해 멀어지고, 다시 좁혀지며 진자 운동을 한다. 한번 손을 놓은 것들은 물리 법칙에 따라 다시 그 지점으로 수렴할 수 없다. 허나 기억은 또 다른 법칙에 의한다. 이 모든 이야기는 이미 내 손을 떠난 언젠가의 일이었다. 아니, 어제의 일일 수도. 바로 오늘의 일일 수도. 어쩌면 내일 또다시 일어날 언젠가의 일일 수도.

구원에게

1판 1쇄 발행 2026년 02월 05일
1판 2쇄 발행 2026년 02월 25일
1판 3쇄 발행 2026년 03월 09일
1판 4쇄 발행 2026년 03월 13일
1판 5쇄 발행 2026년 03월 31일

지 은 이 정영욱

발 행 인 정영욱 정해나
편집총괄 오휘명
기획편집 박주선
디 자 인 이정아
마 케 팅 정지은 원희성 함유진 김형준 박설빈
출판영업 강도원

펴 낸 곳 (주)부크럼
전   화 070-5138-9971~3(도서기획제작팀)
홈 페 이 지 www.bookrum.co.kr
이 메 일 editor@bookrum.co.kr
인스타그램 @bookrum.official
블 로 그 blog.naver.com/s2mfairy

ⓒ 정영욱, 2026
ISBN 979-11-6214-541-8(03800)